地底世界

楼兰妖耳

天下霸唱 著

北京联合出版公司

图书在版编目（CIP）数据

地底世界．楼兰妖耳 / 天下霸唱著．-- 北京：北京联合出版公司，2022.1（2025.1重印）
 ISBN 978-7-5596-5632-2

Ⅰ．①地… Ⅱ．①天… Ⅲ．①长篇小说－中国－当代 Ⅳ．① I247.5

中国版本图书馆CIP数据核字（2021）第209884号

地底世界．楼兰妖耳

作　　者：天下霸唱
出 品 人：赵红仕
责任编辑：李艳芬
封面设计：吴黛君

北京联合出版公司出版
（北京市西城区德外大街83号楼9层 100088）
北京新华先锋出版科技有限公司发行
三河市中晟雅豪印务有限公司印刷　新华书店经销
字数277千字　620毫米×889毫米　1/16　20印张
2022年1月第1版　2025年1月第3次印刷
ISBN 978-7-5596-5632-2
定价：59.50元

版权所有，侵权必究
未经许可，不得以任何方式复制或抄袭本书部分或全部内容
本书若有质量问题，请与本社图书销售中心联系调换。电话：（010）88876681-8026

目录 Contents

/第一卷/
晴空怒云

第一章　借声还魂　　002
第二章　通信中断　　008
第三章　逃出野人山　　014
第四章　流　脑　　020
第五章　鬼　鼓　　026
第六章　百年老鼠皮　　033
第七章　伊尔-12　　038
第八章　迫降在库姆塔格　　044

/第二卷/
蒸气流沙

第一章　三十四团屯垦农场　　054
第二章　电石灯　　060

第三章　荒　漠　　　067
第四章　壁　画　　　074
第五章　王　陵　　　080
第六章　失踪的克拉玛依钻探分队
　　　　　　　　　　086
第七章　衰　变　　　092
第八章　黑　门　　　099
第九章　Pith Helmet　105

/ 第三卷 /
黑暗物质

第一章　山　窗　　　112
第二章　宝　骨　　　117
第三章　地　压　　　123
第四章　寒山之底、阴泉之下　130
第五章　白　化　　　136
第六章　龙　印　　　142
第七章　到不了尽头的河　147
第八章　A53 军用磁石电话机　153

/ 第四卷 /

苏联制造

第一章	煤炭的森林	162
第二章	偶然因素	169
第三章	深空透视	174
第四章	中心测站	179
第五章	与鬼通话	185
第六章	白色线路	191
第七章	为了一个伟大原因做出的伟大牺牲	197
第八章	以前的时间	203
第九章	空洞的噩梦	208

/ 第五卷 /

距离地表 10000 米

第一章	钢铁巨鲸	214
第二章	冥　古	221
第三章	穿过苍穹	227

第四章	沙海迷走	232
第五章	憋宝古籍	237
第六章	磁　蛇	242
第七章	神　铁	247
第八章	喀拉布兰	252
第九章	死了又死	257

/第六卷/
时间匣子

第一章	匣子里的秘密	264
第二章	静止的信天翁	269
第三章	下一秒钟前往地狱	274
第四章	死循环	281
第五章	短波发射机	289
第六章	二排左一	294
第七章	摄影鬼影	300
第八章	火　洲	305
第九章	石破天惊	310

晴空怒云

/第一卷/

第一章　借声还魂

司马灰等人眼见迷失了方向，都不禁心下悚栗，正待再想些对策脱困，阿脆却忽然说："这里根本没有方向存在，因为浓雾已经是'终点'了。"司马灰知道阿脆所说的终点应该是指死亡之意，可这话究竟从何说起？

阿脆把手中的无线电步话机递到司马灰面前，说："从冲锋艇驶进浓雾开始，这部战术无线电就再次收到了来历不明的电波！"

司马灰接过阿脆递来的步话机，又听她说了经过，才知道在众人第一次补充装备之时，玉飞燕从英国探险队的黑蛇Ⅱ号蚊式特种运输机中，找到了一部美国产单兵战术无线电。虽然这东西在与世隔绝的地下洞窟里派不上什么用场，但考虑到逃出裂谷之后还需要与外界取得联系寻求救援，所以不管处境如何艰险，这部战术无线电始终都被带在身边。否则以众人眼下的状况，根本无法穿越无边无际的莽莽林海。不过在沼气爆燃的时候，电台外壳受到损坏，一直处于接通状态无法关闭，不知道电池还能维持多久。直至众人登上了冲锋艇，才将它卸下来放在一旁。阿脆听到战术无线电里又发出了声音，试着转换波段频率，但无论怎样都会收到这段来自另一个世界的"噪声"。可能这部战术无线电被人故意改装过了，它并非用于正常通信，而是只接收唯一一个特殊的"幽灵频率"。

阿脆想起众人陷入裂谷最底部之际，不期被浓雾团团围困，也曾一度针迷舵失，当时被"绿色坟墓"以电波和灯光通信引入蛇腹隧道，才得以暂时脱险。但司马灰等人与"绿色坟墓"接触时，并没有发现对方携带电台，而且也只是声称使用灯光通信进行联络，现在回想起来，这个情况很不寻常！

司马灰把步话机听筒放到耳边，就听里边"刺刺啦啦"的都是噪声，其中混合着不太清晰的话语声，就像是个漆黑的灵魂，徘徊在冷雾中自言自语。司马灰心觉奇怪，就问阿脆："你能听出这里边在说什么吗？"

阿脆忧心地说："我也听不大懂，对方可能是要告诉咱们，雾中没有方向……"想了想又说，"在没有雾的时候，通信就会陷入完全静默状态，可一旦周围有雾气出现，嘈杂的电波就会出现并且逐渐变得清晰，为什么会这样？"

罗大舌头插言道："这破电台跟着咱们连摔带颠，折腾得可着实不轻，说不定有什么零部件撞坏了，或者又是那无头的阴魂不散，反正它愿意响就让它自己响去，我看根本用不着搭理它，只要你心中是个爷，万事不孙子。"

司马灰认为这电波虽然来得诡异，但应该不是"绿色坟墓"所发，因为"绿色坟墓"身边根本没有携带无线电，而且如果他能通过电波与众人联络，就绝不会冒着暴露身份的风险采取行动。或许雾中还有别的东西存在，也未必是另一部电台。

司马灰不敢掉以轻心，他让罗大舌头集中精神持枪警戒，控制住冲锋艇前的探照灯，注意四周动静，又同阿脆仔细辨听战术无线电里传来的声音。

玉飞燕在旁问司马灰："你说雾里还有别的东西存在，可那株产生地雾的优昙婆罗已被爆燃的沼气彻底焚毁，而且有水的地方应该不会有雾，为什么这附近的雾气却越来越浓？雾中的电波又是从何而来？"

司马灰猜测说："这是地下湖积水太深产生的湿气，应该与优昙婆罗产生的浓雾不同。"

司马灰以前也曾听夏铁东讲过一些通信方面的事情,就对玉飞燕说:"我只知道美军在越战中使用的这种战术无线电性能出色、功率高、便于携带,并配有双率动磁共振装置,可以适应各种相对恶劣的环境和地形。如果经过简单改装,不仅能收发地波、天波之类的频率,甚至在某些特定条件下,它还能接收到一些……本来不该属于这个世界的声音!"

玉飞燕对这种说法并不陌生,因为大地对电磁波的吸收能力很强,所以早在五六十年代,就有美国科学家尝试利用地波与幽灵进行沟通,不过最终是否成功就不知道了。莫非这部战术无线电里收到的噪声,真是雾中亡魂的低语?占婆王朝的黄金蜘蛛城又是前往死者之国的通道,难道这片黑茫茫的迷雾,就是死神之翼下的阴影?

司马灰知道占婆传说中的死者之国,大概与中国传说中的枉死城同属一类,可那些幽冥之事终究难说是否真有。他一时间也难以判断到底遇到了什么状况,只好仅做假设:"如果战术无线电收到的神秘通信确实是雾中幽灵借声还魂,那也只有先设法搞清楚对方所要传达的信息,才有可能知道咱们现在的处境。"

罗大舌头腹内发空,心里就不免发慌,他一边按着探照灯向浓雾中巡视,一边唾沫星子四溅地发牢骚:"这水平不起波,人平不说话,连深山老林中的死鬼都有满腹冤屈想要找人倾诉,提到处境那我也不得不说两句。要说这人生在世,活的不就比死的多口气儿吗?死了也就死了,又有什么可怕?反正物质不灭,我当初来缅甸就他妈根本没打算活着回去。可咱都多少天没见过正经伙食了?连鸡鸭鱼肉长什么样都快不认识了,真要死也不能空着肚子死啊!"

司马灰摇头说:"现在要食物可没有,但我这儿有个偏方,关东那边有句老话,'炕是一盘磨,睡着了就不饿'。"

罗大舌头精神不振:"那你赶紧给想法找个炕来,我打来缅甸就没睡过半个囫囵觉,正困得要命,老话说得好啊——宁愿三岁没娘,也不愿五更离床。"

这时,阿脆把手指放到唇边"嘘"了一声,她将听筒捂在耳朵上:"战术无线电里收到的声音越来越清楚了……"

玉飞燕提醒阿脆:"你先问清对方到底是谁,现在具体位于什么区域?"

阿脆正想按玉飞燕的意思与对方取得联络,突然从听筒里听到了什么可怕的动静,吓得真魂都冒出来了,触电似的将无线电步话机扔在一旁,低声惊呼道:"真有鬼!就在这艘冲锋艇上,咱们说的话它都能听到!"

这话说得众人全身一阵发冷,橡皮艇上哪里还有别人,看来这雾中果然有些不干净的东西,但却无影无形,只有使用战术无线电才可以捕捉到这段幽灵频率,否则即使雾中亡魂近在眼前,也根本无法察觉到它的存在。

司马灰示意阿脆不要惊慌,先设法听清"幽灵电波"的全部内容,才能确定冲锋艇上是不是有鬼。所谓"妖由人兴,信始有之",绝大多数情况下,怪事都是由人琢磨出来的,你不相信就不会觉得有多可怕了。

阿脆虽然外柔内刚,却最是惧鬼,但她见司马灰还算从容镇定,其余三人也都坐在自己身边,胆子便壮了几分。她深吸了一口气,重新拿起战术无线电的听筒,竭力分辨这段嘈杂纷乱的声音。

这个无影无形仅能出现在电波噪声中的"幽灵",似乎是想告诉众人:英国在印缅实行殖民统治时期,曾用了数十年的时间搜寻这座黄金蜘蛛城,直到四十年代中期才逐渐有了些头绪,并获得了一条重要线索:地下有优昙婆罗产生的浓雾,只有飞蛇才能进入雾中。

但此时缅甸宣告独立,英军已开始陆续撤出,先前获得的一切相关情报,就全部落在了与军方有秘密往来的"绿色坟墓"手中。

"绿色坟墓"派人驾驶英国皇家空军提供的蚊式特种运输机,搭载着一枚装填有固态化学落叶剂的重型"地震炸弹",在恶劣的天候下冒死进入野人山大裂谷,想以此摧毁覆盖在谷底的植物,但这次行动准备不足,最后以失败告终。

"绿色坟墓"并未死心,又使出威逼利诱的手段软硬兼施,网罗了几位考古和生物化学专家组成了一支科学考察队,长期在外围对野人山裂谷内的情况展开秘密调查,终于有越来越多的谜团也被逐步揭开。

大约在一千年前,野人山群塔矗立,气象巍峨,只有偶尔飞过山巅的苍鹰,才能在云开雾散时一睹"四百万宝塔之城"的全貌。直至山体塌陷,占婆王在裂谷底部发现了一座内部犹如蚁穴地宫般的漆黑岩山,其外形酷似八脚蜘蛛。

而在古占传说中,位于地底的死者之国呈塔形结构,周围盘伏着一条四手四足的巨蟒,人死之后肉体被其吞噬,而亡魂则要从蟒腹通道穿过坠入轮回,所以蟒蛇盘绕古塔的图腾,就意味着终结与死亡的恐怖之相。

这座地底岩山的内部留有人类居住过的痕迹,时间远在占婆王朝之前,但历史上没有留下任何相关记载,只推测其最终消亡主要是山洪灌入地下所致。依照占婆旧时观念,"城陷地下,是阴吞阳,主天下将屠",是个很不祥的征兆,加之占婆王在"地市"般的奇光异雾中,亲眼看到自己将会死在藏有骸骨的洞窟前,就在古城中广植优昙婆罗,妄图用难以逾越的浓雾将这个秘密彻底埋葬,使自己获得永生。

优昙婆罗是种千年一现的植物,它所产生的浓雾是其自身微生物聚集形成,绝大多数时间仅呈现枯化状态,然而黄金蜘蛛城里的优昙婆罗却能够无休无止地盛放,究其原因,是占婆王发现的"地宫"并非只是一座岩山,更是距今四亿年的泥盆纪晚期遗留在地下的一种特殊物质。它半似矿物半似生物,具有强烈的生物热剩余磁性,与地磁相互冲突,在周围形成了许多个大小不等的"盲谷"。

这些近似死亡陷阱般的盲谷,不是寻常地质学意义上"没有出口的暗河",而是磁极冲突给人体造成强烈影响的"旋涡"。一旦进入盲谷,罗盘指南针以及电子定位仪器都会受到严重干扰,人类自身的方向感和直觉将变得异常混乱,就如同人被蒙住双眼走不了直线一样,只有布置足够长的导向线,才有可能确保探洞者安全穿越盲谷。

这支科学考察队将黄金蜘蛛城内部的地宫命名为"泥盆纪遗物",并且在为"绿色坟墓"逐步探明裂谷情况的过程中,意外地发现该组织的真正目标,根本不是失落无踪的占婆王财宝。

如果按照古占传说,将这座黄金蜘蛛城作为"连接着真实与虚无的通道",生者存在于真实,死者坠落于虚无。那么"绿色坟墓"妄图寻找的真正秘密,则是一个被占婆王杀害,沉沦在虚无深渊中千年之久的亡灵。

第二章　通信中断

黄金蜘蛛城在被优昙婆罗覆盖后，周围产生了许多电磁旋涡，凡是不幸死在其中的人，灵魂将被永远禁锢在盲谷中。当年占婆王发现地宫密室中的石刻，"宛如奎星环曲之势、犹似龟甲鸟迹之象"，是某种极为古老的神秘符号，就逼迫俘虏来的一位圣僧为其解读，最后为了灭口，将老僧关在地宫密室中，与这座古城一起活埋在了深渊之下。他的尸体应该早已被黄金蜘蛛城消解，可黑暗的灵魂却仍旧封闭在密室里。

这些埋藏在裂谷最底部的古老符号，记载着泥盆纪遗物真正的主人，以及通往死者之国的秘密。然而，时至今时今日，世界上早已无人能够加以识别。除了早已死掉的占婆王之外，只有那位老僧的幽灵才清楚古城中埋藏的真相。"绿色坟墓"就是想找到这个困在密室中千年之久的亡灵。

科学考察队虽然还无法证实，究竟谁是在占婆王发现泥盆纪遗物之前最早进入这座地宫的人。但是"绿色坟墓"这个组织背后，存在着东西方冷战势力的暗中支持，考察队队员们不想沦为意识形态冲突下的傀儡和牺牲品，所以，他们计划抢在"绿色坟墓"有所行动之前率先进入野人山巨型裂谷，彻底毁掉通往死者之国的黄金蜘蛛城，使深藏其中的恐怖之谜永远消失。或许只有这样，才能够阻止"绿色坟墓"接触到这个古老的秘密。

于是这支科学考察队不顾生死，在诸多危险仍未排除的情况下，贸然进入了野人山。可他们没想到的是，成员中竟然潜伏着"绿色坟墓"的眼线，结果半路上被切断了导向绳，迷失在磁极混乱的盲谷深处……

阿脆听到此处，战术无线电中传来的噪声就中断了，重新陷入了沉寂。这部PRS25/77型战术电台受损严重，极度潮湿阴冷的环境又使电量消耗极快，终于无法再继续维持正常工作状态了。

司马灰皱眉道："刚才从无线电里收到的讯息，并不是陷落在地底古城附近的美军补给连所发，而是来自另外一支科学考察队，这些人确实都已经死了吗？"

玉飞燕轻叹一声说："他们对野人山里的危险估计不足，难免遇到不测，就如同飞蛾扑火、蝙蝠投竿，即使没被柬埔寨食人水蛭害死，也逃不出这没有方向存在的混沌空间。"

罗大舌头愕然道："当年那支考察队成员的亡魂真在这艘冲锋艇上？"

司马灰仔细思索这段幽灵频率中传递出的信息，不禁汗毛倒竖："看来野人山里确实有鬼，当年葬身在这片深水洞窟里的考察队，还有失踪在古城附近的美军补给连，以及密室中的老僧，这些幽灵只能停留在死亡时的区域里。科学考察队称这种区域为盲谷，英国探险队携带的战术无线电根本不是为了与'人类'通信联络，而是专门用来在地底收听鬼魂电波的。咱们在裂谷中的时间也不短了，如果再不尽快脱身，恐怕也要变成永远禁锢在死亡空间里的幽灵了。"

玉飞燕说其实那些只能在无线电波里出现的幽灵，已经讲得很清楚了，野人山里除了地磁，还存在着某种强烈的生物磁，这就是盲谷的可怕之处。这个世界上存在双重磁极旋涡的盲谷区域，到目前为止仅发现了百慕大三角一处，但是除了地磁以外，百慕大三角海底的另一种磁场究竟是什么，到目前为止还调查不出真相。战术无线电收到的幽灵电波中提到，深陷在裂谷地下的黄金蜘蛛城内部是一座被科考队称为泥盆纪遗物的黑色岩山,它所蕴藏的生物磁加上优昙婆罗释放的电磁波,在地底洞窟里沉淀分解出大量"Fe_2O_3"物质,从而产生出许多大小不一的"盲谷旋涡"。

人体内含有大量铁元素,所以一旦进入盲谷,感观触觉就会渐渐变得迟钝麻木,最终体内一切新陈代谢都会停止,由内到外逐渐腐烂消解,只有脑波意识会长期禁锢在死亡的空间之内。所以,战术无线电里收到的声音仅是一段残留在黄金蜘蛛城周围的记录而已,说它是幽灵也可以。不过这个借声还魂的幽灵却没有任何主观意识,只是在不断重复着它脑中留存的重要记忆。

司马灰听了玉飞燕的说明,虽然很难彻底明白,但也能理解人体死亡之后,其记忆会被磁场旋涡吸收,可以永远封存在盲谷空间内。他回想此前的一切遭际,估计英国探险队在空中撞到的机影,还有他进入"蚊式"残骸时遇到的东西,以及众人在地底古城附近收到的美军通信电波,大概也都属此类现象。而且不仅是人体,只要是曾经发生过的"事实",都会被盲谷吞噬,成为泥盆纪遗物中的一段段"幽灵记录"。带有生物电磁的雾气越重,所感受到的残象就越真实强烈,甚至有形有质。反之,则只能通过改造的战术无线电才能接收到死者的声音。而"绿色坟墓"亲自涉险进入黄金蜘蛛城,正是为了读取存在密室中的一段幽灵记录,这段记录来自一位被占婆王活埋的神僧。

司马灰又想起"绿色坟墓"身边有个背包,看来其中除了装着几枚反步兵雷,很可能还携有某种特殊感应器材,能让它在密室中接收幽灵电波,不过为什么"绿色坟墓"会在地底沼气爆燃之后就从密室里凭空消失了?当时白磷与烷沼混合燃烧产生的高温可以达到5000摄氏度,足以使一切生物汽化,莫非是人算不如天算,被烈焰在密室中焚化了?也可能"绿色坟墓"并不是消失在密室之中,而是进入了真正的"通道"。如果占婆王朝的黄金蜘蛛城确实是一条连接真实与虚无的通道,它究竟会通往什么地方?世界上不太可能存在死者之国,占婆王朝传说中的死者之国应该只是某种抽象的概念。或许只有古城密室中的幽灵，以及消失无踪的"绿色坟墓"，才清楚这个谜团的真相。

如今司马灰等人自身难保，对这件事自然有心无力，只得暂不理会。阿脆见玉飞燕洞悉幽灵电波中传达的讯息，问："现在该怎么办？还有没有机会逃出去？"

玉飞燕面无血色："我如今真不知道该怎么做才好，只怕要做最坏的准备了。"

罗大舌头不以为然："最倒霉的运气就是最稳妥的，因为你不用担心它变得更坏，我说咱都落到这地步了，还做什么最坏的准备？"

玉飞燕不耐烦地说："用不了多久，你就会感到体内血液迟滞，新陈代谢逐渐停止，全身从里到外开始腐化，最后烂得连骨头渣子都剩不下。更可怕的是，你的意识会始终保持清醒。"

司马灰实在听不下去了，就对玉飞燕说："打头的，我虽然没入过晦字行，但也懂些旧时规矩。从古到今，盗墓的山林队也好，寻藏的探险队也罢，其实都和独立行动的军事单位差不多，这支队伍里的指挥员应该具有无上权威，他必须无所不知、无所不能，看在十八罗汉祖师爷的分儿上，你可千万别当着手下的面说'我不知道该怎么办'，这种话对大伙儿心理上的杀伤力比地震炸弹还要厉害。"

这番话说得玉飞燕脸上青一阵儿白一阵儿："司马灰你也就是嘴皮子利索，咱们孤立无援地困在盲谷中，事先也没布置导向线，周围也没有任何参照物，不束手等死还能怎样？再说……再说你们三个人几时真正拿我当过首领？从来都将我的话当作耳旁风，还不是自己想怎样就怎样？"

罗大舌头点头道："这话说得是，你就是真拿自己当根葱，也没人愿意拿你蘸酱。"

阿脆低声对罗大舌头说："你少说两句，每次都专拣些火上浇油的话来讲。"

司马灰也不想让众人再起争执，只好对玉飞燕解释说："我刚才可没别的意思，也就是给你提个醒。"司马灰说着话就凑近了坐在冲锋艇后梢的玉飞燕，似乎从她身上发现了什么。

玉飞燕并不领情："那我倒要多谢你了？"她又见司马灰不知是哪根筋搭错了，两眼直勾勾地盯着自己的身体，冲锋艇上没有辗转回旋的空间，想躲都没地方躲，心中不由得怦怦直跳，问道："你想干什么？"她以为司马灰意图无礼，不禁恼羞成怒，抬手一记耳光就抽了过去，却被司马灰拖住胳膊拽在一旁。

原来司马灰看的是冲锋艇后边残存的大片血迹，那是在河道中被象骸戳透的巨鳄所留。死鳄的尸体早已被推落水中，但断掉的骸骨上仍然挂着许多血肉，兀自牢牢戳在橡皮气囊中。

罗大舌头见状若有所悟，忙问道："听说鳄鱼肉入药可以止咳、去痰、治哮喘，这东西……也能填肚子吗？"

司马灰摇头说："不是能不能吃的问题，我想这裂谷内，多有缅甸乌蟒、柬埔寨食人水蛭、地栖龙蜥，还有在浓雾中聚集的飞蛇出没，但却不能使活人生存下去，这说明什么？"

玉飞燕心思转得极快："你是说冷血爬虫不会受到地底生物磁干扰，如果能找到蜥蟒之属，咱们就可以辨明方位？但这水里一片死寂，大概连条鱼都没有。"

司马灰家传的"金不换"，是以相物古理为主，涵盖三宫五意阴阳之略，总览遁甲六壬步斗之数，上则连天，下则无底，辨识万物幽微造化，有如神察。他虽不甚了解地底形成盲谷的原因，却有办法观察水质间阴阳向背的属性，就问玉飞燕："你是否能看出这里的地形？"

玉飞燕说："看此间形势，在地理中应当统称为'山盘大壑'，又叫'盘壑'，是处位于山体洞窟群内的'大型溶蚀洼地'。从裂谷内涌出的地下水，由山缝间隙冲入此地，激流透过石穴下坠，成为贯穿落水洞的伏流。既然当年的考察队能从外界进来，就肯定有出口存在，可是因为这片溶蚀洼地内积存的地下湖水过于深广,所以,距离注水口和出水口稍远就察觉不到水面有任何动静,又受地形和环境所限,听不清远处的水流声音,倘若迷失五感,到死也只能困在原地兜圈子。"

司马灰听罢暗自点头,以前总觉得祖传的东西值不得什么,最近经历了许多事情之后,不得不重新审视自己的价值观和世界观了。他告诉众人说:"这跟我的判断基本一致,如果咱们命运的终点不在野人山,肯定还有机会脱困。"

玉飞燕将信将疑:"瞧把你给能耐的,此地混浊难分,渊深莫测,方向和规模都超出了既有的概念,你说得倒轻巧,哪有那么容易?"

司马灰说:"容易不容易都是因人而异,难者不会,会者不难。有道是'山以静为常,水以动为常,山水各有两端,注水属阳,落水属阴',深山里不会存在绝对静止的水,所以水流阴沉之处,就必定是这片伏流倾出山外的方向。"他划亮信号烛,用刀锋刮下死鳄的血肉浸于水中,细辨血水溶散的方向。冷血动物的血液不受生物磁影响,借着信号烛的光芒,但见尸血溶到水中有如一缕黑烟漂散。

司马灰推测溶血漂散的方向即落水洞,就以此作为方向参照,同其余三人抄起木桨划水,撑着橡皮艇往深处前行,不消半刻残留的死鳄血肉就已散于水中不见,凄冷的迷雾却依然不见尽头。众人已经开始感觉到手脚和头脑都在渐渐麻木,意识越来越模糊。

第三章　逃出野人山

司马灰咬破舌尖,使自己变得清醒了一些。他竭力抑制绝望的情绪,仔细观察水面动静,发现水底幽深,似乎有洞鲈潜伏。

那都是些双眼退化了的盲鱼,依靠深水化合物为食,没有体形限制,小的就如蚯蚓粗细,大的可以吞吃活人。它们受到血腥吸引游上水面,被司马灰用鸭嘴槊戳住一条扔到冲锋艇上,众人又以鱼血辨认方向。摸着黑也不知驶出多远,个个累得腰臂酸软,饿得眼前金圈乱晃,忽觉雾气已薄,远处露出一条蜿蜒细长的白线,仿佛是片极其微弱的光亮。它摇曳在幽深的山体缝隙间,与四周无边无际的黑暗形成强烈反差,这种压迫感传来的冰冷直透骨髓。

众人见前边隐约显出一条白线,似乎是抹光亮,看来已经逃脱了迷失方向的盲谷。此刻绝处逢生,四人心头均是一热,可还没等定睛细看,就听骤然响起隆隆的水声,冲锋艇失去了控制,在水面上打着旋子向前漂去。

暴雨过后,这数十股涌出深山的伏流,恰似一条条悬挂在危崖上的巨大白练,气势磅礴地从崩裂的峭壁间飘然而出,银河凌空般倾落在被莽莽原始丛林覆盖的山涧里,声如飞龙清啸,雷霆万钧,在整个深谷间回响不绝。

司马灰等人都没料到这落水处竟是个落差如此巨大的瀑布,难免有些措手不及，还没等用木桨使冲锋艇减速，就早已被上游湍急的水流裹住，顺势由高处坠下深涧。司马灰觉得自己的身体从艇上抛落，霎时间天旋地转，也不清楚是头上脚下，还是头下脚上，更不可能在空中观看瀑布群神秘的雄姿。他并不清楚瀑布下是乱石还是深潭，只是死中求活，拿身家性命竭力一搏，双肘紧紧向内收拢，以手抱膝，额头顶住膝盖，将身体团缩起来，一溜跟头直翻下去。

这片大瀑布底下全都是坚硬无比的白云岩，但在水流的长期切割侵蚀下，白云岩已被掏空，上部岩层由于失去支撑，逐年坍塌后退，构成了一个半弧形的深涧。水流从五十多米高的落差上飞泻而下，势如万马奔腾，发出震人心魄的轰鸣。

四人落水之后，受到冲力带动猛扎向下，都不可避免地喝了一肚子水，可还没触到底，便又被池水的强大浮力托了上来。只见盘亘在高山峭壁间的数条瀑布都自高空下垂，势如出龙，激得珠玉四溅，水雾氤氲，深涧两旁古树参天，怪石嶙峋，藤葛缠绕纠结，茂密的丛林植被遮盖了大部分水面。

众人死里逃生，挣扎着爬上从水底隆起的树根，趴在上边吐了几口水，发蒙的头脑才渐渐恢复清明。司马灰喘歇片刻，发现罗大舌头行动艰难，就招呼阿脆一起过去看他的伤势。

这一带山高林密，并未被热带风团"浮屠"严重波及，此时疾风骤雨早已停歇，抬头就能看见蓝天白云，光线充足。阿脆揭开罗大舌头腰上缠的绷带，一看伤口内流出的都是黑血，不由得暗暗皱眉，如果是脏器破裂，不动手术根本无法止血。

罗大舌头只要人还没死，嘴就不能闲着，可此时也渐感不支，油尽灯枯之际全身如坠冰窟，有气无力地说："这山里怎么他娘的这么冷？其实现在最管用的灵丹妙药，就是找碗热粥给我灌下去……"说着话，低头看了看自己的伤处，可比预想中严重多了，心中也是老大吃惊，强撑着问阿脆，"怎么样？还活得过今天吗？"

阿脆低头不语，司马灰只好替她说："可能实际情况也没有看上去……那么糟糕。"

罗大舌头摇了摇脑袋说："你就别给我吃宽心丸了，我自己又不是看不见，这伤口里流的可全是黑血，这是肠子里的血。我他妈的也真是倒了八辈子邪霉，看来注定要死在这深山老林中，别说墓碑了，埋到土里连块遮脸的薄板都混不上，这叫什么命啊？"

司马灰咬牙说："好不容易逃到外边，就别他妈再说丧气话了，我们抬也能把你抬回去。"司马灰想尽快北逃，就问玉飞燕是否还要一同行动。现在已脱离了裂谷，毕竟双方路途有别，不如就此分道扬镳。

玉飞燕怒道："你个挨千刀的司马灰，怎么又想甩下我？如今咱们都是筋疲力尽，两条腿都迈不开步了，身边又没有了武器、电台、药品、食物、地图，在这种弹尽粮绝的境况下，谁能走得出野人山？不过就算死在丛林里被野兽啃了，总强似活活困在那不见天日的地下洞窟里。"

正说话的工夫，从深涧右侧的山脊斜面上忽然飞起一群野鸟。司马灰是行伍出身，耳尖目明，他知道深山无人鸟不惊飞，可能是远处有什么异常情况出现，急忙抬头观望，就见那山上有片几乎与树丛植物混为一色的人影，密密麻麻不下几百人，都穿着制式军服并且全副武装，只是距离尚远，还辨认不出是哪支部队。

司马灰发觉情况有变，赶紧对玉飞燕和阿脆打个手势，三人抬起罗大舌头躲进植被茂密处。但是那批从山上经过的缅甸武装人员已看到这条深涧里有人，重机枪子弹立刻疾风骤雨般打了下来，碗口粗细的植物当时就被扫倒一大片，他们又仗着居高临下，展开队形包抄，散兵线穿过丛林迅速逼近。

司马灰等人被密集的火力压得抬不起头，只要一起身，就会被射成马蜂窝，耳听周围的射击与呼喝声越来越近，心中无不叫苦："真他娘的躲了雷公又遇电母，野人山里怎会突然出现这么多军队？"

这时，司马灰辨听那些缅甸武装人员的呼喝声，以及轻重武器的射击方式，都感到有些耳熟，不太像是政府军和土匪，不禁暗自纳闷儿："这些武装人员是佤邦军？"他示意玉飞燕和阿脆千万不要试图还击，同时躲在树后大喊："苗瑞胞波！苗瑞胞波！"

"苗瑞胞波"是缅甸语，意思是"亲密无间的同胞兄弟"，简单说，就是"自己人"，当年越境过来参加缅共人民军的中国人，学的第一句缅甸话基本上都是这句。

那些包围上来的缅甸武装人员听到司马灰的呼喊声，果然陆续停止了射击。司马灰见对方停了火，就先举高双手示意没有武器，然后才缓缓走出树丛相见。

从山脊反斜面出现的部队确实是"佤邦军"。这些人全是聚居在中缅边境的佤族民兵，不分男女老幼，个个肤色黝黑，悍勇善战。他们虽然一个大字不识，但大部分都能讲中国云南方言和佤族土语，是一股很庞大的地方武装势力。其首领在"文革"初期受到过中国最高领导人接见，自称是"佤族红卫兵"，前些年也曾多次配合缅共人民军作战。

当初佤邦军的首领在腊戌被政府军俘虏，准备押赴刑场处决，恰好那时缅共人民军取得勃固反围剿的成功，部队一路打进腊戌，才将他从政府军的枪口底下救了回来，所以双方有着用鲜血凝结成的坚固友谊，每次相见都以苗瑞胞波相称。

司马灰记得佤邦军都盘踞在中缅边境一带，那地方离野人山可不算近，他们怎么会出现在这片与世隔绝的原始丛林中？而佤邦军对在此地遇到游击队的幸存者也感到不解，但双方都是苗瑞胞波肯定没错。

佤邦军里的头目看罗大舌头情况危急，就先命随军医师给司马灰等人重新裹扎伤口。他们进山作战，都带着必备的急救药品和手术器械，但队伍中的军医都是土大夫，手段并不如何高明。好在阿脆医术精湛，就临时布置简易战地医院处置伤情，输了血之后，罗大舌头这条性命总算是暂时保下了。

随后双方各自说了情由，原来此地已位于野人山东南侧，北边的佤邦军发现有几股来历不明的武装人员趁着恶劣天气在山区进行侦察活动，便以为是政府军要派兵围剿，于是调遣部队绕路进山，准备伏击敌军。

司马灰等人与佤邦军的头目交换情报，说起最近在山区活动的武装分子和飞机可能都是"绿色坟墓"的手下，其目的是搜索一架几十年前失踪在野人山的英国皇家空军蚊式运输机，看迹象不会对盘踞在北面的佤邦军构成什么威胁，而在山区南部集结的政府军也没有北进迹象。司马灰又表示自己这四个人都是被打散的"缅共游击队"成员，身上带有许多重要军事情报，要赶回北京直接向毛主席汇报，事关世界革命兴衰成败之大局，耽误不得，因此希望能跟随这伙佤邦军北上前往国境线。

佤邦军的首领听司马灰说得有鼻子有眼，而且也与佤邦军侦察到的一些情况不谋而合，便信以为真了，当即留下一些人在山里继续监视敌情，其余人马则全部回撤。

这支佤邦军从缅甸、老挝交界地带迂回北上，翻山越岭、晓行夜宿，数日后抵达了中缅国境附近。司马灰等人又在佤邦军中休整了几天，罗大舌头的伤势经过调养也逐渐有了好转迹象。

此时的天空有些阴晦，高黎贡雪山巍峨的身影大部分被低垂厚重的铅云所遮盖。探险队的幸存者们虽然从野人山里成功逃脱，可身上都被化学落叶剂灼伤，后患无穷，将来会是什么下场可想而知，因此三人商议今后何去何从，都是各有打算。

这佤邦军里始终缺少真正的医师，当地人见阿脆医术精湛，并且性情柔顺容易与人相处，便都恳求她留下来行医。阿脆见此地有许多得不到有效救治的伤患，也是于心不忍。而且阿脆家庭成分不好，如果返回中国，可能会因当初南逃缅甸的事情连累家人，所以她为自己做出了一个决定，要留在佤邦军中救死扶伤。

司马灰认同阿脆为她自己选择的命运，又考虑到佤帮临近中缅国境线，政府军不敢轻易调兵围剿，这里又地处偏僻山区，各寨全是清一色的佤族，外人想混进来确实不太容易，只要阿脆隐埋身份，换装成佤邦军里的女兵，尽量不与外界接触，躲上几年也不成问题。于是没再多作劝阻，嘱咐阿脆照顾好自己，一定保重。

不过司马灰回国的念头却始终未变，因为"缅共特务连"还有最后一个任务，就是让活下来的人尽可能返回祖国，设法给其余的战友家里捎个讯息。如今这个最为重要的任务只能落在司马灰身上了。

玉飞燕则认为，虽然"绿色坟墓"这个地下组织在"野人山事件"之后毫无动静，仿佛从此销声匿迹了，但在没有解开黄金蜘蛛城所有谜团之前，绝不能认定今后太平无事了，否则早晚还会有场大祸事找上门来，逃到天涯海角也躲不过去。为了消除后患，必须设法返回占婆王古城，获取密室中那段存在了千年的幽灵电波。

第四章 流　脑

　　黄金蜘蛛城中存在着一个徘徊了千年的幽灵，更确切地说，是一段"机密录音文件"，一段需要使用特殊感应器材才能接收到的电波，"绿色坟墓"筹划布置了几十年，正是想要取得这段深埋地底的幽灵电波。

　　司马灰并不是没有想到过——只要设法获取密室中的幽灵电波，肯定可以解开"绿色坟墓"的一切秘密。但是这件事情也确实非常棘手，如同老虎咬王八，实在是找不着下嘴的地方。"绿色坟墓"的真实面目，以及它藏匿在探险队中的方法，都被瞒得像铁桶一样，而占婆王古城也早已沉入了大泥淖子，眼下再没有任何相关线索可供追踪。

　　司马灰权衡轻重，还是要先返回祖国为那些阵亡失踪的战友做个交代，在他看来，没有什么事情比这个任务更为紧要。

　　玉飞燕手下的山林队老少团全伙折在了野人山，如今也是无从投奔，但限于当前政治形势，也不能跟着司马灰一同越境北逃。

　　这些天，司马灰跟佤邦军打听了国内的情况，得知近几年从缅共人民军里逃回去的战友，最开始都会受到隔离审查，主要是防止有人在境外接受特务训练，被派回中国执行潜伏任务，到后来因为人数实在太多了，审查尺度放宽了不少，不过在问题澄清之前，都不能批准返回原籍，而是集中下放到农村进行监管，后果并没有他们当初想象的那么严重。

　　司马灰记得缅共人民军里曾经有个女兵，同阿脆相熟，年龄跟玉飞燕差不多，容貌也有几分神似，背景与司马灰等人一样，都是从国内跑出来的右派子女，家中父母早已经不在了，国内更没有什么至亲。去年跟部队在丛林里行军，那山沟淤泥里生有许多草爬子，遇着活人就围上前来"热烈欢迎"，拼命把脑袋钻到肉里喝血。这些草爬子虽然没有"柬埔寨食人水蛭"可怕，体内却都带有一种"流行性脑膜炎病菌"，对人体的传染概率为百分之一，人被感染后几个小时就不行了，没个救。当时这个女兵就不幸被草爬子传上了"丛林流脑"，最终不治而亡，还是阿脆亲手将她埋葬在了山里。

司马灰就给玉飞燕出了个主意，让她冒充这个女兵，反正回到国内都要被下放到偏远农村，那地方上负责监管的革委会干部全是农村人，在他们眼中看来，这些右派子女和城里下来插队的知青在气质外貌上都没区别，所以只要记清楚新的出身背景，再尽快念熟毛主席的"老三篇"，谁能认得出来？这就叫"险中求存"，未必不是一条生路。

玉飞燕想到自己眼下的处境也是走投无路，只好咬着牙说："去就去，不过司马灰你个死鬼给我记着，我要出了什么意外，就先交代你是主谋！"

阿脆劝说此事绝不可行，百密难保一疏，何况就凭司马灰出的这种馊主意，连审查的第一关都过不去，万一人家从城里调出档案来进行比对，肯定会露出破绽，到时候满身是嘴也说不清了，不仅玉飞燕会出事，你司马灰也得跟着受牵连。

商议到最后，玉飞燕也只得决定远赴英伦。她嘱咐司马灰说："我在中国有个从未见过面的叔父胜天远，虽也经过手艺，可他与我爹道路不同，没入晦字行，而是在英法求学，曾是法国博物考古学院历史上最年轻的院士，担任过法国常驻印度支那考古团的总领队，常年在缅甸、柬埔寨、越南等地考察古迹。听我爹讲，大概在五十年代初期，他曾经被'绿色坟墓'这个组织利用，破解过一份古代文献，在得知某些事实之后，就以华侨身份逃回了中国并在北京任职，此后这些年音讯断绝。你们此次回去可以设法去找我叔父，如果他仍然在世，或许有可能知道占婆王黄金蜘蛛城里埋藏的真相。你此去务必保重,咱们多活一天是一天,可别拿自己的性命不当回事。"

司马灰点头答应:"既然你叔父是位从事考古工作的学者,而且名望甚高,归国后也不太可能放弃他自己的事业,不过'文革'开始后各单位的知识分子大多被下放到农村去了。我在北京还有些关系,回去之后找人帮忙打听打听,兴许能有着落。"于是司马灰开始整理行装,其实身无一物也没什么可收拾的,简单准备之后就要独自动身上路。

谁知罗大舌头得知此事,虽然重伤未愈却不愿留下来休养,硬要跟司马灰一同回国。他实在是在缅甸待够了,又惦记着蹲牛棚的老父罗万山,一天也不想多留。

司马灰见罗大舌头已能下地走动,又征求了阿脆的意见,在得到肯定的答复后就同意带罗大舌头返回中国。

在命运的十字路口,每个人都做出了自己的选择,但每一条道路都如同面前这座云封雾锁的高黎贡大雪山,存在着太多的未知与变数。四人毕竟生死患难一场,又知各自前途未卜,说不定这次分手即成永别,临别之际难免心情沉重,都是沉默无语,正所谓"黯然销魂者,唯别而已矣"。

司马灰却不气短,他见气氛压抑,就揽住众人肩头说:"大伙儿别都垂头丧气的,咱们这不是还没死吗?将来若能重逢,想来会有别样心情。"说罢招呼罗大舌头动身上路,离了佤邦军直奔中缅国境线而去。

与大多数从缅甸逃回国内的人命运相同,司马灰和罗大舌头除了安全检疫之外,肯定还要接受各种审查。好在夏铁东的事情已经翻案了,在这件事上没被过多追究。但司马灰与罗大舌头在缅甸折腾的动静不小,甚至连国内也对这些事有所知闻,因此,他们并没有如预想般被发配到农村进行劳动改造,而是被送到长沙远郊一个砖瓦场进行监管,白天干活儿,晚上在学习班写材料。他们在缅甸的所作所为,不分大事小情都必须原原本本、详详细细地落在纸上,至于今后是继续关押还是下放,都要经过有关部门层层核实调查,等做出结论之后才能定性。

司马灰没想到审查会如此之严，甚至连给家里人写封信都受限制，基本处于隔离状态，现在唯一能来看望他们俩的只有以前的同学夏芹。

这些年，夏芹的父亲早已升任副司令员，她参军后也被分到了军区总医院工作。同司马灰、罗大舌头一别数年，三人相貌都有很大变化，但昔时情谊未改，此刻重逢都是惊喜万分，心头百感交集。

夏芹先是抹了一会儿眼泪，责怪说："你们俩可太有出息了，当初哪儿来的那么大胆子？跑到越南被人抓住还不老实，又从农场逃到缅甸去了，在外边胡闹了好几年，怎么现在还知道要回来？"

如今回到中国，轰轰烈烈的"无产阶级文化大革命"尚未结束，司马灰和罗大舌头嘴里说话也不得不换个频道，再不敢自夸其能，只得感叹道："别提了，那时候年轻不懂事啊！犯了盲动主义的错误，给世界革命造成了损失，现在真是追悔莫及。好在已经悬崖勒马认识到错误的严重性了，如今做梦都想重新投入到祖国人民温暖的怀抱中来，所以你回去跟你爹说说，能不能想点法子把我们俩从这儿捞出去？"

夏芹说："你们啊，先好好在这儿关着吧！要不然又该上房揭瓦了。"她又提及父亲夏副司令员很挂念夏铁东的下落，想从司马灰和罗大舌头这里打听一些消息。当年夏铁东被人诬陷要行刺周总理，如今早已澄清了事实，家里却一直联系不上他。

这件事真把司马灰和罗大舌头问傻了，心里像是被人用刀子戳了一般，可也不能一直隐瞒下去，就以实情相告，但还是把夏铁东被政府军俘虏活埋的情形抹去，说成是遇到伏击被冷枪打死的，死的时候很突然，没什么痛苦。夏芹初闻噩耗，忍不住失声痛哭。

司马灰请求夏芹帮两个忙，一是给那些死在异国他乡的战友家里写信通个讯息，再有就是去看看阿脆的家中还有什么人，日子过得怎么样。

司马灰和罗大舌头对此事原也没抱太多指望，在夏芹走后，罗大舌头又被告知其父罗万山两年前因病去世，二人更觉沮丧，继续日复一日地在砖瓦场苦熬，交代材料也不知道写了几十万字，不由得十分焦躁，实在是没招儿可想了,只好决定不顾后果,要觅个时机逃出砖瓦场。

这片砖瓦场地僻人稀,内部只有学习班监管所的几溜低矮小平房,里面都是用木板搭的南北通铺,住了几十个人,以接受审查的戴帽右派和走资派居多。被监管在其中的人活动相对自由,晚上近处没有警卫看押,只有一个革委会的马副主任偶尔拎着手电筒过来巡察,监督众人学《毛选》、写材料。

砖瓦场里白天劳动强度很高,每天一大早,就有卡车把关在附近农场里的劳改犯从外边送进来,司马灰就要跟着一起钻热窑参加劳动,他发现这时周围都有带枪的战士看管巡逻。

罗大舌头因为身上有伤,被允许白天也在屋里写材料,不用出去干活儿,但前些天拆了最后一次线,估计用不了多久就没这待遇了,所以他也沉不住气了,真要在这儿关一辈子,那还不如回缅甸佤邦军入伙呢,就撺掇司马灰赶紧想办法逃跑。二人正合计着来次夜间侦察,先摸清周围明岗暗哨的部署情况,然后再做计较,马副主任却突然推门进来,责备道:"怎么又交头接耳?你们俩今天的交代材料写得怎么样了?"

司马灰立刻苦着脸叫屈:"主任啊!我这铅笔都写秃好几捆了,组织上对我们的事什么时候才能有结论?现在正是夺取'无产阶级文化大革命'全面胜利的关键时刻,却让我天天浪费宝贵时间写这些没有价值的东西,这能充分体现党和人民给出路的政策吗?"

马副主任是真替时下的年轻人着急,思想意识太成问题了,所以每次都要语重心长地唠叨半天,这下他又板起脸打着官腔:"司马灰,你不要总发牢骚,也不要有抵触情绪,你那一肚子花花肠子我可太清楚了,整天油腔滑调,写的交代材料错别字连篇,前言不搭后语,我看咱们这学习班里就属你怪话多。我劝你应该有耐心,你们的问题,组织上早就开始着手调查了,可这涉及方方面面,不是短时间内可以完成的。虽然你们俩的家庭出身都不太好,问题也比较复杂,但毛主席一再指出,'上梁不正下梁歪、老子反动儿浑蛋'的论调不可取。这说明了什么?

说明党和人民并没有抛弃你们嘛！所以，你们要好好交代问题，深刻反省自己的错误，坚决站在毛主席的伟大革命路线一边，珍惜党和人民留给你们的出路，不要辜负了党和人民对你们的挽救。"

马副主任见这二人听得心不在焉，自己说得也没什么兴致了，便最后叮嘱说："你们这几天抓紧时间收拾收拾，到了月底就该上路了。"

罗大舌头闻言吃惊不小，"噌"地站了起来："月底上路？现在才几月份啊！不都是秋后处决吗？"

司马灰听到这个消息也觉得全身血液倒流："秋后处决是前清的老皇历了，而且国家处决反叛，向来不拘时日，咱俩肯定被扣上投敌叛国的大帽子了。"

马副主任一龇牙花子："简直乱弹琴，哪个说要枪毙你们了？我看再过几天你们的问题也差不多该有结论了，到时候还想赖在砖瓦场不走？不过在此之前，你们仍要相互监督，积极检举揭发，争取全面肃清精神上、思想上、血液里的毒质。"

司马灰一听这话的意思，竟是要被放出去了，颇感意外又不免暗骂马副主任，这"上路"俩字是随便用的吗？老子被你吓死了多少用来思考人生的脑细胞啊！

二人再向马副主任打听详情，原来司马灰先前交代给夏芹的事情都已办妥，夏副司令员也已经同意帮忙，毕竟司马灰和罗大舌头的父辈解放前在关外打仗时，都与夏副司令员同属一个纵队，或多或少有些交情，如今这年月，"火候到了猪头烂，关系到了公事办"，加上这俩人其实也没什么大问题，又是革命军人后代，只要上边的首长说句话，对司马灰和罗大舌头的审查很快就会结束。

果然没过多久他们就被解除了监管，可出来之后身无分文，还不如在砖瓦场钻热窑，至少那地方一天还管三顿饭，此刻要想解决生存问题，只能参加生产建设兵团农机连，到人迹罕至的北大荒去修理"地球"。

第五章　鬼　鼓

二人一合计，俗话说"救急不救穷"，咱都是五尺多高的汉子，也不能总指望着人家夏芹接济，必须得先谋个安身立命的工作才是。

不过按照当时的情形，"文化大革命"尚未结束，工农兵们基本上是一个萝卜一个坑，没有正式工作可找，这俩人在"缅共人民军"里混得年头多了，向来不知道法制纪律为何物，满身游击习气，不甘心到北大荒去开大田，万般无奈之余只得又跑回"黑屋"混日子。

远郊的黑屋历来是社会底层闲散人员的聚居之处，又是当地黑市的代名词，被公安局和革委会清理过无数次，直至今日也没能彻底铲除，司马灰当年曾在此横行一时，现在仍有许多熟人。人际关系绝对是闯荡社会的首要资本，人头熟便有路子，才有机会找到活儿干，毕竟人活着就必须吃饭，生存是一切社会行为的前提，吃不上饭什么计划都是扯淡。

当时黑屋一带仍以吃铁路为主，湖南省每个星期都有一趟运生猪的专列，火车直接开到广州，再把生猪卸下来装进货车送去香港，往返一共六天的时间，车厢里需要有人负责清扫和喂食。这种活儿又苦又累，还非常肮脏，如果生猪出现死伤逃跑的情况，还得承担相应责任，铁道上一向只雇临时工来做，但是给的报酬相当可观，跑一趟二十元钱，黑屋地区有许多闲散人员抢着来干。

司马灰和罗大舌头两个通过熟人给铁道上管事的送了一整条"特供甲级香烟",才争取到了这份工作。可头一次上火车出工就傻眼了,戴上两层口罩都挡不住闷罐车里刺鼻的气味,闻了这股味道,一整天都吃不下饭,而且拎着泔水桶进到车厢里喂猪时,更是比在缅甸被政府军包围了还要恐怖。那些生猪一看到吃食,立刻呼噜着猛扑上来,无论怎么喝打也阻拦不住,要不是司马灰腿脚利索,就得被大群生猪当场拱翻在地活活踩死。

这天二人好不容易喂完了猪,累得精疲力竭,爬到火车顶子上抽烟透气。罗大舌头突然问司马灰:"你还记不记得马小秃?"

司马灰说:"当然记得,有时候我做梦还梦见他坐在火车顶上的样子,这马小秃爹妈就他一个儿子,上边有六个姐姐,家里拿他当眼珠子似的供着,从小就什么活儿都不让干,上下学都是他几个姐姐轮流去接送。当年大串联的时候,听说毛主席要去井冈山视察,全国几百万红卫兵立刻疯了似的全往那儿奔,火车上挤得是人摞人,下脚的地方都找不着。当时马小秃也想去,他爹一听是去见毛主席呀,这事太光荣了,老马家祖坟都冒青烟了,就答应让他跟咱们一块走,临行时千叮咛万嘱咐,还给带了整整一书包鸡蛋。车厢里实在挤不开咱们就只好趴到车顶上,可马小秃从来没出过门,更没坐过火车,不知道火车还得钻山洞。一进隧道立刻四下里全黑,他给吓蒙了,忘记了火车还在高速运行,站起来想跑,结果一脑袋撞到隧道上,死得可真是太惨了。咱们下车之后,打着手电筒回隧道里找他的尸体,那满地脑浆子的情形我就是到死也不会忘。"

罗大舌头也叹道:"到后来大伙儿才知道,毛主席到井冈山视察的消息是个谣言,马小秃死得可真他妈不值,这小子当年跟我关系挺不错,我们俩经常在一块儿玩,我特照顾他。"

司马灰奇道:"你是不是把做梦的事给当真了?我怎么记得你当年在学校净欺负这孩子。人家马小秃带上火车那一书包鸡蛋还没等到开车,就先被你消灭了一多半。你究竟是跟马小秃关系不错，还是跟他们家鸡蛋关系不错？"

罗大舌头急道："你要这么说可就太卼蛋了，现在我这不是坐在火车顶上，突然缅怀起了当年的同学，心里觉得难受吗？咱们挨这苦受这累也不算什么，就是干完了活儿只能在车顶待着实在不是滋味，再说忙个没黑没白，挣点血汗钱刚够填饱肚子，这得熬到猴年马月才有出头的时日？"

司马灰点头说："这种跟着火车替殖民地同胞喂猪的差事，我也不想再干了，这份儿罪简直不是人受的，我打算去北京打听胜天远的下落，顺便弄笔钱，解决眼下的生存问题。"

罗大舌头一听这话，立刻又来神了："北京有什么捞钱的地方？"

司马灰说："当年赵老憨换给咱们的火龙驹皮袄，可是个稀罕物件儿，去缅甸这些年，一直存在夏芹家里，北京地方大，容易找到收货的下家。"

二人说动就动，跟完了这趟车回了长沙，就立刻前往北京，通过以前的关系，一面打听胜天远的下落，一面寻些打小鼓的买主。

当时"文化大革命"虽然还未结束，但北京历来是个"多重世界"，上下人等各有各的活法，总有些趁着除"四旧"淘换珍玩宝器的买主，这些人非常了解什么是社会，一个个心知肚明哪朝哪代没有动荡时节？要都是清平盛世，古董便不会流落到穷街陋巷里跟白菜一个价钱了。这场政治运动早晚得有结束的一天，到时候那些老掉牙的东西就会立刻翻着跟头往上涨，千倍百倍的暴利唾手可得。

旧时称沿街收购旧货者为"打小鼓的"，常挎个大布褡子，手敲一面巴掌大的扁形小圆鼓走街串巷，收购范围很广，上到金玉古董、首饰字画，下到鸡零狗碎、破铜烂铁，没有他们不收的，在老北京的五行八作里向来占着一路，所以这些收货者至今仍以旧时称谓自居，只不过在"文革"中行事非常低调，从不敢轻易抛头露面，若非熟悉门路的人，想找他们也不容易。

可司马灰身份不同，京城里收货的谁不知道他是"旧姓张家"之后，家底子不比寻常。因为好东西大多都讲个传承来历，毕竟这玩意儿不是从天上掉下来的，地里更是长不出来。要说某人家祖上三代都是在火车站扛大包的苦力，他突然拿出件价值连城的古董来卖，那不用看就知道肯定是假货。可深宅大院里的人家就不一样了，虽然产业败了，但保不齐还能从哪个犄角旮旯里翻出点好东西，拿到市上就不得了。

果真有几位打小鼓的买主，在得到消息之后，请司马灰到灯市口附近一处民宅里看货，其中有一位姓刘的老师傅，本名叫刘淮水，相识的都叫他"刘坏水"，又因眼光犀利鬼道，所以还有个绰号唤作"鬼鼓刘"。这刘坏水祖上六代打鼓出身，这还仅是有根有据能查出来的，甚至还有人说老刘家自从宋代起就开始掌管"长生库"了，在打鼓行中资历最深。

鬼鼓刘戴着副老花镜，穿着朴素简陋，套袖布鞋和半旧的人造革手提包，既不显山也不露水，要是不知情的人见了，多半会认为这老头儿大概是哪个国营单位的会计。此人一贯跟旧姓张家相熟，其余买主都是他给牵的线，一看司马灰和罗大海来了，立刻按旧时规矩过来请安，还口称"八老爷"。

司马灰知道这都是些场面上的客套话，如今这年头儿谁拿谁当爷呀！可还是谦辞道："刘师傅，咱可不带这样的，您这是折我的寿啊！"

刘坏水赔笑说："从我爷爷那辈儿起就给老张家做查柜，何况我年岁大辈分低，见了您不称八老爷称呼什么？长幼之序可不敢乱。不知道八老爷这趟回京，又从户里倒腾出什么好玩意儿，赶紧亮出来让咱们开开眼吧。"

司马灰为了多蒙点钱，早跟罗大舌头把词儿编好了，此刻听刘坏水一问，就为难地说："我们家祖上那点产业早没了，现在连处能遮风挡雨的房子都没剩下，哪还有什么户里传下来的东西，不过这位罗寨主他们家里倒是有件压箱底的玩意儿，就请老几位给长长眼。"

刘坏水戴上老花镜，斜眼打量了一下罗大舌头。他阅的人多，一看罗大海身上的衣着和气质，就知道这浑小子肯定挺横，可能是个干部子弟，却不像什么名门之后，现在的干部大多是工农出身，能有什么户里传下来的行货？但也有可能是"破四旧"抄家时抢来的物件，便试探着问道："不知这位罗寨主，是混哪个山头的？"

罗大海一摆手："什么寨主团头的，多少年前就没人提了，您称呼我罗大舌头就成。"随即从裤兜里摸出一颗珠子，拿提前编排好的话说："别看我爹是扛枪起义闹革命的泥腿子，祖上八代没吃过饱饭，说起古董玩器来，可跟您这专门倒腾古玩的比不了，您要是开飞机的飞行员，那我们家顶多就是个放风筝的。但我老罗家祖上代代善男信女，积了八辈子阴德，哪能没留下一两件压箱底镇宅的宝贝呢？如今传到我这儿，还真有这么一样拿得出手的东西，原本我是打算传给后世子孙的，但谁让咱们有缘呢，您要瞧着好您就给出个价，咱只当是交个朋友，我情愿忍痛割爱了。"

刘坏水问道："你这颗珠子还有传承？"

罗大海说："当然有，这珠子可是来历不凡啊！真要讲起来也够催人泪下的，当年我爹我妈年轻时还没参加革命，都是在乡下种地的农民，面朝黄土背朝天，一辈子没别的追求，就是积德行善做好事。有一回看外乡来了一个要饭的老太太，怀里抱着一花枕头，我爹妈一看，这老太太在世上没有半个亲人，无依无靠的真可怜，就动了恻隐之心将她收留下来，当成自己的亲娘一样伺候孝敬。可这老太太始终不说自己是从哪儿来的，她身边别无一物，只有个枕头形影不离。后来小鬼子打进了中原，我爹就扔下锄头参加了八路，解放后进了城还拿这老太太当亲娘对待。老太太临终之前，对我爹妈两口子说：'你们收留我这孤老婆子这么多年，此生无以为报，就把这个枕头里的东西留给你们，好好收着可千万别丢了。'说完就与世长辞了。"

罗大海咽了口唾沫接着说："我爹妈就纳闷儿了，修合无人见，存心有天知，我们老罗家是积善的人家，做好事从来不求回报，怎么老太太非要留给我们一个枕头呢？等发送完了老太太，到了晚上两口子回家把枕头拆开，一看这绣花枕头里面除了荞麦皮，就只有滴溜滚圆的一颗珠子，一拿出来顿时满室放光，才知是件宝贝，但谁也说不清它的来历。直到后来有机会，把珠子拿到故宫博物院，请专家一鉴定，总算是搞清楚了来龙去脉。想当初八国联军打进了北京，慈禧太后出逃热河，派使臣前去跟洋人议和的时候，洋人们不肯轻易承认那使臣能代表老佛爷。八国联军里头有个曾经见过慈禧太后的将领，他还记得慈禧头上戴有珍珠凤冠，珠冠上有二十四颗夜光明珠，颗颗浑圆，都是一般大小，号称'二十四桥明月'。他们就向清廷提出要求，让前来议和的使臣携带一颗明珠作为信物。"

刘坏水玩味地看着罗大海，嘴角挂着浅笑，罗大海也不在意，接着唾沫横飞："慈禧太后不敢怠慢，立刻从凤冠上拆下一颗明珠，命一个贴身的宫女拿了，派御前侍卫火速送往京城，结果这小宫女半路逃脱躲入民间，就此下落不明了。慈禧太后对此事大为恼怒，命人到处搜捕，结果始终没能再找到那颗珠子，从此二十四桥明月就缺了其一。"

刘坏水身后一人有点儿不耐烦，刚要出言打断，罗大海摆手示意你听我说完："直至民国年间，大军阀孙殿英盗掘东陵，也只从慈禧妖后的金丝楠木棺材里掏出了二十三颗明珠。经过很多专家的鉴定考证，我爹妈当年收留的老太太，极有可能就是那个携珠潜逃的小宫女。可惜我父母没见过世面，保存环境不当，竟然逐渐使珠子变得晦暗无光了，实在没脸再献给祖国了，这才最终传到我手里。虽说人怕老、珠怕黄，但至少它的历史价值在那儿摆着呢，慈禧老妖妇戴过的二十四桥明月呀！您要是真有心要，我就豁出去割回心头肉，匀给你们了……"

众人听罢接连摇头，对罗大舌头手里的珠子更是连看都不看。刘坏水不太满意地对司马灰说："八老爷，您跟我们逗笑话呢？这二十四桥明月的段子，可打解放前就被人说废了，但至今谁也没亲眼看见过有那颗珠子,就算它果真存世,也不该是这么个传承。"

司马灰本意就是想让罗大海试试水深水浅,看情形今天来的这几位确实都是行家,自己要是胡说八道非栽跟头不可,就从包里拽出那件皮袄,摆到桌上给众人观看:"我这儿还有件东西,不过这玩意儿路数偏了些,也不知道老几位识不识货。"

鬼鼓刘一听司马灰身边还有东西,便又来了兴致,笑道:"路数偏了才好,咱这打小鼓的又唤作'百纳仓',天底下没有不收的东西,您先让我仔细瞧瞧……"

刘坏水等人看到是件老皮袄,都觉得奇怪,收皮袄一般得去找当铺才对,况且这件皮袄做工也不怎么讲究,绝不会是大户人家的东西,不过他们越看越是惊异。刘坏水捧在手里翻来覆去地看了十多遍,才对司马灰说:"八老爷,这件东西可真不得了,您打算要多少钱?"

第六章　百年老鼠皮

鬼鼓刘识得这件皮袄绝非俗物，他问司马灰："这是深山老林中的百年老鼠皮，八老爷您想开到什么价码？"

司马灰以退为进："刘师傅，我算服了，您可真有眼力，竟然能瞧出是百年老鼠皮，我本来还想说这是火龙驹的皮，如今在您面前我不敢胡言乱语了，您觉得值多少钱？"

刘坏水点头说："看这毛皮应该是关外山沟子里的火耗子，少说也活了一百多年，否则剥不下这么大块的皮筒子，以前康熙爷出去打冬围，就要戴一副朝鲜国进贡的火鼠皮袖炉暖手，即便是在数九隆冬的日子里，照样能捏出一手心的汗来，可那副袖炉还没您这块皮子的一半大小。"他并不急于谈论价钱，又问司马灰："这件皮袄可有传承？莫非是八老爷您祖上留下来的东西？"

司马灰知道这里边的行市，倘若直接说是赵老憨所留，即便这块百年老鼠皮再稀罕那也是民间之物，抵不过康熙爷暖过手的火鼠袖炉。这时他就只能顺口胡编了："刘师傅，您知道我的家底，也不瞒您说，这件皮袄还真有些个来历，要不是今天遇上了您，别人拿出龙袍玉带我都不愿意换它。想当年前清太祖皇帝努尔哈赤，以七大恨告天，十三副遗甲起兵攻明，在千百军中，弓矢相交，兵刃相接，不知几经鏖战，取图伦、灭哈达、并辉发、亡乌拉、平叶赫、斩尼堪外兰、败九部联军，那可真是……"

刘坏水听到这儿说:"且慢,八老爷,我得拦您一句,您是不是想说这火耗子皮袄,是太祖皇帝偶然在山中猎获,从此龙兴关外,可他又因为忘了穿这件皮袄,才在宁远城下被大明督师袁崇焕袁爷轰了一炮?咱可都是知根知底的熟人,打桩那套话不提也罢,要让我看这皮毛成色,剥筒子的时候顶多过不去民国。"

司马灰暗骂:这老不死的满身贼骨头,眼也忒毒了。知道不能再兜圈子了,索性交出实底:"这是在关外林场子山神庙里所获之物,反正就是块百年火耗子皮,您看着给价,合适我就匀给您了,不合适我就拿回去垫床铺。"

刘坏水是打解放前就专靠吃这碗饭为生的老油条了,他早看出司马灰和罗大舌头是急等着用钱,不愁这皮袄落不到自己手中,便直言道:"这深山老林里的火鼠本身就非常稀少,它们专喜欢啃食松油蜡烛,一般寿命仅在十几年左右,要是前清的哪个王爷贝勒府上能有巴掌大的一块,就能当宝贝藏着了。又只有潜养百年成了气候的火耗子,才剥得下这整张皮筒,确实非常贵重。但不是我鬼鼓刘乘人之危,您千万别忘了现在是什么年头,您就是拿来杨贵妃抚过的焦尾穿云琴、赵匡胤睡过的七宝伏虎枕,可着四九城扫听扫听,那也只能论斤算钱,比废铜烂铁贵不到哪儿去。这东西虽好,奈何路数太偏,很难出手,普通人不识货,识货的人未必有钱,咱们两家虽是累世交情,可年头不对呀,如今情分才值多少钱一斤?所以我最多出到这个数……"说着话他伸出三根手指,"三百块钱,我这儿没二价,一个大子儿都不能加,您要愿意匀给我,咱们当场现银交割。"

当时普通工人的月收入不过几十块钱,跟长途列车往广东运送生猪来回一趟才二十块钱,三百块钱说多不多,说少也不少。司马灰明白这件火鼠皮袄肯定不止这个价钱,可现在想出手,就得忍着疼被刘坏水狠切一刀,顶多换个仨瓜俩枣的。再说远水不解近渴,如今这种形势想找别的买主也很麻烦，只得同意将皮袄匀给刘坏水，两下一手交钱，一手交货。

刘坏水跟捡了狗头金似的，笑得嘴都合不拢了。他让余人先散了，又问了问司马灰离开北京之后那些年的去向，最后看了看表："哟，这说话的工夫都到晌午了，二位都还没吃饭吧？今儿我老刘请客，咱们到天兴居吃炒肝儿去。"

罗大舌头提议道："熘肝尖儿有什么好吃？我爹以前到北京开会，回家跟我说京西宾馆里的厨子手艺不错，吃得过。我惦记这事可也不是一天两天了，好不容易才来北京一趟，刘师傅你不如带我们上那儿开开荤。"

刘坏水踌躇道："京西宾馆是招待首长们开会的地方，咱平民百姓吃饭不就为填饱肚子吗？用不着那么高的标准，再说炒肝儿也不是熘肝尖儿，两码子事，您要不去尝尝天兴居的炒肝儿，可也不算来过北京啊！"

司马灰还急着要找刘坏水打听点儿事，正好借吃饭的机会谈谈，就说："大老远的去什么天兴居，我看胡同口有家卖炒疙瘩的，咱们对付着吃一口就得了。"

三人出了胡同，到路边小吃店要了二斤炒疙瘩。刘坏水总惦记司马灰还有没有户里传下来的宝器，一边吃饭一边探问，司马灰却不理会，反问："刘师傅，听说您在解放后，也给人家打下手做些刮大顶的技术活儿，有这么回事吗？"

刘坏水嘿嘿一笑："八老爷消息可真灵通，说得没错……"

罗大舌头听得不明所以："刮什么顶？刘师傅就凭你这老眼昏花的劲儿……还会剃头？"

刘坏水边说边提了提套袖，对罗大海做了个用铲子刮泥的动作："剃头是剃头，不过剃的不是人头，考古发掘队——专业剃坟头，给官家当了铲匠，也叫抹子手。"

司马灰见问对人了，就继续向刘坏水打听："那您知不知道一位从法国回来的华侨,名叫胜天远,是沙漠考古和田野考古专家,他回国后应该……"

没想到司马灰刚问一半,刘坏水便道:"胜老板?那我太熟了,他可不是一般人,要说起来……我这把老骨头还是他救的。"

原来刘坏水这伙人,都有祖传的独门手艺,有的擅长造假,有的擅长盗墓,鉴定古物尤是其所长。他们识山经、懂水法,凭着丰富的经验,走在旷野间站住了看一看,抓起把土来闻一闻,就能判断出地下有没有古墓,连洛阳铲都不用。解放后自然难逃法网,被公安机关抓起来判了刑,有些罪行严重的老贼,都被政府给枪毙了。

胜天远1953年回国,接连主持了几次考古发掘活动。他深感手下有经验的人太少不敷分配,就写报告请求释放一批情节较轻的犯人,给他们戴罪立功的机会为人民工作,于是刘坏水等人就从监狱里被放了出来,一直跟着胜天远当助手和临时工。后来各地大多效仿了这种政策,皆聘请了一批老师傅协助考古发掘工作,但根据相关规定,不能够转为正式职工,要由劳动局统一管理,按勤杂工、水暖工的待遇支付工资。

等到"文化大革命"全面爆发,各博物馆和院校的绝大多数干部、知识分子被下放到农村去改造思想,只有些老弱病残的职工留守在本单位。刘坏水等一批老师傅因为属于工人阶级,以前的档案记录也因失火烧毁了,才免于下放农村或安排在城里扫厕所。他们隐埋身份夹起了尾巴做人,留在城里偷偷摸摸收购古董。

鬼鼓刘因此对胜天远感恩戴德,据他说胜天远思想开放,与人聚如鹤立鸡群,虽然身为领导,又去过越南和埃及,是国宝级的考古专家,对待下属却没一点儿架子,摄影、跳舞、收藏、骑马、打猎,无不爱好,玩什么都拔尖儿,干什么像什么,又没有普通文人酸文假醋的假劲儿,并且喜欢穿西装、戴名表,颇具儒雅风度,因此考古队里私下都以"胜老板"相称。可胜老板在跟着考古队到野外工作的时候,刘坏水亲眼见他打着赤脚翻山越岭,夏不挥汗,雨不张伞,无论条件如何艰苦都没皱过一下眉头，从者无不敬服。

不过胜老板在1963年就没了，刘坏水有时候想起这事，心中便觉难过，要偷着找个没人地方抹上半天眼泪。

司马灰听刘坏水说得很是蹊跷，所谓"没了"是指死亡还是失踪？这人又是怎么没的？便接着问道："胜老板这件事的详细经过你知道多少？"

刘坏水想起那段可怕的经历，脸色顿时阴沉下来，找小吃店柜台上要了瓶二锅头。两杯酒下肚，一张老脸涨得通红，这才拉开了话匣子："当年胜老板嘱咐过国家有保密制度，本来这些话我不能说，可您八老爷不是外人，咱们之间有什么不能讲的？您看我鬼鼓刘活了这么大岁数，年轻时气儿粗胆儿壮，也常钻坟窟撬棺材板子，一辈子专跟古董打交道了，什么怪事没见过？可1963年那件事实在是太邪了，现在偶尔回想起来，三伏天也能惊出一身冷汗……"

刘坏水的手艺和眼力确有出众之处，又会一手祖传"描样儿"的绝技。所谓描样儿就是用纸笔临摹古墓壁画或浮雕，一般古玩行擅长造假的都有这门技术，画出来形神兼备，足能以假乱真。有时墓穴地宫中的壁画，或是棺椁上的彩绘，突然接触到空气就会迅速由清晰鲜艳变为模糊暗淡。刘坏水就有本事能将模糊不清的彩绘，重新在纸上按原样复原出来。

因此，胜天远当年对他格外看重，出野外时常将刘坏水带上做自己的助手。那一年夏末正热的时候，刘坏水跟着胜天远带领的考古发掘队在甘肃省麦积山石窟工作，突然接到命令让胜天远带一个助手跟着部队的车走，不许问去哪儿也不许问去干什么，出来一看军车已经在外边候着了。

胜天远便招呼刘坏水同往，二人匆匆带上应用之物，上了部队派来的军用吉普车。一路驶去都是隧道和盘山公路，越走越人烟稀少，到后来开到大山里头，沿途就再也看不到半个人影了。

第七章　伊尔-12

胜天远发现公路两侧刷着解放军部队里用的标语和口号，才知道这是条军用公路。

还有更加令人出乎意料的事情，原来公路的尽头不在山脚下，而是在一座海拔接近两千米的山峰腹部，这里有几座大型防空洞，他们下车后被安排在防空洞里休息，等待考古发掘队的其余成员前来会合。周围都是戒严的军事禁区，三步一岗五步一哨，不允许随意走动。

胜天远只能留在防空洞里，看不到外边的情形，难免就胡乱猜测："是不是有工程兵部队在山里打隧道挖出了某座古墓？可事先怎么一点儿消息都没听到？"

大约过了一天的时间，其余的人员陆续到齐，他们大都是从各单位临时抽调而来，相互间并不熟识，也没有谁知道此次任务的详情，神色间都显得有些迷惑。

众人先在防空洞内留下个人的全部随身物品，并登记领取相应的工具装备，随后被带离了防空洞。来到洞外一看，才知道深山里根本没有古墓，原来山顶上建有一个军用机场，跑道和机库全都铺设着伪装，飞机的起降都在高山上完成。此刻正有一架苏制"伊尔-12"空军战术运输机停留在跑道上待命，考古发掘队将要前往的"目标"显然还离得很远。

刘坏水更是心中忐忑，他以前听胜天远讲过，如果动用空军，至少需要大区两位首长同时签署命令，这支考古发掘队究竟要被派去什么地方？又将面临什么样的特殊任务？不过到了眼下这地步，刘坏水多想也没用，只好跟着队伍登机。运输机里的其余乘员也都神情紧张，没有任何人交头接耳，偌大个机舱内鸦雀无声。

刘坏水从来没坐过飞机，不免担忧地问胜天远："胜老板，想当初北京还叫北平那会儿，卢沟桥附近掉下来一架日本战斗机。我们那老哥儿几个最喜欢凑热闹，听到消息便过去瞧新鲜，就为这事还让日本宪兵抽了一顿鞭子，差点儿没给抓去毙了。我当时亲眼看见，战斗机肚子里那个小鬼子摔得都没模样了。咱现在这大铁鹞子个头儿可比日本战斗机大多了，它带得动这么多人吗？要是飞到天上扑腾不动了，许不会也掉下来？"

胜天远在登机前被召去开了个秘密会议，他似乎已经知道考古发掘队的行动目标，便安慰刘坏水道："在中国好多场合都有禁忌，比如跑船的忌讳在水上说'沉'字，其实国外也是如此，乘飞机就怕说到'坠毁'，英国海军在舰艇上也从不提及沉没在冰海的'泰坦尼克号'，唯恐说多了就会遇到灾难事故，这些都是基于心理作用产生的自我暗示。世界上虽然从不存在绝对的安全，但你只要多考虑好的一面，就不会这么担心了。这种苏联制造的活塞式双发螺旋桨运输机故障率并不高，它有两个发动机，损坏了一个另一个还能继续工作，而且刚才我见过驾驶员了，咱们这架伊尔-12空军运输机的机长，是参加过抗美援朝战争的老飞行员，飞行经验很丰富。今天气象条件也很好，晴空万里，伊尔-12型运输机在起飞前做过严密检修，绝对可以确保万无一失。"

没过多久，这架伊尔-12就接到了起飞命令，活塞式双发螺旋桨运输机冲出跑道直入云霄。升空后刘坏水才听到消息，也不知道是否准确，大概是有某支测绘分队，奉命在罗布荒漠西南边缘的某个地域内，寻找一条消失多年的古旧河道，并测绘精确军用地图。那一地区情况十分复杂，至今未经过精确测绘，属于地理上的盲区。由于胜天远非常熟悉西域历史及各类古代地理著作，因此也被调来参与这项行动，同时还要随队评估沿途的各处古迹，如有必要就采取抢救性发掘。又因最近一段时期国内外反动势力格外猖獗，在罗布荒漠以北的军事禁区附近也发现有可疑分子频繁活动。为了对外界保密，同时也是出于安全考虑，才由空军负责运送。

刘坏水提心吊胆，飞机每有颠簸就被惊出一身冷汗。他强忍着眩晕透过舷窗向外眺望，这架苏制伊尔－12活塞式双发螺旋桨运输机此刻正以340公里/小时的巡航速度，越过甘肃玉门关，由东向西飞临新疆库姆塔格沙漠上空。只见舷窗外碧空如洗，地面黄沙漫漫，一望无垠，起伏的沙丘犹如海浪般波涛汹涌，层层细纹在强烈的日照下泛着金光。

也许真是怕什么来什么，该出事终归还是要出事，航行在高空的伊尔－12型运输机忽然一阵猛烈地颠簸，机身开始向一侧倾斜，不断地剧烈摇摆，舱内暗红色的警示灯也随之不祥地闪烁起来，又有阵滚雷般的声音传来，一接触到机舱上边就"咔嚓嚓"作响。

众人都系着安全带才没被当场撞断了脖子，胜天远见状立刻询问驾驶员："发生了什么情况？"

副驾驶员杨三喜报告说："伊尔－12运输机在高空中遇到了意外事故，目前已经完全失控，随时都有坠毁的可能。"

众人也都察觉到，机舱上边正发出一阵阵沉闷的响声，听在耳中犹如滚雷，可此时天晴如洗，碧空万里，怎么可能会有"雷暴"出现？舱外又不时传来金属断裂般的动静，似乎是高空中有什么庞然大物落在了伊尔－12运输机上方，并试图撕开机舱将身体钻进来。

运输机上搭载的乘员们心头无不战栗，虽说偶有飞机在起降时撞到飞鸟导致坠毁，可这架伊尔－12目前位于空气稀薄的平流层，别说是普通鸟类，就算是"喜马拉雅雪鹫"那种体形绝大的猛禽，也不可能在半空中硬生生攫住军用运输机。如果机舱外果真有某种"东西"存在，它会是个什么样的"怪物"？又得有多大力气？

苏制伊尔-12运输机能够执行伞降任务，机舱内配备有专门的伞兵伞背包，可在当时这种情形之下，没人有胆量打开舱门伞降逃生，众人只好留在座位上听天由命。失控的伊尔-12运输机犹如在狂风巨浪中航行的船只，被冲撞得时上时下，剧烈的晃动使考察队员们的身体左摇右摆，颠簸得头脑发昏，腿脚都软了，五脏六腑也差点儿跟着翻了出来，有些人忍不住张口呕吐，还有些人克制不了恐惧，干脆闭上眼睛，上下牙磕打得跟机关枪扫射似的。

最后在一阵直刺大脑皮层的尖锐嗡鸣声中，全部乘员都在眩晕中失去了意识，但时间非常短暂，似乎仅有几秒钟甚至更短，很快就相继醒转过来。此刻伊尔-12运输机已经开始自由落体冲向地面，左翼螺旋桨不知在什么时候起火了，冒出滚滚浓烟。当时日已近午，地面干燥无水，气温高达四五十摄氏度，从空中俯视，位于罗布泊东面的库姆塔格沙漠荒凉无边，黄沙在强烈日光照射下呈现金红色，失控的军用运输机，正穿过滚滚热浪，疾速坠向沙漠。

伊尔-12运输机的主驾驶员是空军独立运输团副团长老丁，全名丁得根，"东北老航校"三期学员。抗美援朝时期，他曾驾驶着米格-15战斗机，多次同参加过第二次世界大战的美国王牌飞行员直接较量过，不仅飞行经验极其丰富，心理素质也格外出色。

丁得根发现伊尔-12运输机左侧活塞发动机和升降翼损坏，无法重新拉升，高度只能越来越低。他立刻做出决定，要冒险在沙漠中采取迫降。此时伊尔-12运输机越过一大片沙山，视线尽头赫然暴露出一条红褐色的古河道，从空中俯视仿佛就是无垠沙盘中一道不规则的细微擦痕。由于存在着许多沙生植物，周围又有相对稳固的大沙丘绵延起伏，所以始终未被流动的黄沙覆盖。在它还未枯竭之前，或许曾是大漠与盐沼交界处的绿洲，又或许是某座古代水渠遗址，如今却只剩下满目荒芜的沙蒿，对旅人来说已毫无存在的意义，也许只有在超大比例尺的军用地图上，才会出现它的踪迹。

机长老丁和副驾驶员杨三喜还未来得及仔细观察，伊尔－12运输机就已拖着滚滚浓烟飞临河床，高度和速度都不允许驾驶员再多做盘旋，甚至来不及进行机动调整，只能尽力平衡减速，歪歪斜斜地撞进了水流枯竭的河床地带。

茂密的沙蒿枯草，以及地面龟裂的深厚干泥，形成了一道道天然减速带，只是伊尔－12运输机起落架和发动机螺旋桨都被沙蒿缠住，机身在巨大的前冲惯性作用下，仍是打着横在河床子里滑出数百米。驾驶员老丁迫降动作正确，操控得当，虽然接地较重，但既没起火也没爆炸，伊尔－12安然无恙。

伊尔－12运输机上幸存的成员互相搀扶着陆续钻出机舱。此时舱外烈日炎炎，到处都是明晃晃的炙热，干河床及两侧的大沙漠中不存在任何生命迹象，满天湛蓝，空气中没有一丝风，死亡一般的寂静和酷热让人无法承受。

刘坏水至今想起这件事情来兀自心有余悸，多亏当时的机长是老丁。他后来才听说这类苏联制造的"伊尔"系列运输机在设计上有个致命缺点，主燃料箱都装在机腹底部，并且不能进行空中放油，在沙漠里也指望不上起落架，机身在迫降滑行的时候，肯定会与沙砾产生剧烈接触。无论能否平稳着陆，只要油箱破损，再摩擦出半个火星，就会立刻起火爆炸。在当时那么紧迫复杂的条件下，能够迅速做出反应并敢于尝试迫降，如果没有出众的技术和胆识，谁能在生死一线之间做到处变不惊？

伊尔－12运输机在迫降点紧急着陆，虽然并未起火爆炸，但是冲击过程中还是有人员伤亡，副驾驶员杨三喜不幸牺牲。当时通信人员试图用光学无线电发报与总指挥部取得联系，希望寻求附近解放军部队的支援，由于运输机刚刚进入新疆境内的"库姆塔格沙漠"，应该距离玉门关不远，可是经过随队的测绘人员定位，竟发现迫降点的坐标是"北纬 40 度 52 分 29 秒，东经 91 度 55 分 22 秒"。

测绘人员惊得呆住了，因为坐标不会有误，这段数据显示伊尔－12 运输机迫降地点是位于库姆塔格沙漠和罗布荒漠之间的无人区，与此前估计的地点相差几百公里。也就是说，在众人失去意识的短短一瞬间，伊尔－12 已由东向西横穿了库姆塔格沙漠。航空事故大约发生在正午 12 点 30 分，所有佩戴手表的人员，都发现自己表盘上的时间永远停留在了那一刻。

第八章　迫降在库姆塔格

由于手表和计时器全部损坏，使得众人对"时间"的判断失去了准确依据，只能凭人体自身的生物钟来分析情况。在与总指挥部联络之后，推测这架运输机至少在沙漠上空消失了一个小时，伊尔-12运输机在航行过程中到底发生了什么事情？它在万里无云的高空遇到的又是什么？在唯物主义者的世界观中，没有绝对的科学依据可以完全解释这一现象。

这场诡异的航空事故，直到许多年后也无法判断真实原因，只能暂且排除掉时间因素，在报告中估计了某种可能性：1949年的时候，有一架从重庆飞往乌鲁木齐的飞机失踪，大约过了十年的时间，有人在罗布泊东部发现了这架飞机的残骸，搭载的人员已全部死亡，它也是突然改变航向，坠毁在了一个根本不可能经过的"区域"。

类似的事故还有几起，因此，推测这架伊尔-12运输机在高空遇到事故之际，正值晴空万里，天上却有雷暴般的声音发出，这说明乱流冲撞形成了"气穴"，也称"晴空湍流"或"怒云"。晴空湍流是由乱流相互冲击形成的巨大波动旋涡，它无影无形，没办法事先预测，驾驶员更不可能用肉眼对它进行准确判断。

或许塔克拉玛干、罗布泊、库姆塔格这片辽阔地域的上空就存在着晴空湍流，机上乘员感觉到有一瞬间失去了意识，很可能是种错觉，实际上在此期间，这架伊尔－12运输机已被高空气流推到了库姆塔格大沙漠西端。

胜天远有丰富的荒漠探险经验，作为考古发掘队的指挥员，他认为迫降点距离罗布荒漠西南边缘已不算太远，凭借现有装备和地图，仍可徒步前往预定行动区域继续执行任务，只留下伤员和空军机组乘员在迫降点等待救援。

上级首长回电指示："你们对目前情况的评估基本准确，主动权仍在你们手中，荒漠里困难、危险较多，望设法予以克服。"

胜天远确认了上级的命令之后，安排好伤员，带上装备率队进入了茫茫荒漠。但是在翻越"大沙坂"的时候，他们遭遇恶劣气候，行动被迫中断。胜天远不幸在荒漠中染上了重症，回到北京之后没多久就去世了。这一系列的事件是偶然还是必然，就看从哪个角度去理解了。或许冥冥之中真有一种无形的可怕力量，在阻止人类揭示那些早已消逝在沙漠中的过去。

刘坏水因为在伊尔－12运输机迫降过程中撞断了肋骨，没能随队继续行动，现在想来真是庆幸不已。刘坏水对司马灰和罗大舌头说："看来我刘某人这辈子是没有坐飞机的命，今后就是有人拿大枪顶着我脑门子，我也不敢再坐那铁鹞子了。"

刘坏水也看出司马灰的心思，便又说："八老爷，我看您二位对胜老板的事还挺上心，许不是有过什么交情？我这儿正好有个门路可走。"

前几年在国家领导人的关注下，考古部门成功组织了"长沙马王堆汉墓"发掘工作，出土了大量珍贵文物，并有一具保存完好的汉代女尸。这具两千年前的湿尸的发现震惊了世界，《人民日报》《光明日报》《解放军报》都以头版头条配发大幅照片的形式进行了报道，所以打今年开春以来，又有几个被批倒批臭的反动学术权威得以获准释放，暂时恢复了工作，只不过帽子还没摘，其中有一位考古兼地质学家宋选农，以前是胜天远的同事，俩人私下里交情很深。但这宋教授的学术头衔现在是没人称呼了，因为是个秃脑门子，所以，大伙儿给他起了个绰号叫"宋地球"。

胜天远身边有本工作笔记，向来秘不示人，里面记录着他考古探险生涯中的全部重要事件。临终前，胜天远在病床上将这本册子封在档案袋中，托刘坏水转交给宋地球，并嘱咐刘坏水千万不要偷看里边的内容。

宋地球当时正在甘肃出差，回来的时候胜天远已经死了。后来刘坏水亲手把工作笔记交到宋地球手里，宋地球信手翻开了第一页，刘坏水偷眼看到写有"楼兰妖耳"四字，也不知是何所指，而宋地球眼睛顿时瞪得浑圆，显得非常惊诧："这个胜天远，胆子也太大了……"他从头到尾匆匆翻看了一遍，就当着刘坏水的面点了盆火，将这本笔记一页页扯开，全部烧成了灰烬。

事后刘坏水出于好奇也曾问过几次，但是宋地球却对此守口如瓶，反而每次都严厉告诫刘坏水："咱们有保密制度，不该问的不要多问，不该看的也不要多看，知道得太多了对刘师傅你没有半点儿好处。"

刘坏水可不想引火烧身，只得罢了这个念头，未做深究。

"文革"开始后，宋地球没少受罪，一直被下放在农村参加改造，今年夏天才给放回来，并安排到一支测绘分队主持工作。他们的主要任务是去新疆寻找金矿，罗布荒漠西南端、库鲁克大沙坂一带曾有一条神秘的"铁板河"。历史上有南北两条铁板河，其一绕经楼兰，沿途都是犬牙交错的盐壳，以及奇形怪状的雅丹；其二发源于阿尔金山，是从沙山上空流过的"浮水"，在许多描述山脉水法的地理著作中，都认为南北铁板河是贯穿连通的一条河流，其实两者之间没有任何关系。

随着环境的日益干旱恶化，浮水早就被荒漠狂沙吞噬了，按照地理古籍记载，铁板河河床里有沙金，地下甚至还有巨大的"金脉"，可那地方属于地图上的空白区域，一年四季风沙不断，条件极端恶劣，无法进行空中测绘，只有精通先秦地理著作的专家，才能带领测绘分队找到消失无踪的金脉。目前仅是初步定位，只针对铁板河具体地形及经纬度、海拔等数据进行测量，然后才会将图纸交由"物探、化探、钻探"等不同大队做进一步详细探测。

宋地球学识广博，"文革"前身兼行政要职，他不仅熟知古西域历史，也是地质和生物化学方面的专家，但大多是书面上的东西，纸上谈兵还成，真要让他进了风沙肆虐的大漠戈壁也照样发蒙。据说胜天远在 1963 年带领的队伍，便是计划前往铁板河沿线，宋地球将继续接手当初没有完成的那项工作。

刘坏水解放前曾多次深入回疆大漠，协助英国探险家寻找"圆沙古城"，干了不少出卖国宝的缺德事。宋地球得知此事后，就让他作为自己的助手一同前往罗布荒漠。

刘坏水虽然只是勤杂工的待遇，但工资多少无关紧要，也从不指望那二十几块钱糊口。在"工农兵领导一切"的口号下，他这工人阶级的头衔成了保护伞，趁机搂了不少好东西。刘坏水曾用一三轮车白菜换了对元青花大瓷瓶，晚上做梦都能乐醒了，哪有心思去戈壁荒滩上遭那份儿罪。

刘坏水又通过内部渠道了解到——宋地球在劳动改造期间，仍然不断给上级写报告，申请带领测绘分队前往大漠戈壁，究其原因正是与他看过胜天远所留的工作笔记有关。所以刘坏水推测这次的行动，绝不仅仅是测绘铁板河那么简单，但再详细的情况，他就探听不出来了。

只是刘坏水也不敢把宋地球得罪透了，这年头就怕检举揭发，万一宋地球把刘坏水的所作所为抖搂出来，用不着什么真凭实据，就够刘坏水吃不了兜着走的，如果再牵扯出别的问题，即便有十个脑袋也都得搬家，所以他就今天推明天，明天推后天，迟迟没有动身。刘坏水今天见着司马灰，就声称自己上了岁数，这把贼骨头恐怕进了荒漠就再也出不来了，而司马灰是"金点真传"，精通相物古术，尽可以胜任这份工作，只要是他刘坏水保荐的人，宋地球必会刮目相看。而且按照国家规定，出野外每天有一块钱的补助，一个月就有三十块钱，加上每月二十八块五的工资，对普通人家来说可也不是小数目。刘坏水又许诺，要是司马灰和罗大舌头愿意替他走这一趟，他个人还愿意再拿出三百块钱来作为答谢。

司马灰并不确定胜天远留下的工作笔记当中，有没有提到"绿色坟墓"的相关线索，如今了解内情的人恐怕也只有宋地球了，但听刘坏水所言，因为涉及某些保密条令，想直接从守口如瓶的宋地球嘴里打探消息并不容易，看来此事不能急于求成。

另外，司马灰和罗大舌头也觉得继续在黑屋混日子实在没什么意思，借机去看看大漠戈壁上的风光倒也不坏，又看出刘坏水也是急着求人，否则不会往这里边倒贴钱，眼下正是一个狠敲竹杠的机会，不反切这老油条一刀更待何时？司马灰便开出条件说："刘师傅，念在咱们两家累世交情的分儿上，您这忙我不帮谁帮？但您刚才说的价码可不成，因为话里话外我听出来了，您说的这是趟'武差事'，稍不留神就得把小命搭进去，所以三百块钱门儿都没有，我和罗大舌头一人三百，另外还得再加上那件火耗子皮袄。您要是不愿意就当我没说，反正我这儿没二价，少一个大子儿都不成，这年头三条腿的蛤蟆不好找，两条腿的活人满大街都是，您瞅着谁合适就找谁去。"

刘坏水听罢咬着后槽牙说道："八老爷，这回该轮到我服您了，您这叫'倒扒皮'啊！也忒狠了点儿。"

司马灰道："刘师傅您太抬举我了，不过倒扒皮这个词很不雅，咱这叫'好拳不赢前三手，自有高招儿在后头'，你我今后互相学习，共同进步吧。"

罗大舌头则是一脸坏笑说："刘师傅，我们这不都是让您老人家逼的吗？这年头情分才值多少钱一斤？我罗大舌头今天才他妈知道什么叫乘人之危。行不行您就给句痛快话吧！这顿炒疙瘩算我请了，咱们买卖不成仁义在，交个朋友嘛！您要有事就赶紧走，等您走了之后，我们也得找地方打电话,到时我拿着电话就说:'喂……公安局吗?我要向你们举报一个坏分子,这个人叫刘淮水,对,文刀刘。此人趁着破除'四旧'的机会在街上打鼓,拿三轮车拉着白菜换文物,显然是对社会主义制度心怀不满,反动气焰极其嚣张,还混进了考古队充作临时工。你们要不相信可以先抓起来审一审,再到他家里搜一搜,如果确有其事,该毙就毙,用不着手软嘛!你们的工作原则不就是既不冤枉一个好人,也不放过一个坏人吗?'"

刘坏水一听这话,吓得脸色都变了,嘴里再也不敢多说一句废话,而且他实想不出比司马灰更合适的人选,换旁人毕竟过不了宋地球那一关,只好忍痛应允,直接带着二人去找宋地球。

宋地球是个圆乎脸,面容慈祥,再加上额顶秃了一多半,看起来确实像个"地球仪"。他戴着副近视镜,眼镜腿折了就拿橡皮膏胡乱裹了几圈,刚在北大挨完了批斗,家里被抄的房子也给封了,可回到单位还不敢耽误工作,忙着整理出差要用的东西,开门迎进众人,先听刘坏水介绍了事情经过。

刘坏水将司马灰和罗大舌头冒充成自己的徒弟,那时候师父夸徒弟,除了说学过什么手艺,还要着重讲品德:"为人光明磊落、言语周正、经过手艺、勤俭谨慎、公平正直、礼仪在造、推多取少、亏己利人,五湖四海闻名。"

宋地球仔细端详了一番司马灰和罗大舌头,有些疑惑地问道:"这相物的古理可是门学问,在用途上要比山经水法实际得多,只是历来伪多真少,我也从来没有接触过,所以你说你们懂,我无从判断真伪。但我研究过旧社会的《海底》,旧时所言金点为相,绿林为将,将相合称文武,这两者是从不分家的。既然得过文武先生真传,肯定要熟知《海底》,我就先问问你,什么是江湖?江湖姓名字号?"

司马灰心想:真没看出这秃脑门子还懂《江湖海底眼》,原来被革命群众打倒的反动学术权威中,倒也有些像样的人物。这套五湖四海半部金刚经，司马灰在睡梦中也能倒背如流，于是答道："眼为江，口为湖，江姓龙名元直号主波，湖姓长名优龙号聚流。"

宋地球接着问："日月姓甚名谁？"

司马灰答道："日姓孙名开字子真，月姓唐名卫字大贤。"他听出宋地球也就是一知半解知道些皮毛，心想别等你问了，今儿让你这老小子见识见识什么叫《海底》，当即一路向下盘道："江湖日月为九州，八大神仙过九州；九州之内皆兄弟，高下三等俱是友；南京淹了我不怕，北京旱了我不愁；你有金银堆北斗，我有手艺过春秋；白天不愁君子借，夜里不怕小人偷；我这手艺独占鳌头、两朵金花、三元及第、四季发财、五子登科、六合同春、七星拱照、八宝黄良伞、九根金玉带、十全富贵。要问这手艺有多重，二斤十三两五钱四分半……"

宋地球向来有识人之能，见这些行话难不住司马灰，便又接着问了几句古西域大漠中的风物掌故。

司马灰祖上曾在清末随军平定过新疆之乱，立下旷世奇功，他也听"文武先生"说过不少家门旧事，自然应对如流。

宋地球喜出望外："你这机灵鬼可真不简单哪！我收下了。"他又问罗大舌头："你这大个子……有什么本事或者特长？我看你一身英勇气质，体格健壮过人，就跟那沙漠里的骆驼一样，去部队里当兵也是扛重机枪的料，给咱们考古队背设备肯定没问题，也一起留下吧。"

罗大舌头自打进门起，就大咧咧搬了把椅子坐下，看到桌上有烟也不客气，掏出一根来点上就抽，此刻听了宋地球之言颇为不满，一边喷云吐雾一边说："特长？那得看老同志您指的是哪方面了，我觉得体格好并不算什么特长，毕竟这是爹妈所生，毫无技术性可言。要说技术性的特长我倒真有几项，只不过轻易不愿显露，您就拿这抽烟来讲吧！我罗大舌头很喜欢吸烟，从二分钱一包的经济烟，到南洋有名的白金龙，没咱没抽过的，我能一口气连吐八个烟圈，还能让它大圈套小圈，这叫圈中有圈八套连环、环环相扣经久不散。另外，我在多年以来的戎马生涯中,还练就了一手点烟的绝技,无论是枪林弹雨、马上步下、地动山摇,还是翻山越岭钻老林子,都能做到不受任何限制影响,随时随地抽烟,随时随地点烟,而且点烟从来只用一根火柴,不分刮风下雨,一点就着,绝不再使第二根。您觉得这个特长怎么样?"

宋地球并不喜欢那种老实巴交的后生,如果一个人在家听家长的,在学校听老师的,在单位听领导的,一点儿都不懂得灵活变通,那就会变得毫无主见,从而失去创造性和敢于独自面对困难的勇气。社会如此复杂,谁说长辈、领导、老师永远都是绝对正确的?这种人你怎么能指望他将来有创新、有成就?所以,他对司马灰和罗大舌头的顽劣言行也不以为忤,反倒格外看重。当下对刘师傅说:"这两个混小子可都不太好管,不过我都收下了。咱们现在最缺的就是人手,只要对考古有热情,对历史有追求,政审和接收的事情都不是问题。"

刘坏水找到司马灰和罗大舌头顶替自己,总算是交了差。他如释重负,赶紧起身辞别。宋地球送走了鬼鼓刘,回屋来又郑重其事地嘱咐二人:"从今天开始,我就是你们的直属领导了,你们既是我的助手,又是我的学生,一定要听我的话,服从我的安排,努力学好业务知识,明白吗?"

罗大舌头一瞪眼:"嗬,这说话的工夫就差上辈分了?您是官僚主义还是当领导成瘾?不过我们既然是有组织、有领导的人了,那今后当然应该吃规矩饭,说规矩话,办规矩事,没错吧?但是我说老宋啊!听外边的传闻都说你是位行政十三级的老干部了,虽然被扣了帽子挨过几次批斗,但回来之后还是照样办公室一坐,走到哪儿都有小汽车接送,屁股后头一溜烟。跟在你手底下混的人,最起码也得享受正科级待遇,拿十七级工资不是?否则简直是给咱社会主义祖国和您这当领导的脸上抹黑啊!"

司马灰说:"罗大舌头你要是不懂就别胡说八道行不行?什么领导不领导的?那都是修正主义错误路线统治下的工作时期,那时候的单位就像一棵大树，咱们都是趴在树上的猴子，往上看全是领导的屁股，往下看全是下级的脸，朝左右看又都是耳目。现在这种错误路线早就遭到了批判，咱跟老宋以后就不是外人了，他总不至于想让咱俩趴在树下看他的屁股吧？"

罗大舌头不以为然："只要给开十七级工资，看看领导的屁股又算什么？再说人家当领导的爬树也不可能光着腚啊！他总得穿条大裤衩子吧？"

宋地球哭笑不得，只能无奈地摇了摇头，带上这俩坏小子在身边，真不知道是福是祸，毕竟这次的任务非比寻常，是要前往西北方绝远之地。那里属于"罗布荒漠"二十万平方公里无人区，它永远笼罩在恐怖的死亡面纱下，寸草不生，鸟兽全无，除了风灾鬼难之外，只留存着千年的传说千年的谜。

蒸气流沙

/ 第二卷 /

第一章　三十四团屯垦农场

自从进入二十世纪以来，全世界范围内出现了前所未有的剧烈震荡，这是个充满矛盾、冲突和变革的年代，同时也是社会文明损毁最为严重的年代，短短几十年间就发生了两次世界大战，死亡人口总数超过了一亿，越南战争和第四次中东战争余波未尽，对这个世界而言，1974年依然是血腥的一年。

这一年初秋，司马灰和罗大舌头跟随宋地球抵达了荒漠南端的边缘地带。罗布卓尔荒漠二十万平方公里的辽阔区域，处于塔里木盆地与甘肃大戈壁之间，北临库鲁克塔格，南接阿尔金山。这里一度是繁荣的丝绸之路咽喉要冲，存在过昌盛的楼兰古国，如今驼队渐行渐远的背影早已消失不见，驼铃呜咽的旋律也都被狂风吹散，只剩下一片萧索，满途黄沙。

孔雀河北岸的最东边，曾是"惊天第一爆"的实验基地，因此，荒漠东北部包括楼兰等地在内的大部分区域，在当时还被划为军事禁区，未经批准不能擅自出入。而在荒漠遥远的南端——库鲁克沙海边缘，受阿尔金山融化雪水灌溉等有利因素影响，附近仍然存在几处农牧混合区。这支测绘分队进入荒漠前的最后一个补给点，就是位于若羌与巴什库尔干之间凸出部的三十四团屯垦农场。

当年解放新疆的部队是西北野战军，也就是第一野战军，在大规模的战争相继结束之后，恢复发展和生产建设成为重点。随着国家领导人一声令下，数十万作战部队集体转业成为生产或工程部队，他们开垦了大片沉睡千万年的亘古荒原，那些地方至今还留有许多以部队番号命名的农场，建设在巴什库尔干附近的三十四团屯垦农场便是其中之一。与它相对临近的一个场区，是西侧的若羌县胜利六场，两地直线距离一百八十多公里。

三十四团屯垦农场虽在名称上挂着团级，却由于该地区沙漠化日趋严重，刚开始还能看到点希望，可当人们与风沙反复搏斗了数年之后，终于认定这地方已经不适合开垦农田，于是大批人员陆续南撤，如今只剩下几十个简陋的地窝子，男女老少加起来不过百十号人，规模顶多相当于生产建设兵团下属的连级建制。

三十四团农场成员大多为知青，还有部分屯垦落户军人的家属，他们每天的日常工作主要是维护和守备泵站。这座两层小楼高的9号泵站是三十四团屯垦农场中唯一像样的房屋，也是荒漠边缘的地标性建筑。这一带的地质结构并不适合开凿盆地边缘常见的"坎儿井"，可是利用水泵能够抽出很深的地下水，水质出奇的好，入口甘甜清凉。在天旱缺水的时候，当地牧民们都会不辞辛苦赶着牲口前来取水。

站在9号泵站顶部插有红旗的制高点，可以向南眺望一片片延伸到天际的秃山，以及高山上零星的白雪，向北属于广阔无垠的库鲁克沙漠，东边则尽是戈壁荒滩。纵深处为沙漠、荒漠、沟谷、戈壁、盐壳多重地貌复合，古称"黑龙堆"，又名"大沙坂"，那里常年遭受漠北寒风侵袭，灾害频发，数百公里之内不存在任何生命迹象。早在遥远的汉唐时期，人们还只能以骆驼作为主要运输工具，很难穿越这片广阔的死亡之海，因此，这里向来被视为畏途，无人敢过，唐书称其为"风灾鬼难之地"。

司马灰在前来新疆的路上，曾几次问过宋地球关于占婆王古城与"绿色坟墓"的事情。宋地球却始终避而不谈，在其余人员抵达三十四团屯垦农场之后，他将众人都集中到9号泵站，说是要开个秘密会议。

宋地球手下仅有四人，除了司马灰和罗大海，另有无线连的通信班长刘江河。这个浓眉大眼的年轻军人本是三五九旅进疆时的烈士遗孤，一度被行走于巴什库尔干地区的驼队收养，自幼随养父母到巴州蒙古牧区擀羊毛为生，也懂得套马狩猎，具备荒漠行军经验，十分了解库鲁克附近的地形和气候。

另一个是测绘分队的胜香邻，她虽然年纪甚轻，胆略才识却无不具备，曾经跟随考察队先后三次进入内蒙古腾格里大沙漠，成功执行过特种地形测绘任务。司马灰和罗大舌头都看胜香邻有些眼熟，好像在哪儿见过，后经宋地球介绍才知道面前这位姑娘就是胜天远的女儿，也是玉飞燕的妹子，难怪眉宇之间有些神似，只是出身于高级知识分子家庭，较之玉飞燕少了一分飞扬，多了一分亲和，精明干练的气质则丝毫不逊。

当时有海外关系可不是多光彩的事，因此，司马灰没对胜香邻提起玉飞燕的事，而胜香邻则根本不知道自己还有个远在英国的堂姐。她幼年丧父，对父亲的记忆已经很模糊了，虽然在母亲的干预下没有继续从事考古工作，但也算是宋地球的半个学生和得力助手。

司马灰觉得事情不太对劲儿，就问宋地球："我看咱们这支测绘分队的编制，也是按时下惯用的'三结合班子'，由院校知识分子、技术人员、军事人员共同组成，可总共才五个人，力量是不是太单薄了？"

宋地球点了点头说："现在咱们这个小组的人手是少了些，不过在进入荒漠之前，还要会合从新疆克拉玛依等地抽调来的几支分队，加起来也足有几十号人。但我必须再次强调，这次行动将会面临许多难以预期的困难，甚至会有生命危险，如果现在有人想要退出还来得及，我绝不阻拦。"

他等了一阵儿见无人应声，终于说出了真实情况：根据地理古籍描述，天下分为四极，大概意思是说世界上除了南北二极之外，还另有上下两极，极巅为"珠穆朗玛"，罗布荒漠下黑洞般的深渊则是"地下之极"，它存在于万古不灭的沉寂之中，自有天地万物以来，就为日月所不照。1901

年 4 月，著名的外国探险家斯文·赫定在沙漠中发现了一座佛塔，其中出土的古老经卷里也提到过这个"极渊"，经文中以梵音禅语将其描述为"无始无终的噩梦"，可惜具体位置现在已经无法考证。

胜天远在印支等地从事考古探险工作的时候，发现了一些关于极渊具体位置的线索。1953 年，他返回祖国，将这些发现如实上报，果然有一支测绘分队根据他所提供的线索，在位于荒漠西南方的某个区域下面，找到了一处形成于主岩体固结时期的"原生洞穴"。

到了 1955 年，苏联提供了重型钻探设备和专家团，耗时三年，终于借助原生洞穴的天然结构挖掘了一条直接通往地底近万米的洞道。苏联人习惯把地底深渊形容为"地球望远镜"，意思是与天文望远镜相同，代指用来窥探地心物质的通道，所以，这条进入极渊的洞道就被命名为"罗布泊望远镜"。

1958 年年底罗布泊望远镜终于成功挖通，当时有一支中苏联合考察队在穿过洞道做进一步探索的时候意外失踪。联络中断后，至今也没有找到任何一具尸体，估计已经不幸遇难。随后中苏关系出现裂痕，苏联专家团撤离的时候找借口故意炸毁了"洞道"，同时销毁了大量宝贵资料和数据。苏联人在地底发现的一切秘密，都被永远埋在了罗布泊望远镜极渊之下，而凭国内目前的能力和设备，还无法进行如此深的钻探发掘，如今留在地面的废墟也早已被风沙吞没。

胜天远当时并未被批准参与这项行动，可他并未死心，又竭尽全力重新寻找线索，并推测"罗布泊极渊"很可能存在另外一个入口。上级为了查明当年那支中苏联合考察队在地底遇难的真相，批准他带队前往荒漠。但 1963 年的这支考古队，遇到了航空事故和恶劣气候，行动被迫中断。胜天远至死也没能亲自解开罗布泊望远镜之谜，只把所有的资料都偷录在了一本工作笔记中，临终前托刘坏水交给宋地球保管。可根据相关规定，这种做法严重违反了纪律，宋地球只好在看完之后将其焚毁。

但是几年之后，文化大革命爆发，天下大乱，到处都在搞群众运动，"罗布泊望远镜"很快被捅了出来，凡是当年参与过这项行动的人员都被诬陷成了苏修特务，不过宋地球的老上级对他还是比较信任的，在紧要关头将其下放到边远农村，借劳动改造之名加以保护。

宋地球今年恢复了工作，上级首长指示他接手胜天远的工作，继续带队前往荒漠戈壁，探明罗布泊望远镜下隐藏的无数谜团，并搜寻当年失踪的那支中苏联合考察队，但是碍于当前形势，所能提供的资源和条件非常有限，只能当成最普通的考古或测绘工作来进行。

宋地球则表示："条件有限不要紧，但特事应当特办，组织上既然让我带队，就应给予足够的信任，探险队的人员就必须由我亲自挑选，宁缺毋滥，外行一个也不能要，否则还不如让我再回去蹲牛棚。如果在行动中出了问题，我宋选农愿意承担全部责任。"

上级虽然特批了他的请求，可"文革"开始后，各单位人事变动频繁，好多部门都处于"外行管内行"甚至无人管理的状态，凡事阻碍极多，又能去哪里选调合适人员？然而就在这个时候，司马灰和罗大舌头顶替了刘坏水，宋地球认为司马灰通晓古术，那都是保命回天的"神策"，和罗大舌头两人又有多年的实际作战及野外侦搜经验，身手矫捷，行事果决，都可以一当十，更重要的是头脑灵活，懂得随机应变。有了这两人相助，远比考古发掘队的刘坏水来得可靠，所以期许甚高。

宋地球也听说了这二人混进考古队的理由，但他对缅寮旧事所知有限，不太清楚占婆王古城的历史，在这方面提供不了什么帮助。眼下宋地球所能对众人透露的情况仅有这些而已，其余的事全部属于保密范畴，只能等到探险队通过铁板河进入罗布泊极渊之后，才能告知下一步的行动安排。

胜香邻事先就知道这些内情，并决意跟随探险队同行，刘江河也显得很有信心："上级安排我给探险队做通信员和向导，是对我的信任。何况除了牧区的几位老人以外，就只有我进过大沙坂，我熟悉那一带的情况，荒漠行军一怕迷路、二怕风沙、三怕断水，这些问题我都能应付。没我引路，你们肯定走不到地方，况且小分队也离不开通信人员。"

司马灰却没想的这么简单，他以前在缅甸时就曾听说过"地球望远镜计划"，所谓地球望远镜，都是代指近似无底深渊的万丈洞窟。野人山大裂谷两千多米的落差与之相比，根本不可同日而语，怪不得刘坏水打起了退堂鼓，原来宋地球这秃脑门子是要组织一支深入地下世界的敢死队，这无疑将是一次地狱般的死亡之旅。

第二章　电石灯

司马灰听了宋地球所言,便在脑中生出一连串疑问,苏联人钻掘出来的罗布泊望远镜在地底是个什么结构?倘若距离地表万米之深,必然会产生强大的地压,也没有氧气,不可能使任何生物存活,怎会有办法进入其中?它究竟通向什么区域?里面存在着什么东西?1963年那场诡异的航空事故是否与之相关?这类科学探测行动为何需要宋选农与胜天远等沙漠考古专家担任领队?

宋地球已经知道了司马灰以往的经历,也清楚其参加考古队动机不纯,但是罗布泊望远镜牵涉太深,在时机尚未成熟的情况下还不能轻易吐露,所以无法直接回答这些疑问,他只好对司马灰和罗大舌头说道:"我希望你们能够无条件地信任我,并且相信到底,时间最终会给出一切答案。"

司马灰和罗大舌头对宋地球的话半信半疑,他们很清楚罗布泊望远镜是个险恶不过的所在,这次考古勘探可不像去丈母娘家相亲,稍有闪失就回不来了。但又一寻思,如今把话说到这个地步,再说不去恐怕也不可能了。另外,胜天远摆脱"绿色坟墓"的控制返回中国,是不是与他发现了地底极渊的线索有关?也许这一系列事件的背后都存在着某些关联,司马灰认为这种可能性确实不小,看来明知道前边是火坑也得闭着眼往下跳了。

罗大舌头还惦记着十七级工资，问宋地球什么时候才能兑现，要是万一"光荣"了又怎么算。

司马灰说："事已至此，咱就尽量往好处想吧，要是能够活着出来，咱们弟兄说不定就能混成跟'马王堆女尸'一样的人物，大幅的照片都会刊登在《光明日报》《人民日报》《解放军报》的头版头条。"

罗大舌头对司马灰所言很是向往："既然报纸都上了，中央人民广播电台肯定也得配发相关新闻，我罗大舌头这脸可算是露到家了，光宗耀祖不在话下，到时候我说什么也得拎着半导体到我爹坟上去，让老头子好好听听……"

司马灰一皱眉："你又想出什么幺蛾子？给你们家老爷子烧几份报纸不就行了吗？天底下哪有拎着收音机上坟的？"

罗大舌头说："你又不是不知道，我们家老爷子就一种地的泥腿子，参军后倒也上过几次边区扫盲班，可根本就不是读书的那块料，这辈子斗大的字识不了半筐，我要是真烧报纸，他老人家可能连哪边朝上都搞不清楚……"

宋地球见这二人越说越离谱了，赶紧拦过话头，意味深长地说："只要你们有这份儿上进的心思便好，回来的事……等到回来之后再说不迟。"他当即开始规划在荒漠中的行进路线，并吩咐其余几人清点装备和工具。

刘江河独自去调试光学无线电，胜香邻则拿了一份清单，将准备携带的物资逐项检视以确保万无一失。由于探险队准备深入地下，照明设备自是必不可少，当时国内很少有钢盔和专用登山头盔，钻山洞的常用护具就是煤矿工人井下作业时配戴的柳条帽，但柳条帽也有柳条帽的好处，它的探灯光线很强，持续照明时间也长，光束穿透力和距离都非常出色，甚至给人一种"如果前方没有障碍物，这道光可以一直射到地心"的错觉。

除了矿灯之外，探险队还准备了一种特殊的照明器具——电石灯。

这是物资匮乏时代的一种产物，形状有点儿像木柄手榴弹，底下是握把，上边则是灯体，灌进水之后放一颗电石，再扣上有气嘴的罩子，里面就会产生化学反应，冒出雪亮的银白色火焰。如果周围二氧化碳浓度过高，灯体内的火焰光芒就会立刻转为蓝色，因此，它不仅可以提供常规照明，还能起到探测空气质量的作用。

司马灰在旁看了一阵儿，忽然对胜香邻说："62式军用多功能罗盘测距仪、海鸥205型单镜头反光照相机、猎鹰8×40高密封望远镜……这些东西应付侦察行动倒是凑合着够了，可为什么没有武器？不给咱们发枪吗？"

胜香邻解释说："咱们这组的五个人中，只有通信班长刘江河是军籍，按规定，他在执行外勤任务时可以配枪，再说那片荒漠里上无飞鸟下无走兽，携带枪支的意义并不大。"

罗大舌头焦躁地说："没枪胆气就不壮，哪怕给把五四式手枪呢？想当初我罗大舌头那枪法，能甩手打雁啊！说打雁头不打雁尾，打小麻雀也不能打碎乎了，得留整尸，要不然不叫本事……"

司马灰斥道："罗寨主你有军事常识没有？手枪顶什么用？刘江河背的那条五六式半自动步枪也就在大漠戈壁上能使，真要进了罗布泊望远镜，地下环境复杂多变，蝙蝠、毒蛇、虫蚁，还有没死绝的苏修特务，鬼知道会发生什么，没有趁手的家伙怎么行？我看如果遇到危险，肯定都是突然发生的近距离短促接触，武器性能必须做到平战转换速度快、出枪便捷、射速高、故障率低，而五六式半自动步枪在狭窄空间内根本周旋不开，手枪的射击速度也不够，难以形成压制火力，都不符合遭遇战的需求，最好有冲锋枪或者突击步枪。我听说国内生产了一批轻型丛林冲锋枪，它虽是这么个名称，却不仅适用于丛林战，也可应对山地、坑道、街巷作战。如果能有支丛林冲锋枪防身，这世上就没我不敢去的地方了。"

罗大舌头反驳道："你小子想得倒美，还他妈想带冲锋枪？给你发辆坦克开岂不是更踏实？其实你说的那种丛林冲锋枪，虽然早打六十年代就开始研发了，可直到现在还没生产出来呢，要不咱们过几年等它批量生产了再行动？"

胜香邻早就看出司马灰和罗大舌头不像考古队员，此时又听这二人为了带什么枪而争得不可开交，心中不免很是担忧：这俩人怎么都跟军火贩子似的，刚才居然还合计着要上《人民日报》，他们脑子里想的到底都是什么？她便好意相劝："你们别练嘴皮子了，眼看出发在即，还有好多正事要忙呢。"

这下罗大舌头算是逮着理了，自然又冒出许多怪话："我说小同志，这就是你的不对了，大伙儿开会总要有个你一句我一句的讨论过程嘛！刚才老宋发言的时候我说什么了？我还不就是忍着，可怎么刚轮到我发言你们就要忙活别的？我看这种不正之风要是继续发展下去，咱们这支队伍就快变成宋地球独裁统治下的一言堂了。如今是大会轮不到我们普通群众发言，小会也轮不到我们普通群众发言，是不是非要等到前列腺发炎，才轮得到我们普通群众？"

胜香邻从来也没有见过这种肉烂嘴不烂的人，倒被罗大舌头给气乐了："你又上报纸又上新闻，也能算是普通群众？我看你还是先把北在哪边找着再发言吧。"

罗大舌头被说得无言以对，司马灰灵机一动对罗大舌头说："轮不到你发言也是理所当然，谁让你成绩不突出，政绩不突出，只有他娘的腰间盘突出呢，我看你也别跟着起哄了，咱俩找穆营长要枪去。"

其实司马灰并不理会别人怎么看待武装问题，罗布荒漠里也许没有活物，可并不等于没有死物，据说那地方有许多神秘莫测的古城墓地，到处都埋着千年干尸，带条枪至少可以镇鬼辟邪，反正空着两手去玩命的傻事，老子是坚决不干。

三十四团屯垦农场属于准军事化建制，除了农业生产，也要承担巡逻保卫任务，配有制式武器和打靶射击场，经常协同民兵开展军事训练。

不过穆营长却是位职业军人,今年四十多岁,解放军进新疆剿匪的时候立过战功,身体非常粗壮,结实得像门步兵炮,说话也像放炮直截了当,这回被上级派来担任安全保密工作,各种物资也大多由他负责提调分配。

司马灰先前以为穆营长就在屯垦农场工作,直到刚才开会的时候,才从宋地球口中得知他也要跟探险队一同行动,就和罗大舌头直接过去找他索要武器。

穆营长此时正在屋里擦枪,他将五四式军用手枪一个零件一个零件地拆开,像是伺弄刚过门的新媳妇一般,仔仔细细地擦拭着每一个零部件,抬头看见司马灰和罗大舌头进来,就问道:"咋球搞的,进来也不喊声报告,有啥球事?"

司马灰知道直接开口要枪肯定没戏,便兜圈子说:"也没啥球事,听说营长你是位老兵了,还在沙漠里剿过匪,又响应党中央毛主席的伟大号召,志愿在屯垦兵团安家落户,为保卫祖国边疆奉献了宝贵青春,献完了青春又献子孙,真是太了不起了,我们准备找机会向你好好学习。"

穆营长奇道:"咋球搞的,这说起话来咋还一套一套的?你们这些小青年,小嘴就是好使,我一个大老粗,有啥可让你们学习的?"

司马灰说:"能不能给我们讲讲您在新疆剿匪的战斗故事,听说在沙漠里追击土匪最是惊心动魄,当时队伍上使用的是什么武器?土匪们又用什么枪?"

罗大舌头早已经等不及了,就说:"营长同志你就别谦虚了,战斗经过和具体战术可以等到以后再讲,不如直接发我们几条真家伙,让我们见识见识什么叫真枪实弹。"

穆营长恍然:"哦,我说你们嘴里咋净是好话,原来是要枪要子弹,咋球搞的,有话就直说嘛,组织上是让我支持你们的工作,要提供向导、驼马、水粮,还要每人发一套御寒用的毡筒子,可没说要提供枪支弹药,再说你们考古队都是知识分子,开过枪吗?"

罗大舌头说:"营长同志您太小瞧人了,别说开枪,我罗大舌头连英国皇家空军的'蚊式'都开过,我看你们这不是有五六式半自动嘛,借我搂几枪成不成?当然要是有条步冲合一的六三式全自动,那就更好了。"

穆营长把脸一绷:"你这儿还没得着寸,咋就先进上尺了?"本来不想答应,但考古队也都是上边派下来开展工作的同志,他又不想得罪这些人,便出了个难题:"咋球搞的,还跟我这儿吹上了,那英国的蚊子你也能开?正好我这儿有把手枪刚拆散了,你们要是能在两分钟之内给它重新装好,我立刻发给你们枪支弹药。可要是装不上,那就啥球话也都别说了,从哪儿来,就回哪儿去。"

缅甸兵工厂就能生产仿造的五四式军用手枪,当年司马灰和罗大舌头都曾用过。他们参加缅共人民军特务连数年,何止身经百战,一天到晚枪不离手,都练就了一身"十步装枪"的本事。比如在山里宿营时拆开手枪保养,这时候敌人突然围攻上来了,那就得立刻用衣服兜起手枪零件,边跑边组装,跑出十步,手里的枪支就必须能够做到搂火击发。所以,罗大舌头根本没把规定多少时间放在心上,他将五四式零件划拉过来,三下五除二就给装上了。

穆营长甚至还没来得及看表,心中很是惊讶:"咋球搞的?"他不能食言,只好给找了几条当地牧民们打黄羊的猎枪给他们。

司马灰一看连连摇头,这些猎枪大都是由当年缴获土匪的老式步枪改装而成,有的膛线都磨平了,有的准星又不知道跑哪儿去了,便对穆营长说:"这种老掉牙的家伙,都不是近代土匪用的,大概还是十月革命后逃窜流亡到新疆地区的白俄乱兵所留,比我们考古队的宋地球岁数都大,根本没法使了,子弹也不好找,能不能给提供现役的制式武器?"

穆营长却一口拒绝:"这件事可没商量的余地,现在已经是破例了。那片荒漠的纵深区域就连当年的土匪马贼都不敢冒险进入,几百里内半个鬼影也见不到,根本不需要全体成员都配武器。我和通信班长带上枪,只不过是为了有备无患,你们普通队员能做到防身自卫就足够了。"

司马灰和罗大舌头无可奈何，心想：哪怕带条烧火棍子，也总好过捏着两只拳头。只能退而求其次挑了两条老式火铳般的撞针步枪，用的子弹还都是无烟火药，各处都找遍了才翻出二十几发，至于能否正常使用，那就是另外一回事了。

转天黎明，当第一缕晨光洒向屯垦农场的时候，从牧区调来的三名向导，牵了大队驼马，背上水粮和各种装备，带着众人进入戈壁。他们首先要前往库鲁克沙漠边缘，会合来自克拉玛依油田的物探分队，然后共同穿越大沙坂。

前几天所走的路程大多是地势平缓的大漠戈壁，偶尔会遇到几片盐滩，由于常年遭到漠北寒风侵袭，那些黑灰色的干涸盐沼硬壳都被细沙打磨得光滑如镜，踩踏上去"吱吱"作响，使人陡增颠簸跋涉之苦。

站在这无垠的旱地上举目四望，周围单调沉寂的环境没有多少变化，到处都荒凉得令人感到窒息。如果有谁失踪在里边，可能就像一滴水落在灼热的沙漠中，顷刻间便会蒸发得无影无踪，再也无从找寻。

但司马灰听宋地球所言，就在这片毫无生命迹象的荒漠中曾经孕育过璀璨辉煌的古老文化，那些昌盛显赫的古国，曾经神话般地存在又神话般地泯灭，就像是开到荼蘼的花，悄然凋谢在了时间的尽头。

第三章 荒 漠

众人跟着驼队行走在浩瀚的荒漠中,面对一望无际的空旷戈壁,仿佛世间万物都已不复存在,天地尽头只剩下旱海茫茫。

一路上追风走尘,乏了裹着毡筒子倒在驼马旁边睡觉,饿了喝盐水啃干饼子。白天荒漠里的气温高达四十多摄氏度,灼热的气浪能把人给烤干了。实在耐不住酷热的时候,就缩在沙丘土堆后的阴影里暂做歇息,入夜后则温度骤降,又冻得手僵脚木,肺管子发麻,脑浆生疼,也说不尽这许多艰苦卓绝之处。

五天后,驼队终于成功穿过戈壁,接近了险恶异常的大沙坂边缘,地形地貌也开始逐渐出现变化。这里的沙漠分布很不均匀,沙子浅的地方才不过几厘米厚,底下都是坚硬的土层,由于受到漠北寒风切割,呈南北方向分布着大量沙沟、沙谷、沙斗。

此时恰好行到破晓时分,血染般的朝阳开始从身后冉冉上升,东面的地平线仿佛被撕扯开一条鲜红的伤口,浩瀚辽阔的荒漠尽头显现出一片凸出物,看轮廓应当是绵延起伏的沙丘孤零零矗立在空寂的大漠中,可随着驼队越走越近,就见在满天红霞的映射之下,那些坎坷起伏的土丘和沙山仿佛蒙上了一抹绚丽的金漆,在众人面前变成了一座金碧辉煌的巍峨城池,恍若西域古国繁华的身影重现人间,呈现出一种海市蜃楼般凄美绝伦的幻象。

正当众人看得出神，背着猎枪的向导突然止住驼队，告诉宋地球再往前就进黑龙堆了。那一带风灾鬼难多发，到处昏天黑地，八级大风昼夜不停，即使白天都看不清路，别说车辆开不进去，就连驼马也很容易受惊，而且骆驼体重，一旦踩塌了沙壳子失足掉进沟谷流沙里就没命了，所以只能将探险队送到此地，不敢继续向前走了。

司马灰等人见状只好卸下装备和水粮，那三名牧区来的向导当即与众人挥手道别，径自驱动驼马掉头折返。余下以宋地球为首的六个人则准备徒步行进，于是在原地重新整理行囊。他们每人都有个帆布背包，毡筒子卷起来绑在上边，旁边挂着猎刀、水壶、长绳，干粮大约能吃五六天。无线电连的通信班长刘江河还要额外背负一部光学无线电，回程之际可以利用它寻求支援。

按照既定方案，宋选农将要带领这个小组前往大沙坂边缘，与从克拉玛依油田调来的钻探、物探分队会合。其中有工程师和专业技术人员，他们负责寻找苏联人留在地底的重型钻掘设备，并获取岩芯样本，探险队主要的补给和装备物资，都是由这两支分队负责携带，双方会合后，仍将由宋地球统一指挥。

宋地球等人从三十四团屯垦农场出发之后，一直试图与克拉玛依钻探分队保持无线电通信联络，可大概是由于风沙中有大量盐尘的干扰，使得电波信号极不稳定，最后收到的讯息是"钻探分队已于两天前抵达了既定区域"。

宋地球见驼队已经去得远了，不由得回想起当年在大漠戈壁考察古迹的经历，对司马灰感叹道："这次咱们之所以能够顺利穿越茫茫戈壁，多亏了向导和驼队。当年我和几个同志来此勘察鄯善国古都扜泥城，就是在这片戈壁荒滩中迷了路。那情形真是可怕，断油断水，车辆和电台也都坏了，四周全是一望千里的龟裂旱地，别说是徒步行走，就是鸟雀也飞不出去。当时我看见天上有个很小的黑点，似乎是有什么飞禽经过，直到离近了才看清楚是只小麻雀。可能这只麻雀飞进大戈壁之后就蒙了，冒着四五十度的高温，想找个有阴影的地方落脚都找不到。那时候出于求生本能，它也不知道怕人了，直接朝着我飞了过来，刚扑在我脚边的影子里就再也不能动了。我把水壶里的最后几滴水，都喂给了这只将死的麻雀，可还是没能救活它。生命在残酷的大自然面前，向来就是如此脆弱……"

此时众人整理好了装备，开始徒步前行，宋地球一边走一边继续对司马灰唠叨："唐书称这古丝绸之路上最危险的两片区域，一是白龙滩，二是黑龙堆，自古以来就是热风、恶鬼出没之地，上无飞鸟下无走兽，人畜皆不敢过，以我的亲身经历来看，可并不都是虚构夸大之言啊！"

司马灰听得不解："风灾应当是指风沙带来的自然灾害，可鬼难又指什么？是说那片荒无人踪的沙漠里有鬼吗？"因为在以往的古老记载中，一旦形容起荒漠里的恐怖与危险，总是少不了要提到"热风、恶鬼"，或是"风灾、鬼难"之类的词语，听说驼马之类的大牲口眼净，能够以目见鬼，走进大沙坂便会平白无故地受惊发狂，根本收拢不住，很容易跑散。难道驼马果真能够在沙漠里看到一些人眼看不到的东西？

宋地球突然被司马灰问起此事，一时间也很难给出准确答案："鬼难……此类事件在历史上没有确凿记载，还真是不易阐述明白，以我个人的理解，大概是古代对于某些超常规现象的称谓。"

他想了想觉得这也不算是什么理论，便举出一件事例：

以前在江苏义县的山里，有座星星庙，大概是清朝末年建造的，一年到头香火不断。为什么要叫星星庙呢？据说是因为庙里供着块陨石。1953年大炼钢铁，家家户户捐铜献铁，造枪、造炮、造飞机，支援抗美援朝。当时有人说陨石里含有金属成分，就要把庙拆了挖出埋在土里的陨石，可当地老百姓迷信思想非常严重，给施工制造了很多阻碍，上级就派宋地球带工作组前去调查走访。他们到乡里四处打听，问那些上岁数的老人才知道，原来当地人认为那块陨石里头有东西，可能是某种成了精得了道的仙家，但这怎么可能呢？

宋地球他们再走访下去，事情就传得越来越邪了，甚至出现了许多目击者，信誓旦旦地证实亲眼看到过那块陨石里有死人，而且还不止一个，是一大一小，那可不敢惊动啊！谁要惊动它们谁真是活腻了自找麻烦。不过星星庙陨石里为什么会有"死人"？那又是两个什么样的死人呢？工作组再追问下去，却是人人都讳莫如深，谁也不敢再多说了。

面对一连串的疑问，工作组经过讨论，决定无论遇到什么困难，都要设法查清真相，想破除老百姓的封建迷信思想，就必须从根源着手，也就是挖出陨石进行彻底调查，然而等到清理工作结束之后，挖掘组面对这块大如拖拉机头的陨石都惊诧得合不拢嘴了。因为陨石里有许多琥珀状透明物质，在强光照射下可以清楚地看到其中裹着两具僵尸，死者身着汉代服饰，一个是位妇人，另一个是她怀中抱的孩子。

所有人都觉得太奇怪了，根本无法理解，陨石是从天上来的，里面怎么可能会有汉代女尸？当时担心造成恐慌，就用帆布把陨石盖了，秘密运回实验室进行解剖，经过研究分析终于取得重大突破，解开了疑惑。原来这块陨石根本就不是什么"天外之物"。那是在千百年前，大约汉朝的时候，有一个刚生完小孩的女子带着孩子回娘家，半路上经过一座火山，很不幸母子两个正好赶上了火山喷发。这个女人和她的小孩被泥石流埋住，像琥珀一样被裹在了里边，泥石受到岩浆高热形成了半透明的物质，内部却始终处于密封状态，千年万载永远保持着生前的容貌。而石块又被火山喷上天，变成一颗小行星围着地球转来转去，直到清代才又化为一颗陨石，重新坠回了地面。

司马灰听了根本不信："这就是您的重大发现？您刚才要是说考古队从哪座古墓里出土了唐明皇用过的避孕套，说不定我都能信以为真了。可星星庙的来历我却比您清楚多了，那里面压根儿就没什么尸体。"

宋地球解释道："我说的这件事情，仅是举出一个例子作为比喻而已，不用追究是真是假，我只是想让你们通过它了解'求实'的必要性，因为有些考古现象在发掘过程中总会给人带来很强的神秘感，很难使人轻易理解。可随着研究工作的深入,厚重的幕帘逐渐拉开,即便是再复杂的谜团,也终究会在我们面前真相大白……"

司马灰唯恐宋地球又开始长篇大论地给自己讲课,赶紧装作绑鞋带,故意落在了队伍末尾。

穆营长和通信班长刘江河在前边引路,带着探险队徒步过荒漠。有道是"望山跑死马",从破晓时分,就在这一望千里的大戈壁上看见前边有片起伏绵延的土丘沙山,可拿两条腿一步步地丈量过去,直到夜幕降临后才终于踏进大沙坂。

天气情况超乎预期地好,没有出现传说中的热风流沙,此时的天空仿佛是块透明的巨幅水晶,呈现出无限深邃的蓝色。大沙坂正在月影下沉眠,这片被天幕苍穹笼罩着的浩瀚沙海,银霜遍地,清冷似水。那些终年被沙尘覆盖着的土丘,奇迹般地露出了真容。

众人虽然常在野外行动,却也从未见过如此摄人心魄的繁密星空,都不知不觉地抬起头来仰望苍穹。

司马灰窥视天河,见星云通透,在那平静的深邃中似乎蕴含着巨大的恐怖,四周死寂的空气中仿佛充满了某种危险的信号,不免暗觉不妙:脚下这座沙山,就应该是与克拉玛依钻探分队会合的地点,可观望良久,周围又哪有半个人影。

穆营长也莫名其妙地感到一阵不安,众人携带的水粮在沙漠中根本维持不了几天,如果不能与钻探分队会合,处境将会变得非常危险。他焦急地看了看手表,骂道:"咋球搞的,克拉玛依钻探队不是早就到了吗?难不成都死球了?"骂完又回头命令通信班长尽快用光学无线电与钻探分队取得联系。

刘江河依命行事,但克拉玛依钻探分队的电台始终处于静默状态,得不到任何回应,急得他满头是汗。

宋选农耐心地宽慰道:"小刘同志,你别着急,再多试几次。"

这时司马灰见胜香邻正举着望远镜向四周观看,神色间显得有些异样,就问她能不能通过望远镜看到克拉玛依钻探分队?

胜香邻摇了摇头:"这沙漠里好像什么也没有,可我总觉得有些地方不太对劲儿。"

罗大舌头也告诉司马灰:"我刚走上沙山的时候,似乎看到远处有些东西在动,可一眨眼就什么都没有了。你说这片沙窝子里,许不是有什么不干净的东西?"

司马灰心知事态反常,就半蹲在地,把鹰一般敏锐的目光投向四周。沙漠里寂静得连掉下根针也能听得一清二楚,一眼望出去没遮没拦,鬼影都看不见半个。一切都处于静止状态,除了沙子以外,再没有什么别的东西存在。

罗大舌头先前在屯垦农场里,曾听人说这大沙坂本是一片被荒沙覆盖的土山,掩埋住了不少古城墓穴,如有狂风掠过,就会从流沙下显露出半截棺木或古尸手臂。解放前有支国民党部队,溃逃进大沙坂之后迷了路,好几百人竟然没有半个活着走出来,都被这片恐怖的沙漠吞噬了。或许是大漠埋骨、旱海沉尸令死者不安,时常会有怪异之事发生,他不免怀疑克拉玛依钻探分队在沙漠里遇上了鬼,否则那几十个大活人怎么说没就没了?

胜香邻秀眉微蹙:"你们考古队的人,怎会相信这世界上有鬼?"

司马灰虽感觉到附近有些异常,可观察了半天也不见任何风吹草动,脑中绷紧的神经稍有松缓,便对胜香邻说:"好多年前祥林嫂就提出过一个问题,这个世界上到底有没有魂灵?但就算是鲁迅先生,都无法给出一个准确答案。"

这时罗大舌头忽然扯了司马灰一把,指着沙漠深处说:"你瞧瞧那是什么,我估计鲁迅先生肯定没见过这种东西。"

司马灰等人闻听此言,顺着罗大舌头手指的方向望去,都不禁深吸了一口凉气。其时月明如昼,视野格外清楚,就见沙漠中有一个黑黢黢的物体,直立着缓缓移动,只是离得较远看不清肢体轮廓。

众人又惊又奇，定睛再看时，周身汗毛全都齐刷刷地竖了起来，因为最让人感到恐怖的是那个影子只是"影子"，而不是任何物体遮挡住光线留在地面上的"阴影"。它所经过的地方，也没在沙漠中留下任何痕迹。

"必须有某个物体遮挡住光线，才会在地面留下投影"，这是尽人皆知的常识。可冷月寒星辉映下的大漠中，上无飞鸟，下无走兽，除了沙子就是沙子，在没有任何"实体"的情况下，沙漠里又怎么会出现阴影？

第四章 壁　画

　　穆营长常年在甘肃玉门一带的沙漠里剿匪，却也从未碰上过这等怪事。他从军多年，向来气粗胆壮，从不信邪，认定是有敌特暗中跟随探险队，立刻端起五六式半自动步枪，对天鸣枪示警，眼见沙丘下那团黑影越来越近，就对准目标扣下了扳机，"五六式"这种全世界独一无二的特殊射击声，在空旷凄冷的沙漠中听来显得分外嘶哑。

　　穆营长枪下虽未落空，但沙地上那团"鬼影"却似无知无觉，7.62毫米口径的制式步枪子弹对它没起任何作用，它仍在飘飘忽忽、时隐时现，随即轻轻一闪，竟在众人眼皮子底下倏然消失无踪，眼前唯见沙丘起伏，沉寂无声。

　　这大沙坂里根本没有任何生命迹象，别说狼踪狐迹，只怕连只沙鼠也不存在。更何况此刻月色正明，视野变得分外清晰，远比白天热浪蒸腾或沙尘漫天时看得真切。如果荒漠里真有某些东西出现，不可能看不到它的实质。

　　众人都是目瞪口呆，实难解释眼中所见，宁肯一厢情愿地认为那只是疲惫和压力带来的幻觉，也不敢设想在这片恐怖的沙漠里遇到"恶鬼"会是个什么后果。

　　然而就在此刻，又发觉侧面有"沙沙"作响的声音传来，众人硬着头皮抬眼一看，就见数十米开外同样有团幽灵似的"黑影"站在沙漠中，约有一人来高，时隐时现，远近飘忽不定。深夜的沙漠里顿时变得鬼气森森，而在这片寂静的沙海深处，也隐隐传来孤魂野鬼的呜咽哭泣之声。众人听得真切，均是觉得心中寒意更甚。

探险队虽然带着枪，可面对此情形也不知该如何是好，因为出现在沙丘上的东西如轻烟似薄雾，根本没有实质存在，可能都是当年迷失在沙漠中的亡魂。

宋地球同样感觉到情况不妙，他盯着周围看了一阵儿，见原本清澈的星空渐渐变得模糊，终于瞧出了几分端倪，脸上不禁微微有些变色，示意众人不要轻举妄动："大伙儿不要过分渲染这种唯心主义论调，世界上哪有鬼？我看咱们遇上的情况，应该是沙漠里一种十分罕见的异常现象，我也是有生以来第一次亲眼看到。"

罗大舌头说："您就别找理由安慰我们了，我们有心理准备，这沙漠里已经不是解放区的天了……"

宋教授只好继续说明缘由："今夜月明如昼，我几十年来从没见过这么大的月亮，好像随时都能从天上掉下来似的，但用肉眼仔细观测天体，就会发现明月周围有层毛茸茸的光晕。按气象预测学的观点来看，沙漠中'月晕生风，日晕而止'，如果据此推测，就说明这片地区很可能要出现大风沙天气了。库姆塔格与罗布卓尔交界的大沙坂，在一年里至少有三百多天是风沙天气，而在规模惊人的大沙暴到来之前，往往都会有'风引'，也就是小型旋风出现。它是一个个小龙卷风似的沙团，聚散不定，在月光下当然看不到它的形体，只能看见沙漠里有团幽灵般的鬼影忽隐忽现，大小和人体相仿，看上去似乎有影无质，其实只是沙子和风产生的一种特殊现象。"

司马灰等人恍然醒悟，想不到世上还有这等幽灵般的怪风，可还不等细说，风沙涌动之势便已迅速增强。先闻数里之外似有波涛洪钟之声，随着几股黑流似的旋风卷至高空，风势骤然加剧，虽不是鬼哭狼嚎，但那呜咽凄厉的风声听在耳中，也足以使人毛骨悚然。

沙丘高处有片风化的胡杨木桩，那些木桩虽然枯死了千年，却仍然沉稳地矗立在沙河中，日复一日忍受着狂风摇撼依旧岿然不动，用干枯的枝干见证了不知几世的苍茫，正是它们的存在，才使大沙坂地形轮廓得以固定。众人想借助枯木躲避风沙，刚刚临近那片低矮的树桩，酷烈的热风就已卷集着沙尘，宛如黄云铺地般涌来。狂风肆虐之际，到处天昏地暗，眼前一座沙山霎时就化为漫天飞灰。

这片大沙坂属气象学中所言的枯热猛晴区域，一年到头风灾不断，冬天是"白风"，春天有"黑风"，到了夏秋两季转为"热风"，干旱炽热使得土层全都沙化了，行人走在里面，眼前只有一片昏黑，天不像天，地不像地，分不清是在昼里还是在夜里。呼啸的风声在耳边呜呜掠过，就像是沙海下无数亡魂沉埋了千年的悲哀与愤怒，着实令人胆战心惊。

众人凭借身上背包沉重才没被狂风卷上半空，大家发现枯木桩子随时都会折断，不敢继续停留在高地上，互相拉扯着勉强挪动脚步。跌跌撞撞地翻过几座大沙丘之后，透过风镜看向周围，就见风起处，遍地沙子像河水一样流动，人在其中，也似随着沙河漂浮。

司马灰以前听说过鹅毛浮不起的流沙河，还以为多半是杜撰出来的传说，今日身临其境，才知大漠深处果然有这种可惊可怖地方的存在。人在漫无边际的热风流沙中移动有如跋涉大河，附近起伏不平的沟壑都被流沙遮蔽，完全看不到脚下的情况，万一踏空跌倒或是滚入沙谷，顷刻间就会被风沙吞没，即使身边有队友同行，也无法提供有效救援。

当年胜天远带领考古队穿越大沙坂的时候，就因坠入了沙河下层的沟谷，造成人员伤亡，才被迫中止行动。如今探险队突遇风动流沙，顾不得再去寻找本该出现在会合点的"克拉玛依钻探分队"，只能先求自保。在这种让人不能喘息的风压下从沙河里不断摸索前行，脚底下几步一跌，稍有停顿就会被流沙活埋。

大沙坂炎热干燥的程度超乎想象，绝对气温最高可达四十五摄氏度以上，白天掠过地表的热风温度更是接近七十摄氏度，降水量极小，几乎是滴雨不见，一年四季风沙不断，沙暴频繁，狂风咆哮，飞沙走石，天昏地暗，沙海无边，使人不辨方向，人体的一切感觉都会被热沙吞没。沙尘漫天飞舞，很容易使人产生视觉疲劳，唯一有明显变化的就是那些起起伏伏的大小沙丘。它们纵横排列，形态复杂多变，流沙底下都是土山，土层沙化严重，沙沟、沙坑密布，表面又有沙河涌动，很难看清地形，一步踏错就会陷入流沙，因此行动速度异常缓慢。

六个人行不数里，就已累得连吁带喘，上气不接下气，胸膛都似要炸裂开来。忽见沙丘下有片浮沙卷动形成的旋涡，宋地球知道那底下可能是个沙漏般的坑洞，忙将手一招让众人迅速躲入其中避祸。

司马灰等人几乎是被涌动不绝的流沙直接推到了沙坑中。这是个常年被热风切割形成的沟谷，深达十几米，底下全是堆积如丘的黄沙，也不知那沙子底下到底还有多深。

司马灰当先从沙堆里挣扎着爬出，拍去身上沙尘，只见满目漆黑，分辨不出究竟是落进了什么所在，就摸出电石灯来点亮了高举照视，大量浮沙正从头顶滚滚流过，其余几人也相继起身，将陷在沙堆里的同伴拖拽出来。

穆营长主要负责安全保卫工作，最挂念宋地球的安危。他刚从沙堆上爬起来，就立刻招呼司马灰，让他快举灯看看有没有人受伤。

司马灰擎着电石灯四下里一照，见其余几人均安然无恙，只有罗大舌头摔得较重，趴在地上连声骂娘，而宋地球却是满身沙土，背对着众人坐在沙堆旁一动不动。

胜香邻见状暗觉不妙，担心地问道："宋教授，你还好吗？"

宋地球闻言无动于衷，忽然转过身来一把握住司马灰举着的电石灯，电石灯是通过化学反应燃烧照明，气嘴既被握住，灯体内烁亮的光焰立时熄灭，沙坑内顿时一片漆黑。

司马灰未料到宋地球突然来这么一手，心下猛然一惊，早将手指扣在了撞针步枪的扳机上，同时问道："老宋，你吃错什么药了？"

宋地球按灭了电石灯，低声道："你拿鼻子闻闻这沙坑里是什么气味。"

司马灰深吸了一口气，奇道："是硫黄？"

宋地球道："不是硫黄，应该是可以直接用来制造黑火药的岩硝。这沙坑内的土层里可能含有硝脉，而且空气不畅，碰到一点儿火星就会发生轰燃。"

众人听得此言心下都是一颤，不承想这大沙坂下的土层中含有岩硝，躲入沙坑避难简直相当于钻进了一个火药桶，处境变得更是凶险。如今未能顺利与克拉玛依钻探分队会合，以现有的装备和水粮，难以展开进一步行动，只能联络屯垦农场派驼队前来接应。

但通信班长刘江河背着的光学无线电在摔入沙坑时撞断了线杆，他垂头丧气地汇报了这一情况。

穆营长火撞顶梁门，铁青着面皮把他训了一通："你小子究竟是咋球搞的，我看你胳膊腿也没磕青一块，怎就偏把电台给摔坏了？你要是修不好它，就给我死球去。"

司马灰收起了电石灯，改用矿灯照明。听穆营长说得严厉就替刘江河开脱道："毛主席曾经教导咱们'要奋斗就会有牺牲，死人的事是经常发生的'。既然连死亡牺牲都很正常，那在革命斗争中损坏一部无线电，也不应该算是什么大事，何况线杆断了还可以接上，这活儿以前我就干过，只要把里面的线头接好，再找块胶布缠结实了，电台照样能够正常使用，远远没到报废的程度。"

这时，宋地球在胜香邻的搀扶下站起身来，他也对穆营长说："年轻人哪有不犯错误的，让他以后小心点也就是了。沙井下很不安全，绝非久留之所，我看咱们还是先离开这地方，然后再想办法修理无线电。"说罢吩咐司马灰和罗大舌头二人在前探路，带队离开岩硝矿脉分布的危险区域。

此刻地面上流沙涌动不绝，探险队为躲避酷烈异常的气候，只能摸着沙坑边缘的缝隙向深处走,想寻个安稳的地方稍作喘息,以便维修这部损坏的光学无线电,再请求屯垦农场派出驼队前来支援。

众人身边所携水粮有限,仅能维持几日所需,一旦与外界失去联络就将陷入绝境,不免忧心忡忡,而在这沉闷压抑的沙谷中行动,更使人加倍恐慌。

司马灰头戴矿灯端着撞针步枪在前探路,眼见周围净是些沙谷沙井,都是大沙坂地下支离破碎的土山形成,皆呈南北走势,多数已被流沙阻塞,接连找了几处沙洞,却没一个稳妥坚固,似乎随时都能被热风卷动的流沙埋葬。

司马灰见状不敢停留,便继续前行,发现这条漫长的沙谷尽头有几座高矮不等的夯土墙,墙下显出一处被黄沙掩埋了大半的残破洞窟。洞子里面黑气弥漫,沉浸着腐朽的死亡气息,从外面看不出是城址还是墓穴。

司马灰埋下身子钻了进去,抬头用矿灯一照,见这洞窟内部方正,一面为门,三面塞有条砖,穹顶隆起成圆形,最深处的土墙上还保留着一些五彩斑斓的壁画,描绘的都是些西域风物。画中最显眼的是一头金骆驼与一头银骆驼相互撕咬,双方身上都是鲜血淋漓,场面极为残酷;另有一头背上插翅的飞驼,落在高耸入云的山峰上。奇怪的是这骆驼颈中竟然生了一颗妖异的人头,也不知这些壁画埋藏多少年了,颜色竟还如此鲜明,仍在这片饱受风沙侵蚀的废墟中蛊惑着千年的谜语。

第五章　王　陵

其余几人也相继钻进了土窟，意外发现墙上竟然还有残存的壁画，而且内容十分离奇：背上生翅的飞骆驼长了颗人头，正落在一座插入云霄的山峰上，俯视着金驼与银驼在大漠中撕咬恶斗。

司马灰等人从未见过此类充满古代西域风情的彩绘，不免觉得壁画中的情形格外神秘，心里又都有些悚然。

罗大舌头同样是少见多怪："哟！这驴头上怎么是个人脸？"他再仔细一看，才瞧清楚壁画上绘的是骆驼，可也不好意思承认自己刚才看岔了，只好越描越黑地补充道，"沙漠里有种野驴很特别，后背上长俩大疙瘩，样子看起来和骆驼差不多，你们这些不懂行的人就很容易搞混。"

这时宋地球凑到近前，借着司马灰头上矿灯的光亮仔细观看壁画，他注视良久，神色颇为凝重，始终不发一言。

司马灰见这窑洞般的土窟隆像是墓穴，就问宋地球："咱们好像是钻进坟窟窿里来了，这壁画中的飞骆驼是个什么妖怪？"

宋地球没有直接回答，只是缓缓点了点头："这里还算稳固，先让大伙儿休息一会儿，看看能不能把电台修好。"

众人在浮沙中行走了大半天，满身满脸都是灰尘，个个都像土地爷一般模样，且已疲乏饥渴得狠了，巴不得能歇上片刻，听到宋地球的吩咐，按照考古队"非必要不接触"原则，离开绘有壁画的墓墙，都集中到先前进来的洞口附近，摘下背囊和步枪，倚着墙就地坐下，胡乱啃些干粮充饥。

穆营长担心上边会有流沙涌下将墓室彻底埋住，就带着司马灰和罗大舌头在周围巡视了一遍，见这土窟前面洞开的厚重石门边缘处凿痕陈旧，不是近年所留，显然是解放前已有土贼捷足先登，将古墓内的珍宝洗劫一空，仅剩下一些带不走的壁画，此外再没什么多余的东西。

穆营长察看之后，回来同宋地球商量，按照原定计划是要首先与克拉玛依钻探分队会合，一同经由大沙坂下的地谷进入罗布泊望远镜，可两天前就该到达这里的钻探分队不见踪影。依照常理推测，如果他们也遇到了热风流沙，多半会提前躲进地谷中避难，只是气候异常和电台故障，导致双方无法取得联络。穆营长发现附近有几处沙洞深浅难测，料来必然通往地谷，就打算独自一人先到下边探明情况，搜索钻探分队的踪迹，并让其余的人先留在这里稍作休整，抓紧时间维修光学无线电。

宋地球知道穆营长是个经验丰富的老侦察员，由其先去探察一番也好，毕竟不能眼睁睁地看着钻探分队全员失踪而置之不理，便同意了这个请求，嘱咐他务必多加小心，不要走得太远，以免迷失方向。

穆营长答应了一声，带上矿灯和步枪就要行动。

司马灰拦住他说："我跟你一起去，要是遇到什么情况，也好有个照应。"

穆营长把脸一绷："我用你小子照应个球，真是无组织无纪律，你把宋教授保护好，就是对我最大的照应。"说完头也不回，拎着五六式半自动步枪钻进了墓室后的石窟。

司马灰暗骂这穆营长真是个属驴的，脾气又倔又硬，只好回到墙边坐下啃些干粮果腹，又指导刘江河维修那部光学无线电，但电台损坏的程度比预期中的还要严重，如果不更换零部件，就没有修复的可能性。

宋地球让胜香邻在笔记本上将墓室内的壁画素描下来，然后他才告诉司马灰："千万别小看了这个地方，正经是座楼兰王陵，可惜早在民国初年就被土贼盗空了，掏得是干干净净，连块棺材板子都没剩下，只有土窟般的墓穴和少量残破壁画留存至今，恐怕过不了多少年，这里就将彻底被流沙吞噬了。"

司马灰不太相信："上窟里如此破败不堪，你就凭一些残缺不全的壁画，怎么敢肯定这里曾是楼兰王的墓穴？"

宋地球对这种问题解释起来总是不厌其详："其实我和你们一样，也是初次到这里来，你看这座被盗空的古墓里不是还剩下些壁画吗？其中蕴藏的大量历史信息相当重要，仅根据壁画里描绘的金银骆驼，就能判定此地是楼兰王陵。"

胜香邻听出了一些头绪："宋教授，你是说骆驼在西域大漠中具有特定的象征意义？"

宋地球点头道："骆驼是沙漠之舟，以前的客商们要想穿越丝绸古道，肯定离不开驼队。史书上称古西域有三十六国，那仅仅是指丝绸之路最为繁荣鼎盛的特定时期。如果实际统计起来，由汉代至唐代，出现在南北丝绸之路沿途的大小城邦，前前后后总计四十二国。但在两汉至南北朝时代，北起铁门关，南到尼雅一带的辽阔地域间，也只权威最重的楼兰——鄯善国才可以将金骆驼作为王室至高无上身份的象征。这就如同中原帝王将自己比喻成真龙天子是一个意思，再加上壁画中还出现了跪拜的文武百官，所以我才敢推测这是座楼兰王古墓。"

司马灰和罗大舌头还是不太明白："壁画中落在高山上的飞骆驼又象征着什么？它怎会长有一颗人头？"

宋地球说楼兰王古墓壁画中描绘的内容非常神秘，而且损毁比较严重，残破不堪，即便我不知道它过往的事迹，也能凭经验做一番管中窥豹的假设，这幅壁画应该与一个流传久远的古代传说有关。飞骆驼象征着主宰因果的真神，金银骆驼撕咬则表示墓中安葬的这位楼兰王曾杀死过自己的手足兄弟。金骆驼是兄，银骆驼是弟，常言道"天上只有一个太阳，地下没有两个国王"，这一山容不下二虎，兄弟俩为争一个王位不得不手足相残，到头来的生死成败都取决于全知全能的真神，这幅壁画大概表现了古代人对于命运的理解。

司马灰说："哦，敢情这国王亲手杀害了自己的手足兄弟，死后还要特意在墓室壁画中告诉后来者'这都是早已被真神注定的命运，并非出于本王之意'。倒把自己的责任来个一推六二五，摘得干干净净，唯恐背上手足相残的恶名，真是又想当婊子又想立牌坊。可千年已过，往昔的辉煌终将被滚滚黄沙埋没，这楼兰王陵也早已被土贼盗空了，连块囫囵个的棺材板子都没留下，仅剩这几片残破不堪的壁画，时至今日，谁还会在乎墓中死人当年干过什么瞒心昧己的缺德事。"

宋地球听司马灰提及生死之事，心中忽有所感，就随口说了些自己的观点："生死是自然界的规律，人类是注定将要一死的生物，墓穴本身又是个象征着死亡的休止符，但其存在的意义又远远超出了这个范畴。古人历来将它视为通往永恒的大门，想把生前所有的东西都带入其中，因为一个人生前拥有得越多，临终之际失去的也就越多。就如同原本安葬在这里的楼兰王，他虽然贵为一国之主，手握生杀大权，可以随意左右臣民的生死，却对自己必将到来的大限无能为力，这种对死亡的畏惧与无奈，其实就是一种人类始终无法摆脱的宿命。别说上千年前的西域古国，即使到了科学昌明的现代，不还是有很多人仍在说什么万寿无疆、永远健康吗？"

宋教授说到最后，自觉有些言多语失，就赶紧岔开话题，又讲起解放前有个传闻。对大漠中的古城墓穴最感兴趣的人无非有两种，一是盗墓者，二是考古学家。盗墓者对陵寝中丰厚的陪葬品垂涎三尺，考古学家却更关注其中蕴含的巨大历史学术价值。据说在民国初年，有几名英国探险家伙同一批当地土匪马贼，深入新疆大漠的千里流沙中寻找古代文物。

这伙人大概都是狗鼻子，在经过大沙坂附近的时候，竟从这荒凉贫瘠的空气中嗅到了奢华的气息。经过几个月的寻找与发掘，终于凿开了已经封存千年的石门，目光所及之处都是奇珍异宝，彩棺墓床周围堆积着数不清的金银珠玉，所有的器皿、箱笼、匣子、兵刃、盔甲皆是珠光宝气、金碧辉煌，棺中安眠的那位"王中之王"脸上覆盖着黄金铸成的面具，真实勾勒出了王者生前的容颜，宁静中透露着几许哀伤，仿佛是对自己身后命运的无奈。盗墓者们惊叹之余，动手将王陵洗劫一空。

宋地球估计英国探险家伙同土贼在新疆大漠里盗墓的传闻，就是发生在此地。他虽未见过这座古墓里出土的珍宝，但以地理位置和壁画加以分析，墓穴应当属于古楼兰某位先王。在两晋时期楼兰另立新主，并改国号为鄯善，现在的人们仍习惯将鄯善国称为楼兰，不过晋代之前的楼兰，却要再加上一个"古"字。

大沙坂下的土山深谷内，是古楼兰历代国主埋骨安息之地，古墓外形一般呈土墩状，两千年来饱受流沙侵蚀，地形地貌变化很大。众人在墓室内发现的残存壁画，其中描绘着一处高峰，其实只是一个象征之物，代表着位于古墓地下的"黑门"，其尽头通往距离地表万米之下的极渊，宋地球最初的计划，就是会同克拉玛依钻探分队在大沙坂深处寻找这座黑门，然后再设法进入罗布泊望远镜。

宋地球告诫众人说，根据汉时西域方志的描述，黑门又被称为"死亡之墙"，它同时又是守护"因果"的妖魔，会将任何接近它的人全部吃掉，所以那个区域肯定异常凶险。现在与克拉玛依钻探分队失去了联络，光学无线电又出现了故障，如果不能及时修复，探险队凭现有装备根本没有能力原路返回，所以必须要做最坏的思想准备：第一种情况是找到失踪的克拉玛依钻探分队，即使他们全部遇难了，携带的无线电和水粮应该还有所保留；第二种情况是不仅找不到钻探分队，咱们的电台也无法修复,就只能冒死进入大沙坂下的黑门,根据古代的地理文献记载,那里应该存在地下暗河。

众人听了宋地球之言,都觉得有些云里雾里,所谓"因果报应",可都是早该肃清的封建迷信思想,再说,因果好像也不是什么具体的东西,那座黑门又怎会是守护因果的妖魔?

第六章　失踪的克拉玛依钻探分队

宋地球想了想又对众人说："所谓因果，其实是一种最基本，同时也是最复杂的逻辑概念，我再给你们举个简单些的例子你们就知道了。你们谁能用'因为、所以'这两个词，给我造个句子？"

司马灰觉得这未免太简单了："因为老宋你不知所以。"

胜香邻正在专心致志地照着壁画描样，听司马灰所造之句简直是又可气又可笑，她真不明白宋教授为什么会让这种家伙混进考古队，只好替司马灰回答了宋地球的问题："古人常讲的因果，并不能以迷信思想来一概而论，以现在的观点来看，因果其实就是一系列事件之间的逻辑关联。"

宋地球道："香邻说得没错，所有的事件都不是独立存在的，它们之间的逻辑性就是因果的本质。至于西域古老传说中的神秘内容到底是些什么，比如吞噬生命的山墙，还有因果的秘密，咱们现在全都无从揣摩。"

司马灰至此已大致了解了宋地球的行动方案，罗布荒漠下的极渊被佛经形容为无始无终的噩梦，苏联人则称之为罗布泊望远镜，总之就是个深入地底的洞窟。由于苏联专家团撤离时破坏了使用重型钻掘设备挖出的竖井，再想进去就得从侧面寻找另外的通道，而这条通道就是大沙坂下的黑门。

司马灰想到这些，就问了宋地球一个十分尖锐的问题："如今失去了克拉玛依钻探分队的协助，电台也受损不能使用了，短时间内不会得到救援，咱们似乎也没有选择的余地，只能深入地下寻找黑门后的暗河，但千年来沧海可变桑田，地理古籍中提到的暗河至今是否仍然存在于地下？探险队穿越死亡之墙后，也就意味着彻底进入了孤立无援的绝境，不管能否找到暗河，都别想再从原路返回，因为没有电台请求后方支援，谁也走不出茫茫无际的大漠戈壁。恐怕到时候，咱们只能到罗布泊望远镜里搜寻苏联人携带的无线电。我虽然想象不出地球望远镜底下有些什么，但它潜在的巨大危险显而易见。1958年失踪的中苏联合考察队，其人员装备远比现在这六人小组先进得多，咱们连具像样的强光探照灯都没有，恐怕民国那时候在大漠戈壁里寻宝的土贼，手中的家伙都比咱们精良，咱们能够成功进入极渊的把握有多大？就算进去了，还回得来吗？我们大伙儿很清楚现在是逆水行舟回头难。但我想从您嘴里听句实在话，咱们以小搏大，是不是不成功便成仁，成功了多半也得成仁？"

宋地球认为具体计划还要等穆营长侦察回来再视情况决定，于是他对司马灰道："都说这年头知识越多越反动，越没文化越革命，其实这么看待问题就太片面了，探险队的装备和工具确实非常原始落后，将要面临的困难和危险不言而喻，但无论何时何地，咱们都应该始终相信只有知识和信念才能使人立于不败之地。"

司马灰并非避艰畏险之辈，罗布荒漠里虽然艰苦，却比当初在缅甸的条件好得多了。那时候在丛林中宿营睡觉，说不定晚上就被敌方特工摸过来割断了喉管，每时每刻都要提心吊胆。他见宋地球又是如此说，便知道别指望能从这秃脑门子口中得到任何实质性回答。反正司马灰是光脚不怕穿鞋的，也就不再多问了，当下坐回到墙角，啃了两块干粮果腹，可满嘴都是沙土，难以下咽。

罗大舌头让司马灰多喝点水："荒漠里酷热异常，如果出现脱水症状，就有会生命危险。"

司马灰说:"这地底下有没有暗河还不好说,常言道'人可三日无食,不能一日无水',咱们总共也没带多少清水,喝一点就少一点,要是节约点还能多坚持两天。"

刘江河边摆弄那部出现故障的光学无线电,边告诉司马灰和罗大舌头:"曾听驼队里的老人们讲过,这大沙坂下确实有片海,如果能够找到它,就不用担心水源了。"

一旁的罗大舌头觉得这事挺新鲜:"这荒漠里除了沙土就是盐壳,都旱到一定程度了,怎么可能有海呢?"

刘江河摇头说:"我们这里的海子不是真正的海洋,而是大型内陆湖。"

罗大舌头趁机卖弄见识:"内陆湖算什么,你知道我为什么叫罗大海吗?因为我就是在海边生的,整天看海都看烦了。"

刘江河从来没离开过大漠戈壁,就问罗大舌头:"真正的汪洋大海是什么样子?"

罗大舌头为难地说:"这可怎么形容呢,当然跟荒漠里这种沉寂的死亡旱海不同,真正的大海冬天像男人,冷酷深沉;夏天像女人,热情奔放……"他说到这儿就没词了,又问刘江河,"你们这地方为什么要将地下湖泊称为海?"

司马灰见刘江河回答不出个所以然,就说:"罗大舌头你不是在哈尔滨生的吗?什么时候又他娘变成海边出生的了?看在你虚心求教的分儿上,今天我就给你长点见识,你瞧北京有后海、北海、什刹海,其实也都是很小的湖,就是因为元代蒙古铁骑开疆拓土,将大都设在北京,蒙古大漠中水资源很珍贵,元朝统治者就把城内大大小小的水面都以海来命名,以表珍视之意。一般水资源贫乏的游牧民族,都有把内陆或地下湖称为海的习惯。这片罗布荒漠曾经是丝绸之路的重要组成部分,别看现在成了世界旱极,以前那也是湖水汇集之地,烟波浩渺,水丰草美。"

罗大舌头根本不信:"你就抡圆了吹吧,这鬼地方还烟波浩渺?"

司马灰闲得难受,正好借题发挥:"瞧见那幅壁画了没有?飞骆驼下边是座山峰,那地方可是一座藏宝的神山。"

罗大舌头一听这话,不免觉得十分好奇,便立刻来了精神:"这山里藏着什么宝物?现在还有吗?"

司马灰说:"这话你得从头听,大约在好多年以前,究竟是多少年我现在也说不清楚了,反正那会儿还有皇上坐在金銮殿里,是咱们人民群众还没当家做主的时候,在山东日照有家人养了条狗。这条狗遍体溜黑,唯独两只耳朵是白的,它从来不叫不吠,非常驯服,整天就在主人家门口趴着。

"你说可也怪了,自从这家人养了这条狗,不过数年,门户兴旺,邪害不生,成了当地首屈一指的大富户。原来这条狗还真有些来历,是百年难得一遇的狗王。《犬经》上有赞为证:'黑犬白耳是狗王,主人得它无忧愁;谁家养得这般狗,金满楼台玉满堂。'

"有这么一天,几个满面虬髯的西域商人经过此处,其中一位胡商瞧见街上趴着条狗,就急忙过去仔细打量起来,看后惊呼一声:'天下至宝,不知谁家养的!'他见附近有家店铺,就去问店中掌柜打听,然后寻上门去找到主人,说:'弟有一言冒犯,敢问此犬可卖否?'

"主人笑道:'它是有家有主的狗,如何肯卖。'

"那胡商死活赖着不走,说是只要主人开出价钱,无论多少,他都拿出真金白银如数奉上。

"主人不耐烦了,想打发这胡商快走,就随口说了个连自己都不敢相信的价钱。

"谁知那胡商一听甚觉气愤,说:'你看不起我们西域胡人还是瞧不起这条狗?怎么把价钱开得这么低?我们愿意付超出这个数目十倍的价钱,而且我只要狗腹中的东西,取完之后这条狗还原样还你。'

"狗主人一来好奇,二来贪图重金,也就稀里糊涂地同意了,双方

把钱财交付清楚，画了契约之后，主家就问那胡商：'这狗肚子里的东西，怎么会值这么多钱？'

"那胡商十分得意地笑道：'在西域大漠有千里浮沙，大流沙下边接着一片称为黑门的海子，当年的神山就沉没在了海中，所以那深不见底的海水里都是无价之宝，但这片海水没有任何浮力，潜下去探宝的人都会被淹死在其中。而这狗王体内有块石头唤作狗宝，只要取出狗宝，就能带着它入海取宝并且毫发无伤地全身而退。'

"胡商说完就喂给那条狗一颗药丸，狗吃了不久就从口中吐出一块淡黄色的石头，胡商大喜，握着石头扬长而去。此后那条狗就又开始吠叫，与普通的家犬再没什么两样，而主人家也从此衰败，大不如前了。"

司马灰告诉罗大舌头："那胡商其实就是个憨宝客，跟咱们在湖南长沙遇到的赵老憨是一路货。他所说的那个沉满了奇珍异宝的黑门，按地形分析应该就在这片千里大流沙之下，只不过曾经的烟波浩渺早已无影无踪，只余下一片干旱的洼地荒漠。"

罗大舌头听得喜上眉梢，搔了搔脑袋说："那咱们登上《人民日报》头版头条的机会可就更大了。从现在开始，走在荒漠里都得留点神了，也许硌了脚的东西就是件当年沉在海底的宝物，千万别当石头把它给踢了。"

在通信班长刘江河眼中，司马灰就像那些走"达瓦孜"的维吾尔族艺人，跑南闯北见过世面，不禁很是佩服："你们考古队的人，懂的可真多。"

司马灰毫不谦虚："咱考古工作者肚里没肠子，全是学问，得上知天文地理，下知鸡毛蒜皮，要不然怎么能说得头头是道呢？"

这时胜香邻已经描下了墓室壁画，她见司马灰又在厚着脸皮自吹自擂，就对刘江河说："刘班长，你别信他胡说八道，这人根本不是考古队的，他顶多是个卖西瓜的——王婆卖瓜，自卖自夸。别看说起来头头是道，真正用起来却一道不道……"

司马灰鼻子差点儿没气歪了，正想发作，却听宋地球说："波斯胡商和江西人憋宝之类的事情，也并非都属虚妄之言。你们刚刚所讲的地方，其实就是大流沙下的黑门。那本是一个地下海子干涸后留下的坑洞，通往地底的死亡之墙就在其中，也是古楼兰先王在两千多年前沉棺埋骨的洞穴，有无数奇珍异宝散落在其中。那些憋宝客之所以不敢直接下到坑洞里，主要是担心被死亡之墙吞噬。"

司马灰很多年前就已领教过了憋宝行当的诡异手段，他听得宋地球所言，不仅又在脑中画出一个巨大的问号，坑洞里的墙壁怎么会吃人？我们这些人都不是憋宝客，并不懂那套憋宝的方术，如何才能安全通过黑门？

这时忽听后边墓门外的沙地上一阵脚步声响起，原来是出去探路的穆营长钻了回来。众人立刻上前接住，就见穆营长满身灰土，也不知他遇到了什么，似乎往返甚急，回来后气喘吁吁地坐倒在地，话也说不出了，接过水壶"咕咚咚"连灌了几口才开言："真他娘的死球了，有个沙洞子是通到地谷里的，钻探分队那伙人……"

宋地球见穆营长神色惊惶，看来必然有些事故发生，急切地问道："克拉玛依钻探分队全部遇难了？"

穆营长使劲儿摇了摇头："这话真不知道该咋说，我是活没见着人，死没见着尸，只在地谷中见到了他们的壁画。"

众人听得脊背发凉，但他们并不太明白穆营长话中的真正含意："莫非地下存在了两千多年的古老壁画里，居然描绘着那支失踪的钻探分队？"

穆营长却说不是，他搞不清楚状况自己也有些着急，但这件事情实在过于离奇，几乎将他这辈子深信不疑的一切都彻底颠覆了，实在不知该如何说明。他又反复描述了几遍，也只表达出一个意思——克拉玛依钻探分队在地下消失了，那些人全都变成了壁画。

第七章 衰　变

众人根本听不懂穆营长究竟想说什么，只猜测他在地谷中发现了克拉玛依钻探分队，那些人显然遭遇了不测，但无论是死是活，怎会变成了地底的壁画？

穆营长见众人不解，就道："这事死球了，我嘴拙，说也说不明白，你们考古队总比我这行伍出身的大老粗见多识广，自己到洞子里看看去就知道了。"

宋地球通过这次艰苦的荒漠行军，早已对穆营长的能力和为人有所了解，知道这是条铁打的汉子，一贯谨慎沉稳，言下向来无虚，绝不会谎报军情。宋地球便命其余几人带上背包和电台，一起到大沙坂下的地谷中看个究竟。

大沙坂地区全是被流沙覆盖的土山，千百年来流沙不断涌动，逐渐填塞了山体间的沟谷洞穴，但土层沙化风蚀严重，又要承受张力和塌方的影响，致使流沙下存在大量空隙。那座被土贼盗空的楼兰王古墓附近有片坍塌的沙洞，露出了沙土层下的洞窟，顺路下行就进入了岩壁耸立的地谷。

这地谷距离地表的流沙大约有三四百米，高处都已被土壳沙石填埋难见天日，下边是条天然形成的深涧，地面也都铺满了沙尘，呈南北走势，平均宽度近十余米，古楼兰历代先王的墓穴都分布在这条地谷的两侧。至今还能清晰地看到那些裸露的岩层中存在着剧烈扭曲的地质断裂带，细沙像溪流般断断续续从岩壁的裂缝中落下，也不知通着多少沙井和沙斗。

通过无线电收到的讯息，明确表示那支来自克拉玛依油田的钻探分队早已抵达了大沙坂，可当宋地球带队赶到会合点的时候却发现空无一人，便推测钻探分队遇到了热风流沙，很可能也躲到附近的沙窝子里避难去了。

穆营长先前在周围探路也是为了搜寻钻探分队的下落，不想却在地谷深处发现了一些令他万难理解的情况。那些诡异至极的事实令他毛骨悚然，感觉自己这辈子深信不疑的一切都被彻底颠覆了。他甚至不知道该怎么形容自己看到的恐怖情形，只好带着宋地球等人来到事发地点，也许只有这些懂科学、有文化的知识分子，才能解释克拉玛依钻探分队究竟遭遇了什么。

众人跟着穆营长步入地谷，随着地势渐行渐深，山体中脆弱的土层开始变为半土半石，再深处几乎全是坚厚的岩层，岩壁大多呈现灰白色。

最后来到一片狭窄的山壁前，穆营长忽然停下脚步。这里漆黑一团，众人借着矿灯光束看去，见那石壁上似乎有十数个模糊的人形，离近了再看，壁中人形从头脸面目到衣服手足，乃至胸前"克钻六队"的字样皆是历历可辨。

众人相顾骇然。这些壁画上的人形痕迹，确实应属克拉玛依钻探分队，可那些人都到哪儿去了？他们如今是死是活？

宋地球有种不祥的预感："我看这壁画并不清晰，人形脸部也大多扭曲模糊，谁能描绘这种东西？倒像是人身上所有颜色经高温瞬间熔化后，吸附在岩壁上的痕迹。"

司马灰试探着用匕首刮取壁画，那色彩都如油泥一般，放在鼻端一嗅，但觉一股腥腻冲脑，不禁皱眉道："是人膏人油！"

穆营长想象不出什么样的高温才能把人烧得只在墙上留个印子,不禁愕然道:"这山壁上的印痕果然都是死人,钻探分队那些同志全都遇难了?"

宋地球一言不发,他先用矿灯照着四处察看了一阵,又从地面抓起一把沙土慢慢搓碎,沉思许久才对众人说道:"看情形与先前推测的一样,钻探分队是遇到了热风,提前进入地谷避难,但这大沙坂下的土山里存在岩硝矿脉。此类岩矿不仅具有易燃特性,也含有一种黑色放射性物质'氡',千百年来沙化沉积在地下,会衰变为气态'铈-218'或'锇-214',遇到明火就会发生轰燃。这种轰燃不是普通意义上的燃烧,而是一种瞬间全面的高热释放,也不会产生任何火焰,而是释放出如同蒸气一般的光雾状热能,连钢板都能在眨眼之间完全熔化。钻探分队的人肯定是在无意之中引燃了地下的气态衰变物质,轰燃产生的巨大热能将他们彻底蒸发了。"

众人都知道以宋选农之能,推测出的情况都如亲见一般,不会出现太大偏差,可是从克拉玛依油田调来的钻探分队中也不乏专业技术人员,那些人常年从事井下作业,自然对地下蕴藏的气体和矿物质十分熟悉,他们进入地谷后,会轻易犯这种错误吗?

宋地球叹了口气:"危险往往无处不在,不是预防了就不会出现意外,你们看这地谷中虽然存在氧气却没有任何生命迹象,连沙漠中常见的蝎子蛇虫都不见踪影,也没有水流,常年从事井下作业或有探洞经验的人,绝不会在这种地方使用明火,我相信钻探分队的人也该知道这一点。可衰变的气态'锇-214'物质多为凝聚的雾团状分布,在蒙住口鼻的情况下短时间接触对人体也无大碍,但哪怕只产生一点儿静电,也会将气态衰变物质引燃,钻探分队虽然穿了防静电服,不过有一些不经意间产生的摩擦接触仍会出现微弱的静电,确实令人防不胜防。如果发现地底存在污浊的衰变气团,应当仔细观察,避免近距离接触,那才是唯一稳妥的对策。"

众人听了宋地球的分析皆是黯然不语，除了对克拉玛依钻探分队遭遇感到难过，再仔细想想其中情由也不免觉得后怕，要不是穿越戈壁的行程耽搁了两天，如今死在地谷中的人可就不止这支钻探分队了。

穆营长又带着罗大舌头和刘江河在钻探分队遇难的区域附近进行搜索，想看看有没有幸存者，宋地球则让司马灰和胜香邻清点装备物资，探险队所剩水粮仅够维持两三天，电台也损坏严重难以修复使用，完全与后方失去了联络，没办法向上级汇报情况。

宋地球对司马灰说了当前的处境，强调即使没有克拉玛依钻探分队的协助，这次任务也不能半途而废，因为留下来等救援或是徒步穿越大漠戈壁返回农场，都至少需十天以上，成功的希望非常渺茫。唯有从地谷进入黑门，到罗布泊望远镜下的地底深渊里，寻找到苏联人留下的通信设备，才能与外界取得联络，因此一定要克服畏难情绪，有句至理名言说得好："只要精神不滑坡，办法总比困难多。"

司马灰说："老宋你用不着再给我做思想工作了，我完全相信你的判断，因为你绝不是那种小资产阶级领导，只管自己吃饱喝足，不管下属死活，更不会蘸着我们下级的鲜血去装点自己头上那顶反动学术权威的邪恶光环。可正如你刚才所言，危险往往无处不在。'天有不测风云，人有旦夕祸福'，谁都有走悬的时候，说不定什么时候就碰上过不去的坎儿了，所以，你最好把罗布泊望远镜的具体情况提前给我们透露透露，万一您要是有个什么三长两短的，一不留神去见马克思了，我们还可以接替您完成任务，照样让您流芳千古，永垂不朽。"

胜香邻觉得司马灰之言太不中听，责备道："司马灰，有你这么说话的吗？"

宋地球却认为司马灰的话有一定道理，就对这二人说："要是我出了意外，就由司马灰来接替我指挥，到时候香邻也要从旁协助。你们记住我说的话，罗布泊望远镜是苏联提供设备和专家技术人员挖掘的大型洞道，直通地表之下万米。可随着中苏联合考察队的神秘失踪和洞道彻底崩塌，地底极渊中的岩芯样本、大量珍贵数据、重型钻探设备以及无数惊人的秘密，都被永远封闭在了无底洞窟中。苏联历来野心勃勃，赔本的买卖从来不做，他们为什么会投入这么大力量协助中国进行地球望远镜计划？苏联专家团究竟想在地底寻找什么？是否关系到国家安全？这些疑问从1958年以来，就始终没人能够回答，甚至连当年发现极渊位置的胜天远也不清楚。作为一名考古和地质工作者，咱们有责任去为国家为人民解开这些谜团。"

宋地球又对司马灰说："我知道你对罗布泊深渊中的秘密并不感兴趣，你只是想了解胜天远留下的那本工作笔记，因为其中记载着关于'绿色坟墓'的事情，但这些内容都受保密条例约束，无论如何我都不能透露只言片语，我现在只能这么告诉你，在罗布泊望远镜的极渊之下，有你想要寻找的一切答案。"

司马灰深知世情复杂、人心难测，可他跟随宋地球时日虽然不多，却甚服其学识渊博、仁厚深沉，又能临大事而不惑，遇大难而不惧，极少动怒。他适才听宋地球说地底极渊中存在着自己想要追寻的一切答案，不免觉得有些言过其实，未敢深信。但是看来胜天远毕生致力于揭开罗布泊极渊之谜，确实与"绿色坟墓"的秘密有所关联，只是这些情况都在宋地球脑袋里装着，问也问不出半个字来。只有等到进入罗布泊望远镜内部，才有可能接触事实的真相。

这时，到附近搜索幸存者的穆营长赶了回来，他无奈地对宋地球摇了摇头，表示没有什么发现。

宋地球看了看手表："既然没有发现，就别过多耽搁了。"他吩咐众人带上步枪和背包，准备穿越地谷纵深区域，寻找楼兰古国的黑门遗址。

穆营长有多年军事侦察经验，对于敌我斗争始终保持着高度警惕。他认为克拉玛依钻探分队全部遇难的情况有许多不合情理的地方：这条深邃曲折的地谷在大沙坂下纵断数十里，存在岩硝矿脉和危险气体的区域不过几处而已，钻探分队里也不乏熟悉地下气矿的专业工程技术人员。他们进入地谷主要是为了躲避热风流沙带来的酷烈气候，可为什么不找个安全地带，却要躲到偏僻的地谷边缘，结果引发了衰变的气态物质产生轰燃，事出突然，竟未能走脱一个。

宋地球听罢不觉心中一动，此事确有蹊跷，因为地底的衰变气体不像那些对人体有害的沼气和高浓度二氧化碳，这种气团虽然危险却可见可防，钻探分队在与其接触之前不应该毫无察觉。

冷战时期苏联人进行的地球望远镜计划，涉及了许多不能公开于世的秘密，谁也猜测不出地底深渊里究竟存在着什么东西，仅是那些深度钻探的设备和技术也属军事机密，因此不排除国内至今还有敌特潜伏，即便不是苏修特务，也有可能是"绿色坟墓"这个地下情报组织安插下的人员，他们妄图破坏一切对于罗布泊望远镜内部的探测行动。说不定克拉玛依钻探分队里就是混入了敌特分子，才被引入绝境惨遭毒手，倘若果真如此，事情可就复杂了。

有道是"机不密，祸先行"，虽然暂时没有找到确凿证据来证明这一推测，却也不可不防，如果钻探分队确实是因为敌特暗算导致全员遇难，那么对方一定还潜伏在某个角落里，暗中窥视着探险队的一举一动。

穆营长感觉到了事态的严重性，但他要替众人在前探路，难以兼顾保卫工作，又看通信班长刘江河缺少临敌经验，就将自己的五四式军用手枪和三个弹夹全部交给了司马灰。他叮嘱司马灰："必须保护好'1号'宋选农的安全，咱们这些人里谁死球了都不要紧，唯有宋选农不能有任何闪失，因为'1号'实在太重要了。"

司马灰见穆营长信得过自己，自然不会推辞。他接过手枪挎在身边，随即跟着宋地球等人动身出发。才走出三四步远，隐约听到身后有些极轻微的声响。那声音"吸溜吸溜"，就像是某类大牲口在喝水一般，听来使人心悸。

这地谷里空寂无声，底部尽是干燥的沙砾岩层，根本没有水流经过，而且从方位上判断，那声音是从石壁附近传出。似乎有个什么东西，正伏在那里伸出长舌，舔舐着克拉玛依钻探分队死亡时残留在岩壁上的人膏人油。

第八章　黑　门

司马灰五感敏锐过人，察觉身后石壁上有些东西在舔尸油，没敢打草惊蛇，故意放慢脚步，猛然回过身去，手中所持的撞针步枪也同时随着头顶矿灯的光束指向峭壁。不过司马灰动作虽快，趴在壁上那东西的速度却更加快上三分。它似乎极其惧光，发觉矿灯拨转便"嗖"的一下缩进了岩缝中。

等司马灰转过头来，身后石壁上早已是空空荡荡。他正想跟上去看个究竟，忽有一道亮光从半空中落下，那些死亡壁画般的残留痕迹都被映得一片惨白。司马灰随即察觉到这是高处有闪光出现，可大沙坂下的地谷里终年不见天日，怎么会突然有发光物质出现？还不等他抬头观瞧，猛听高处一阵轰响，在这峭壁对峙的狭窄空间里显得格外沉闷。那声音自上而下传导过来，也不知被放大了多少倍数，听在耳中无异于天崩地裂，就如同"一风撼折千根竹，十万军声半夜潮"。

宋地球等人也听到动静，同时抬头仰望，就见高处烁亮如昼，一线红云压顶铺来，几道幽蓝色的光焰从中掠过，宛似火蛇在峭壁间突蹿，灼热的气浪转瞬间就已直冲到谷底，几乎将他们掼倒在地。众人眼不能睁，口不能言，急忙埋下身子低头躲避。

司马灰趴在地上仍觉酷热难当，整个身子仿佛都要被热流熔化掉了，但心中却保持着几分清醒，知道这是有人引燃了高处的岩硝矿脉。蕴藏在山体土层中的岩硝，远比气态衰变物质的燃点要高出许多，不遇明火或炸药绝不会轻易产生自燃现象。如今这情况足以证明穆营长的推测，果然有某些敌特分子躲在暗处，妄图干扰破坏罗布泊望远镜探测行动，现在我明敌暗，实是难以防范。

在几百米高处发生的矿脉炸燃持续了大约十几秒钟，待到熊熊烈焰消退，地谷半空只剩浓烟翻滚，众人都被呛得连声咳嗽，挣扎着爬起身来，心中兀自怦怦直跳，都不禁暗道一声："好险！"要不是此刻置身于地谷最深处，非得被活活烧成一堆焦炭不可，说不定连灰烬都留不下。

惊魂未定之间，周围又有许多细碎的沙土相继落下。穆营长心底生寒，沙着嗓子叫道："死球了，这土山要塌窑了！"

岩硝稍作加工就可以用于制作黑火药，它在山体中裸露出来的矿脉被引燃，虽然产生不了持续有效的爆炸力，却足以破坏大沙坂下脆弱的土壳，这情形就像在面口袋子底下捅了个窟窿，立刻有大量浮沙随着坍塌的土层掉落下来，岩壁间立时沙障蔽空，尘雾压顶。

穆营长见状况危险，忙招呼众人："快跑！"他看通信班长刘江河惊得呆住了，腿底下跟灌了铅似的半天迈不出步子，厉声喝骂："你他娘咋球搞的！"但是流沙形成的瀑布涌向谷底淹没了一切声响，任凭他竭力叫喊，却是谁也听不到半个字。

穆营长只好上前猛推刘江河，谁知却被一块飞坠下来的巨岩击中，他头上虽戴着柳条帽，仍被砸得血肉模糊，身子一栽跪倒在了沙尘之中，转眼间就被流沙埋住了大半截。

司马灰在旁边正好瞧见穆营长遇难的惨烈一幕，而刘江河毕竟年轻，脑子里边早已蒙了，顾不得自己也要被流沙埋没，还想徒手从沙子中挖出穆营长。奈何沙砾粗糙，他发疯似的只刨了几下，十个手指就磨秃了皮肉，血淋淋地露出了白骨。

司马灰心头一沉，知道穆营长被塌落的沙石连砸带埋，此刻已然不能幸免，而且流沙下落之势汹涌劲急，再也来不及去挖尸体，就探臂揪住刘江河的后衣领,拖死狗般硬拽着他,紧贴着峭壁往前奔逃。他们刚穿过一片流沙帷幕,就看宋地球也因躲闪不及被流沙盖住,亏了埋得不深,才被罗大舌头和胜香邻两个舍命抢出。

众人借助地谷两侧的岩根凹隙,避开落下的流沙碎石,在尘雾弥漫中摸索着逃出不知多远,但听沙石滚落之声渐渐止歇,司马灰这才敢停下脚步,抹去风镜上布满的尘土,用矿灯去照视身后的情况,发现山体崩塌的大量沙石早将钻探分队遇难的那一段地谷,填埋得严严实实。

其余几人也各自坐倒喘作一团,司马灰看附近地势开阔还算安全,就扶起宋地球检视伤情,见其头部破了个大洞,失血甚多,昏昏沉沉的人事不知。

胜香邻忙打开急救包,敷过了药,又为宋地球缠上绷带裹住伤口。她只是跟随测绘分队在野外工作时,学过一些简易的救护措施,判断不出宋地球究竟有没有生命危险,但明眼人看这情形也知道不容乐观。

司马灰看通信班长刘江河两眼通红,呜呜抽泣不止,知道是穆营长的死对他打击太大。司马灰虽比刘江河大不过一二岁,却目睹过无数死亡,知道这种情绪如果得不到释放,迟早能把一个人折磨疯了,就厉声对他说道:"你他妈也参军那么多年了,好歹还是个班长,穆营长是被潜伏在地谷中的特务害死的,你不准备着替他报仇,却跟个婆娘似的哭天抹泪,你还活个什么劲儿?趁早自己撒泡尿把自己浸死算了。"

胜香邻听不下去了。她秀眉紧蹙,站起身来问司马灰:"穆营长刚刚牺牲不久,谁的心里能不难过?你何必非要说这些刀子似的狠话,句句戳人肺腑?"

罗大舌头替司马灰辩解道:"香邻这就是你不懂了,当初在缅甸参加世界革命的时候,《格瓦拉日记》我们人手一本,里面清楚地写着仇恨是战斗中至关重要的因素,刻骨的仇恨可以使人超越生理极限,变成一个有效率的、暴力的、有选择性的、冷血的杀戮机器。"

胜香邻虽不理解这些道理,但她发现司马灰的话似乎起到了些作用,通信班长刘江河渐渐止住了悲声，也就不再多提这个话头，转问司马灰："宋教授出事前曾嘱咐过，由你接替指挥，你现在有什么计划？"

司马灰直言道："凡是力量所及，我自当竭力而为，办不到的我也不敢勉强。先前听老宋说罗布泊洞道里有苏联电台，如今咱们的光学无线电受损，需要找到苏制电台拆下零部件才能修复，而且退路断绝，与外界失去了联络，携带的干粮虽然还可维持几天，水壶却是快见底了。照我看只能徒步穿越地谷的主体区域，找到古楼兰黑门遗址里的暗河，再去罗布泊望远镜下的极渊中搜索苏联人留在地底的电台。不过在无底洞般的极渊里寻找那支失踪的联合考察队，简直如同大海捞针，成功的可能性微乎其微。因此谈不上制订计划，一条道走到黑也就是了。但老宋的伤势比较严重，不管探险队能否抵达罗布泊望远镜，都未必能够保住他的性命，最后结果如何全看他自己的造化了。"

罗大舌头也很替宋地球着急，可什么话到了他这张嘴里，都不免要横着出来："司马灰你这也能叫计划？你以为不管有没有条件，只要放一把火烧起来就行了？这纯属冒险投机主义和玩命主义嘛！宋地球这秃脑门子也真是的，找谁接替指挥不好，非要找司马灰，论思想觉悟和纪律作风，我罗大舌头都比他这个民兵土八路强多了，怎么就不找我呢？司马灰这小子不过就是一个典型的盲动主义者，他在缅甸野人山取得偶然性成功之后，非但不认真总结教训，还到处去盲目推销经验，我看咱们这支队伍落到他手里，早晚是小寡妇烧灵牌——一了百了啦！"

胜香邻并不习惯他们这种说话方式，不禁十分生气地说："宋教授这么看重你们两人，你们却从不把他的生死放在心上。司马灰你刚才还好意思厚着脸皮教训别人，却不知忘恩负义也不是大丈夫所为。"

司马灰知道胜香邻根本不信任自己，地谷中的环境十分险恶，团队内部成员的相互信任是重中之重。于是他耐下性子对胜香邻解释说："我司马灰活了二十来年，经历过的事情也不算少了，可回想起来无非随波逐流而已。我父母都在'文革'初期被打成了右派，我十几岁开始就没学上了，不得不在郊区拾荒为生，然后又跟别人跑到缅甸去参加人民军游击队，缅共溃散后逃回中国，照样是无以为业，只能靠吃铁道度日，再不然就是被送到北大荒去开大田。"

司马灰见胜香邻咬着嘴唇仍旧是气鼓鼓的，接着说："我那时候真的相信命运，我的命就是个社会渣滓，因为我生活在这个阶层中，到死都挣脱不开，真是活也活不痛快，死也死不明白。后来承蒙宋地球收留教诲，才不至于继续跟着火车运送生猪，这份恩德我从不敢忘。问题是我现在捶胸顿足、连哭带号，就能把他哭得伤势好转了吗？我看这地谷中危机暗伏，咱们身处险境，还是应该设法克制自己的情绪，尽量保持镇定，少做些没意义的事才对。"

胜香邻见司马灰说得在理，神色间又很是真挚，也就相信他了，甚至还对先前错怪之处心怀歉意。却不知司马灰是个极会说话的人，刚才所讲的内容虽然俱是实情，却唯独对他和罗大舌头投奔宋地球的真正动机一字不提，那些情况说出来反倒不妙。他看众人得脱大难之后，情绪也逐步稳定下来，就说了先前在死亡壁画处发现的怪事。

"看来地谷中危险极多、敌情复杂。咱们这几个人里只有穆营长具备反特经验，他的牺牲是咱们的重大损失，另外，老宋也因伤势过重昏迷不醒，无法再指导探险队行动。所以，眼下只能在没有条件的情况下创造条件，大伙儿必须加倍保持警惕，密切注意周围的一切动静，千万不要落单。"司马灰说完，就找了根从山顶崩落下的枯木桩子，拿刀子削成鹅蛋粗细的木杆，又利用身边携带的长绳绑制成一副担架，与罗大舌头、刘江河三人轮流抬着宋地球，胜香邻则替他们打着矿灯照路。

一行人以指北针参照方位，经过坍塌的地谷边缘进入了黑门峡谷的主体区域。这条地下大峡谷存在着令人震惊的历史，它的尽头曾是古楼兰开国先王安归沉尸埋骨之所，同时也是一座巨大的人间宝库，隐匿在大沙坂地下近千米深的峭壁间，默默见证了两千年的沧桑轮回。

早在鄯善王朝消亡之前，这里一直是楼兰人朝圣膜拜的圣地，而清末至民国这段岁月里，无数寻宝者和探险家，乃至乌合之众的土匪、马贼，都不惜冒着生命危险穿越大漠戈壁，前来寻找黑门中的奇珍异宝。可至今没人知晓黑门后究竟是怎样的世界，它就如同恶魔张开的大嘴，使那些前赴后继的掘藏者有来无回。

司马灰等人走了许久才行到峡谷深处。这里的地势更为开阔，干涸的古老河床两侧铺满了黄沙，沿途不时能看到一具具尸骸，有些是零乱的枯骨，有些则已化为干尸，几乎都是前来寻宝掘藏的土贼。也许只有这些尸骨自己清楚，为什么会倒毙在这条瞻仰奇迹的道路上。

正当众人的视线厌倦了枯燥的沙砾，脚步也因疲惫而变得沉重时，忽见一道峭壁陡然拔起，从中分开一条似被刀劈斧削的险要通道，直上直下地深入地底，通道的长度将近两千米，是唯一可以抵达黑门的路径，岩壁间冰冷生硬的压迫感使人觉得呼吸艰难。

幽深的通道尽头处豁然开朗，在高不可测的岩壁上，嵌着一座宏伟的穹庐形三重巨门。它孤独地矗立在苍凉与寂静之中，仿佛通往一个永远不可能到达的地方。整体建筑没有使用到一砖一瓦，完全是根据天然地势洞穿山墙为门。

探险队停下脚步，利用矿灯照射，在无边无际的黑暗中，观测开凿在红色沙岩峭壁上的庞大建筑，只觉站在门前的自身小如鼠蚁，几乎与这座黑门不成比例，不可避免地产生出一种朝圣般的诚惶诚恐。

司马灰见周围并无异状，便将矿灯光束投向石门内部，猛然发现十余步开外坐着一个人，灯光恰好照在那人的脸部。司马灰心头顿时一阵悚栗，因为他见到了一个早该死去的人。既已投到那森罗殿枉死城中的，又何曾有过退回之鬼？

第九章　Pith Helmet

纵是司马灰胆气极硬，心底也止不住有些打怵，因为他发现在黑门中坐着的人，身穿一件倒打毛的破羊皮袄，看那身形相貌都和当年的赵老憨极其相似。

六年前，赵老憨为取雷公墨在长沙郊外的火窑内受了重伤，一张脸都给烧掉了半边，当时司马灰和罗大舌头亲眼看他毙命，并将其埋葬在了乱坟岗中。此事距今已久，想来尸骨都该化去多时了，这个人又怎么会出现在新疆？

司马灰和罗大舌头万分诧异，那个乌云遮月的仲夏之夜，螺蛳桥下萤烛变幻的鬼城，坟地间蛙鸣蚓叫的凄楚，还有赵老憨临死之际说出的诡异话语，又一幕幕浮现在了他们的脑海当中。

胜香邻与通信班长刘江河并不知其中缘故，见司马灰怔在那里，胜香邻就问道："那好像是一具土贼的干尸，有什么不对劲儿的地方吗？"

司马灰心想：不对劲儿的地方可太多了……他再用矿灯照视，见那个穿皮袄的老头儿果然已经死去，尸身坐在地上都被风化了。这具干尸周围尽是一堆堆的枯骨，许多沙鼠正在骷髅头中钻进钻出，看那骨骸间残留的毛发，明显具有白种人的特征。

司马灰让刘江河守着担架上的宋地球，独自走到黑门内部，抱着步枪单膝跪地，仔细端详地上的尸骨，就见那穿皮袄的干尸风化严重，虽然皮肉尚存，但面目已经看不清楚了，只是身形、穿着，甚至脖子上挂的那串打狗饼、插在腰间的烟袋锅子，都与当年的赵老憨完全一样，心想这多半也是个憨宝的"关东老客"。

这时罗大舌头对胜香邻说了1968年在长沙黑屋发生的事情，胜香邻听后也感意外，上前对司马灰说："赵老憨既然早已经死在螺蛳坟了，这具干尸肯定是另外的土贼。"

司马灰忽然想起赵老憨是个六指，即便尸体风化了，这个特征却仍有可能保留下来，随即用矿灯一照，发现干尸左手紧握成拳，掌缘比常人多生出一节极细的指骨。

司马灰不禁倒吸一口冷气："这干尸十有八九就是赵老憨，我看尸体能风化到这种程度，少说也死了三四十年了。"

罗大舌头也觉得有些蒙了："既然这具尸体就是赵老憨，又死在这里几十年了，那咱在长沙黑屋遇到的就是鬼了？"

司马灰揣测道："你也别把这事渲染得太恐怖了，咱们眼下只不过找到手指这一处形貌特征吻合，说不定这具尸体是赵老憨的先人……"

罗大舌头不等司马灰说完，就摇着脑袋道："没听说过，这六指儿还带遗传的？"

胜香邻道："你们两个别疑神疑鬼地胡乱分析了，不如先看看这些人是怎么遇害的。黑门中埋藏了楼兰古国的无数奇珍异宝，自从瑞典考古学家在地谷中发现这个遗址以来，就有无数境外探险队勾结土贼前来寻宝。这些土贼除了新疆大漠中的马匪，其中也不乏中原地区的盗墓者、江西或关东的憨宝客，甚至还有青海的掘藏师。凡是闻得讯息者，无不蜂拥而至。此辈多半懂得方术，都有积年的老手段，经验非常丰富，但不知是什么原因，始终没有一个人能够带回地谷中的珍宝。咱们沿途看见无数枯骨，几乎都是这些土贼所留，可这地谷中空寂异常，除了少数几个区域存在气态衰变物质,并不见再有其他危险存在,这些土贼死得很是蹊跷,如果不能查明他们死亡的真正原因,恐怕咱们也会面临一样的结果。"

司马灰觉得胜香邻思路清晰、见识明白,果断指出了问题的关键所在。这条地谷里环境恶劣,外部几乎没有生物存在。之后,接近了地谷尽头的黑门,才有些沙鼠、沙蛇在啃噬死尸遗骨,看来这遗址底部有水源的传说应当属实。这使得空气中二氧化碳浓度不高,能够维持人体正常呼吸,同时也说明这些境外寻宝者和土贼的死因并非窒息或吸入有毒物质,且尸骸间并无明显外部创伤,也不像起了内讧互相残杀而亡。可这数十年间,为什么从没有人将楼兰古国的珍宝带出地谷?

司马灰完全想不出什么头绪,对赵老憨的情况也无法多做深究,只好动手翻看附近枯骨身边的背包,想从中找到一些线索。

三人搜寻了一阵儿,发现这具酷似赵老憨的干尸与周围那些白种人骨骸应属同伙,因为他们携带的背包相同,里面所装的干粮、火油、木炭等物也完全一样,应该是一支来自法国的探险队。法国人雇用了这位关东老客,到这大漠戈壁中来憋宝掘藏,背包口袋里都装了镶嵌着宝石的黄金匕首、玉石面具、玛瑙酒壶,也数不清有多少珍异之物,显然是已经得手了,却在返回的时候,突然全伙倒毙在了途中。

那具酷似赵老憨的干尸,可能是由于脖子上吊了一串打狗饼,虫鼠蛇蚁难以接近,才渐渐被地谷中的阴风化为了干尸,而他的同伙却只剩下一堆森森白骨了。

三人越看越觉得事情扑朔迷离,这些死者都没受过外伤,要是中毒身亡尸骨不会呈现这种颜色,老鼠也不会在它们周围爬动,思来想去无非只有一种可能:这十几个人的心脏同时停止了跳动。

罗大舌头觉得好奇,蹲下去捡起一柄黄金匕首,拿在手里就舍不得放下了。他也不会鉴别古物,只学着样子放在鼻子底下嗅了两嗅。

司马灰心想：吃饱了撑的，闻这东西干什么？于是皱眉问道："这东西能有什么气味？"

罗大舌头也不知应当如何形容，就说："跟人民币一个味道。"

司马灰吓唬他说："以前常听人讲，在大漠滚滚黄沙之下有座遍地都是金银珠宝的死城。误入其中的人们要是心存歹念，捡起了城中宝物妄想据为己有，就会被恶鬼缠上，晴天白日里也要飞沙走石，本来笔直的道路全都变成了迷径，将人活活困死在城中才算罢休。这些法国探险家和憨宝客死状极是古怪，可能也遇到了楼兰古国的神秘诅咒，罗大舌头你要是想多活几天就得留神点了，可别舍命不舍财。"

罗大舌头说："你怎么又搞这套唯心主义言论？以我参加考古工作多年的经验来分析，这沙漠里有种虫子，它们死后变成了虫子干尸，一接近活人的气息就会活转过来专要吃人，这些法国人多半都是被木乃伊虫子钻进屁眼里给咬死了。"

胜香邻见这二人又开始练嘴皮子了，只能无奈地摇了摇头，轻叹道："要是宋教授意识清醒，他肯定能发现这些人的死因。"

这时，罗大舌头又从地上捡起一顶鼠灰色的圆壳帽子，拍去上边的灰尘，对司马灰和胜香邻说："这种帽子不错，比咱这又沉又闷的柳条帽可好多了，咱拿别的不行，拿几顶帽子总不犯忌讳吧？"

胜香邻心想：这俩人都跟拾荒的一样，怎么什么都捡？她要过帽子来看了看说："这是法国软木盔，前几年我在华侨农场看到有人戴过这种帽子。"

司马灰说："香邻你还真识货，这就是法国的'Pith Helmet'，也称软木帽或软木盔，都是以上等木髓灌膜压制而成，非常轻便耐磨，透气和保护性能良好，防水防火，适于丛林和沙漠等各种环境，近似于北越士兵配戴的草绿硬壳陆军帽。当年驻防在缅甸的英国军官到野外狩猎就喜欢戴这种帽子，如果安装上风镜和矿灯，它的勤务效能绝非仅适合井下作业的柳条帽可比。"

司马灰见那些法国人的软木帽在干燥的地谷中保存完好，就让罗大舌头多找了几顶，交给通信班长刘江河擦干净了，分给众人替换笨重的柳条帽，又收集了枯骨旁散落的背包，找到里面装有火油燃料的铁罐子，以及法国人身上挎的猎刀，全都取出来带在身边以备不时之需。

刘江河毕竟是部队上的人，他可没有司马灰和罗大舌头这一身游击习气，迟疑道："大哥，咱们用外国人的东西，这……这不太好吧？"

罗大舌头瞪眼道："亏你还是个班长，却跟个土包子似的，连这都不懂？当初毛主席去重庆谈判不就戴的这种帽子吗？想当初我罗大舌头在缅北参加世界革命，那穿的是美国华盛顿牌军用胶鞋，专抽英国红牌香烟。当时我们缴获的罐头、咖啡都堆成了山，好多人一开始并不习惯喝咖啡，觉得像中药汤子，可我一喝就喝上瘾了。后来我才琢磨明白，我爹以前在太行山抗战时跟日本鬼子面对面甩大刀片子，身上从头到脚都是东洋货，后来部队闯关东驻扎到哈尔滨，又跟老毛子军官学跳交际舞，戴明斯克手表，穿貂皮大衣，住白俄罗斯小洋楼，吃苏联西餐，像什么红菜汤和罐焖牛肉，那都是经常要品尝的。看来这在我们老罗家那是有光荣传统的，别忘了毛主席是怎么说的，这就叫洋为中用啊！"

刘江河听得无言以对，他也想不出反驳这些话的道理，只好按照罗大舌头的吩咐，整理出软木帽，替换了风镜和矿灯。

司马灰则趁这工夫，在那具形貌酷似赵老憨的干尸怀中掏出了几件零碎事物：先是一块纯金的法国怀表，精致非凡，拧满了发条还能接着用；另有个瓷瓶里装着黑色药粉；又有几枚暗红色的珠子，像是用朱砂混合雄黄制成；还有一捆"八蓬伞"，那是跑江湖的叫法，官名称为"火折子"，一般夜行人才带，也是最原始的"信号烛"；最后又找到个黑布包，裹得里三层外三层，里面是本纸页泛黄的古旧册子，扉页都已残破不堪了。

司马灰是想找些能证明此人身份的东西，见有本古册忙在灯下翻开看了起来，满页都是蝇头小字，配有离奇古怪的图画。仅粗略一观，也知其中所载都是憋宝的方术和法门。等翻到最后一页，司马灰就觉脑袋里边"嗡"的一声，这身子就好像掉在冰桶里了——原来这具遗体生前的身份，就是赵老憋本人！

黑暗物质

/ 第三卷 /

第一章　山　窗

　　司马灰翻看干尸怀中的册子，见其中记录着种种憋宝奇术，每一页都配有插图，并注有两句莫名其妙的口诀，多不是常人所能领悟的古怪内容。

　　谁知翻到最后一页，却是四页横幅折在一起。展开来依次绘着一个人牵了头牛站立在峭壁边缘，向下俯瞰云雾缭绕的深渊；第二幅图是一幢简陋的房屋，门厅从中洞开，里面又套了另一间房子；第三幅图是在茫茫大漠中，有一条死人的左臂；最后一页则是一片空白。

　　这些图画虽然透着诡异，但出现在憋宝人的册子里也不足为奇，但四幅折页的起始处，却缀着两行小字：黄石山上出黄牛，大劫来了起云头。

　　司马灰看到此处就觉眼跳心惊，说不出是个什么感受了，罗大舌头也吓得把舌头伸出来，半晌缩不回去。

　　胜香邻觉得不解："你们这是怎么了？刚还好好的，怎么突然给吓成这样了？"

　　司马灰将整件事情的来龙去脉对她简略说了一遍，并强调自己不是害怕而是吃惊，吃惊是因为感到意外，害怕则是给吓破胆了，两者存在着本质上的区别。

　　胜香邻接过憋宝古籍来仔细看了看，也觉此事太过匪夷所思：赵老憋早在解放前就因勾结法国人盗取重宝丧命在地谷中了。而1968年司马灰和罗大舌头又在湖南长沙遇到过这个人。赵老憋在临终之时，曾叮嘱二人记住两句话。现在看来，赵老憋似乎早就知道司马灰今后会在黑门下见到自己的尸骨，才特意留下两句莫名其妙的暗语，但同一个人怎么可能死亡两次？

胜香邻毕竟没亲身经历过这件事情，也无从揣测，她问司马灰和罗大舌头："如果眼前这具干尸就是赵老憋本人，那被你们埋在螺蛳坟的死者，又会是什么？"

司马灰想了想说："我看当年出现在长沙黑屋的赵老憋不会是鬼，因为孤魂野鬼不能在光天化日之下到处走。"

罗大舌头一拍大腿："他要不是个活鬼，指定就是在山里得了道行的老黄鼠狼子！"

司马灰摇头道："你哪只眼看过黄鼠狼能变成人了？我看埋在黑屋乱坟岗子里的赵老憋，既不是鬼，也不是人，而是某种根本不属于这个世界的东西，就像埋藏在黄金蜘蛛城里的幽灵电波……"

罗大舌头说："那玩意儿也够吓人的，可你们不是说幽灵电波仅能重复死者的记忆，从来都不具备主观意识吗？我看赵老憋可不像啊！瞧他那贼眉鼠眼的死模样，况且有血有肉，怎么瞅都是个黄鼠狼子变的。"

胜香邻说："你们也别乱猜一通了，如果将来有机会，可以到长沙郊外的坟地中穴地验尸，真相自会水落石出。现在的关键问题是赵老憋为什么会让你们谨记这两句暗语？又与这本旧书中的几幅图画有何关联？"

司马灰竭力回想六年前的情形，如今只能假设赵老憋确实死于此地，而在长沙郊区出现的仅是一具换壳的行尸。他挖掘雷公墨未成，又被老坟里的阴火烧得魂飞魄散，那才真是彻底死了，但临终前留下"黄石山上出黄牛，大劫来了起云头"两句暗语，肯定事出有因，多半是为了让司马灰等人注意到最后几页图画。看这画中内容离奇难解，一定含有某些重大秘密的"提示"。

罗大舌头不以为然："赵老憋小肚鸡肠，没安什么好心眼子，多半故弄玄虚而已，他要真有未卜先知的本事，还能在阴沟里翻船？"

司马灰则认为赵老憋虽然有些不近情理的怪僻，却仍是个深藏不露的奇人。但这世界上是门就可以关闭，唯有死亡的大门永远不关，赵老憋本事再大，等限数到时也难逃一死。不过就算是赵老憋洞悉身后之事，特意留下这本谜一般的憋宝古书，司马灰也完全看不懂其中传递出的任何信息，只好同那些零碎事物一同带在身边，看今后是否能够应验。

看尸骸间再没什么线索可寻了，司马灰就同罗大舌头倾倒火油，焚化了赵老憋的遗体，然后回到担架边察看宋地球的状况。

宋地球头上伤重，虽已止住了血，奈何没有足够的水来清洗伤口，导致有些感染发炎，整个人发着高烧，口唇干裂，头上滚烫，身上冰冷，裹着毡筒子躺在担架上处于昏迷状态，完全没有了意识。

司马灰先前见到附近那些土贼死得蹊跷，凡是进过黑门的人，出来就会倒地暴毙，死因一概不明。他在没想出稳妥策略之前并不想贸然行动，但是一看宋地球伤情严重，只有尽快找到黑门下的水源才有一线希望保住他的性命，也就顾不得什么危险不危险了。他让众人稍作休整之后，便抬上宋地球继续前行。

这条深邃的地下峡谷全部被流沙包围覆盖，很难想象这冰冷生硬的地底就是古楼兰先王安归长眠之处。高耸的悬崖绝壁被挖成了巨大的岩洞入口，但走到黑门深处，却始终没有见到雄伟华丽的地下宫殿，只有宽阔恢宏的甬道不断延伸向下。

司马灰等人的脚步声在空旷中回响，仿佛随时都会惊动地宫中沉睡的灵魂，不时有沙鼠在墙缝里来回爬动，有的体形比猫都大，见了人就龇牙尖叫扑到脚边乱咬，他们只能用步枪的枪托加以驱赶，这才终于穿过了地下岩山。

洞口外是一片从绝壁上凸出的石台。这座石台三面悬空，距离地表深达三四千米,附近满目漆黑,形成了一个孤立的山窗,身后峭壁千仞,几乎与地面垂直,好似刀削斧斫一般,满是光滑赤裸的硅化石。临崖向周围俯瞰,但觉阴气逼人,落差之大深不可知。

众人不得不停下来寻找路径,罗大舌头按住头上戴的"Pith Helmet",探着身子向下望了几眼,就觉一点儿寒意从脚底心直涌到顶阳骨。他回头问胜香邻:"妹子,你说这裂谷底下还有多深?"

胜香邻常随地矿工作队执行测绘任务,对地质构造方面的知识远比司马灰等人掌握得多:"我听宋教授讲过,这是一处地槽而不是什么裂谷。裂谷是旱山水土流失承受不住张力而形成的;地槽则是远古地壳运动时期,出现在地壳中的槽形凹陷,多呈长条状分布,至今还没有人真正测量过地槽的深度,我估计咱们现在就是处于这条地槽内部了,四周布满了暗黄色的硅化物,下面应该就是古楼兰先王安归摩拿的埋骨之处。"

司马灰也放下担架到崖边向底部看了一眼:"原来这地槽坑洞才是真正的黑门,这里能有水源吗?"他说到这儿忽然想起那本憨宝的古书,立刻找出来翻到折页处,对照着周围地形看了看,奇道:"这不就是图中描绘的地方吗?那注有暗语的一页插图上,绘着一个人牵着头牛站在峭壁前,黄石山大概就是指这地槽内部的岩层了,却不知做何解释。"

罗大舌头说:"你别是看走眼了吧?这地槽深陷在大漠戈壁之下,穿越荒漠主要依靠驼队,谁会傻到进沙漠还牵头牛?"

司马灰瞑目一想,又转问通信班长刘江河:"这大沙坂周围有牛吗?"

刘江河很坚决地摇头否认:"从来没有,我自小跟着驼队长大,从没见人赶着牛进沙漠。最近也要到若羌县城或是阿尔金山脚下的农场才会有牧牛。"

胜香邻也道:"带着牛进荒漠太不合常理了,这本古书上描画的情形,可能并不在黑门地槽中,它只是近似罢了。"

司马灰道:"那也未必,我听说日本关东军最强大的时候,曾计划分多路偷袭苏联，其中一支准备越过蒙古大漠的师团就征调了大量牛马和骡子。因为牛能负重又是反刍动物，饱饮饱食后能够连续数日不吃不喝，筋疲力尽后还可以宰杀作为补给。所以我觉得赶着牧牛进荒漠，也不是什么不可能的事情。"

胜香邻仍觉不可思议："毕竟无根无由，即使带着牛马到这山窗上来，又能有何作为呢？"

司马灰一时语塞，他寻思牵着牛来到这阴气森森的地槽内部毕竟也非易事，荒漠中风沙变怪众多，牛要受起惊来可比驼马更加难以控制，总不该是为了宰杀掉献给楼兰先王。而最重要的一点是现在黑门中根本没有牛。这就足以断定憋宝古籍中谜一般的插图并不是什么预言，而是四个隐晦的提示，至少第一幅图的内容涉及了古楼兰的黑门遗址，但司马灰还是想不明白赵老憋究竟想要传达什么信息，也许这就叫"眼里识得破，心中想不透"。

第二章　宝　骨

司马灰正自百思不得其解的时候，刘江河忽然低声对他说："这卷憨宝古籍是专门给死人看的，它里边潜伏着一个非常邪恶的东西。"

通信班长刘江河先前只顾着照看宋地球，并不知司马灰等人在尸骨旁找到了什么，直至此刻才发现那卷古籍。他生长于驼队之中，常听赶骆驼的老人讲述憨宝事迹。

据说西域胡商与江西术人擅用方术，天下之宝，无所不识，然而这两者却有所不同。江西术人是在地窨子里开地眼；西域胡人则是在身上养血珠，所谓血珠，即江底老鳖体内结出的肉瘤，大如丸球，不甚光泽，所以旧时也称此法为"鳖宝"。一般是用刀在自己胳膊上挖个口子，将鳖宝埋在肉里，待到伤口愈合再遇着宝物便能有所感应。

此类掌故在各地流传已久，上岁数的人大多知道。当然这其中也不乏以讹传讹的虚妄之说，比如有些地方落后贫穷，外地来的商人勤恳务实，凡事精打细算，逐渐发了大财，而本地人却守着老婆孩子热炕头不思进取，看别人赚钱却又眼红，也想不明白自家的生意为什么不如外来户，怎么钱财都让外地人赚走了，便往往将责任归咎于那些外来的憨宝客施术摄去了秘宝，才使得山脉河流间灵气枯竭，坏掉了此地风水。

在大漠戈壁中也流传着类似的说法，相传以前的罗布荒漠到处都是森林湖泊，遍地牛羊，水草丰美，湖中所产的大红鱼捕捞不尽。古道间驼铃悠悠,来自长安、贵霜、安息、大宛的使臣和商旅络绎不绝,人们使用来自汉朝和中亚各国的钱币交易丝绸、香料、铜镜、琉璃。

直到鄯善王发下大愿要筑造一座"扦泥城",怎知那城墙盖一段就倒塌一段。此时有波斯胡人经过,声称这城下有"羌羯",必穴地得之方可筑城。

在得到鄯善王的允许后,波斯胡商勘察方位挖开一个很深的地洞,但里边并没有什么羌羯,只有大陶罐里装着一枚朽烂的钉子,长不过寸许,洗净后半青半赤呈显玉质。

此后再筑扦泥城便一切正常,不再倒塌崩坏了,可国中却开始地陷水枯风灾沙暴频生。这才知道西域胡商从地下挖出的玉钉是"宝骨",波斯拜火王曾经许下然诺,谁得着它就拜谁为国相。鄯善王失其重宝后悔莫及,然而为时已晚,随着孔雀河改道,塔里木河断流,扦泥、楼兰等曾经繁华显赫的古代城池,也终于被神秘地废弃在大漠深处,漫化为一片死寂的茫茫沙海,从此人迹断绝,空留城郭巍然。

所以至今仍有一种偏颇的观念,西域胡商的憋宝之术都是邪法,专能惑人心智,倘若施术者在体内养血珠时贪心太过,最终会反噬自身,变成活鬼般的行尸。

刘江河自幼跟随驼队在大漠中行走,这种事情听得多了。他虽也知道这种腐旧思想都是早该摒弃的糟粕,但是看到司马灰居然将这古籍带在身边还要依法施为,才忍不住出言相劝。

司马灰对这些事早有耳闻,心下并不以为然,正如宋地球所言,"看问题要看本质,而不要纠缠于表象"。何况赵老憋是用江西土法开的地眼,又不是来自西域的胡人。毕竟这类民间传说中的憋宝方术里尽是些稀奇古怪的方法,一般人连想也想不出来,才会传得神秘莫测。他认定赵老憋留下的古籍插图中,一定存在某种暗示,这四幅插画很可能是四种憋宝的法子。

司马灰当年在黑屋埋葬过赵老憋之后,时常回想琢磨那两句暗语的隐意，如今看到憋宝古籍中描绘的插图，便记起文武先生曾经说过一个典故，说不定与"黄石山上出黄牛，大劫来了起云头"之语有关。

据《博物志》记载，在昆仑深山绝壑之中藏有玉膏玉髓，但是深涧幽谷异常陡峭险峻，而且谷底云雾弥漫，含有致命的瘴气，什么人也爬不下去，便有人想出个取宝的法子，先将牛马骡子一类的大兽带到山顶，再活生生推落深涧。

牛马之属躯体沉重，从几千米高的地方自由落体摔下，自然会摔得血肉模糊，腐烂后散发出的恶臭就会引来大鹫之类的猛禽。此类猛禽体形硕大，能够凌空攫起牛羊，它们可以直接飞入深涧撕扯兽肉和内脏，然后腾空拔起将腐尸衔回巢穴，此时伏在山顶的取宝者就会敲打响器，使大鹫受惊抛下腐肉。

牛马摔死在深涧中的时候，尸体的血肉里会沾满玉膏，取宝者惊走大鹫之后，就可寻获随着腐肉沾出山外的玉髓、玉膏，或多或少就看当时的运气了。这也是一门掘藏方术，常人不明就里，绝对难以想象其中的神妙之处。

那些死掉的法国探险家背包里装着许多楼兰珍宝，诸如黄金匕首和玉石面具，上面都有大片黑斑，似乎是尸血凝结而成。据此推测，应当是法国人勾结憋宝者，利用这古老的法门才从地槽里取得珍宝。不过未必是使用牛羊一类的大兽，将死人抛落深渊也能起到相同的效果。

司马灰说这憋宝古籍中描绘的第一幅插图，可能是想借昆仑山掘藏的典故暗示地槽中隐匿着巨大的危险，如果图中绘着死尸而不是牛，就过于晦涩难解了。可地底下应该不会有大鹫一类的猛禽存在，法国探险队虽然憋宝得手，却仍然全部死在了返回的路线上，看来这图中的提示只能作为参考，不可不信也不可尽信。

胜香邻点头道："这条地槽呈南北走势，绝壁山窗下的坑洞是南端的起始点，也是安葬古楼兰先王的黑门，自古以来任何人都没有进入过它的纵深区域，咱们下到地槽底部确实非常冒险，稍有大意就会发生不测,必须打起十二分的精神。"

这时,罗大舌头在山窗下找到了一条陡峭的岩裂,倾斜着从侧面通向地底,可必须将宋地球绑在担架上才能抬得下去。

司马灰看这绝壁险峻,担架根本周转不开,就让众人扔掉一个背囊轮流背着宋地球,并把穆营长留下的五四式手枪交给胜香邻防身,又将自己的撞针步枪子弹上膛,裹了几根火把装在背包里。

胜香邻这才觉得司马灰在屯垦农场时,坚持要给全部人员配发武器确是考虑周全。她将枪套斜背在身上,打开了探测空气质量的电石灯,一看通信班长刘江河显得很是紧张,脸色都变青了,就问:"刘班长,你不要紧吧?"

刘江河虽然熟悉荒漠的地形和气候,却从没经历过真枪实弹的考验,无线电连也不是作战部队,从来没钻过山洞,置身黑暗之中的感觉极度压抑恐慌,没有经验的人难免产生畏惧心理。但他是个非常要强的人,不想在其他人面前显得胆怯,就硬着头皮答道:"没事,我听穆营长说咱们执行这次任务,是'无产阶级文化大革命'的伟大战略部署之一,我有决心……"

罗大舌头背着宋地球,催促道:"我说你们还走不走了?他奶奶的我算是看出来了,把我罗大舌头累死,可能也是'无产阶级文化大革命'的伟大战略部署之一。"

司马灰听了此言,忽然想到这地球望远镜是五十年代由苏联人实施的计划,可他们在地底发现的秘密似乎至今并没有起到什么作用。如今探险队舍生忘死地前往罗布泊极渊,在死了那么多人之后,即使取得了苏联人留下的数据和岩芯样本,恐怕也永远回不去了,这次行动又能有多大意义?莫非就如评书结尾里所讲,"从此之后,国家安定,文忠武勇,天下太平"?想必到不了那种程度。

不过他转念又想:那"绿色坟墓"的首脑行事鬼祟,为了破解黄金蜘蛛城中的古代符号,居然能想出用特殊器材接收幽灵电波的诡异计划。

这个恶魔的思想和行为没有底限，什么事都能干得出来，倘不设法查明真相，说不定今后还要有场弥天大祸。要是果真如宋地球所言，地底极渊中存在着"绿色坟墓"的秘密，那即使有去无回，我豁出去了性命不要，也必须下去走上一趟。

因此，司马灰并没有考虑什么退路，也深知通信班长刘江河虽然缺少作战经验，却不可能再将他打发回去了。如今只有竭尽所能尽量多照顾他一些，当下跟着众人攀下陡峭的岩隙。地槽中存在着厚重的黑雾，都是水汽凝聚而成，像云层似的萦绕在半空，行到距离地表大约五六千米的深度，气压表就失去了作用。

可众人并没有感觉到强烈的地压，氧气含量也未减弱，呼吸心跳一律正常，众人两眼一抹黑判断不出具体原因，只能推测是和特殊的地质构造有关。

探险队最终下到峭壁底层，落脚处是个钙化物沉淀堆积出的平台，范围难以探测，到处都潮湿阴冷，遍地堆满了金银器物和累累枯骨，大部分是古楼兰先王安归的陪葬品，也有后世国主敬献的珍稀之物。最显眼的是一棵大树，通体以珊瑚、砗磲嵌着珍珠宝石制成，用电石灯一照登时流光溢彩，夺人眼目。

司马灰识货，知道这是汉武帝茂陵中的"烽火树"，高有三丈，曾是汉宫里的镇国之宝，东汉年间因乱流入西域，想不到会在黑门中得以亲见。又看烽火树下的羊脂玉台上停放着一尊巨椁，椁身羊首蛇躯形状近似龙舟，先王安归的尸骨大概就盛敛在其中。

众人眼下急着寻找水源，也无暇多看，一路贴着峭壁向前摸索，逐渐发现这下边是片"地台"，也就是地槽中凸起的台地。环着地台的都是奇形怪状的硅化物，更深处则是积水，仿佛是个天然形成的地下蓄水池，水中存在浮游生物，看来是暗流涌动的活水。

罗大舌头见着地底有水，就将昏昏沉沉的宋地球放下，想要拎着水壶上前取水。

司马灰将他一把拽住:"不太对头,这古楼兰黑门遗址洞开,除了位置极深也不见什么有效的防备措施,土贼们为什么不敢下来?憋宝古书中暗示的危险又在哪儿呢?"

罗大舌头道:"我早就告诉过你们多少回了,那伙土贼要是真知道有什么危险,也不至于全伙送命,用不着相信那些鬼话。"说完就打开矿灯俯身取水,可刚一伸手就跟触电似的急忙缩了回来,仰面坐倒在地:"见鬼了!"

司马灰奇道:"你他娘的又是哪根筋搭错了,怎么一惊一乍的?我看这地底下可能蛰伏着不明生物,你给我小点儿声,不许暴露目标。"

罗大舌头抬起自己的手掌:"你们快瞧瞧,这他妈还是我的手吗?怎么跟死人的似的?"

第三章　地　压

　　罗大舌头到地槽中取水时，看到自己手背上的血管筋络全部向外凸起，而且内部呈现出一种不祥的瘀青，显得皮肤格外苍白。他知道其中厉害，忙把手伸到电石灯下，让司马灰等人看看这是怎么回事。

　　西国以珠为贵，或许古楼兰先王的陪葬品中陈列着许多夜光宝珠，能够照如明月，但在阴晦潮湿的环境中历时两千余年，如今也早都变成漆黑的炭状物了，因此这地槽处在绝对黑暗之中，内部没有任何光线存在。

　　探险队置身其中就如跌进了无边的浓墨，面对面站着都看不见对方的五官轮廓，要不是罗大舌头将灯光照在自己手上，也不会发现身体产生了异变。此刻众人凑在电石灯下，才察觉到并非他一个人的身上存在这种反常迹象，其余几人的情况也完全相同，似乎有种黑暗物质在不知不觉中侵入了人体内部。

　　胜香邻感到十分诧异："为什么会出现这种情况？"

　　罗大舌头说："我虽然不懂科学，但多少还具备一些古老的常识，咱这回可真完了！1973年缅甸莱朗闹传染病，好像叫什么'黑鼠病'，死亡率接近百分之九十九点八，整村整寨地死人，我亲眼瞧见过那些人临死前的样子，就跟咱们现在的症状是一模一样，从发病到死亡用不了一天，什么时候口吐白沫、鼻流黑血就要一命呜呼了。"

通信班长刘江河惊道:"咱们大概是被地谷中的沙鼠传染了,那些土贼都是这么死的!"

司马灰起疑道:"罗寨主,请你用你那些古老的常识分析一下,既然咱们感染了鼠类传播的高死亡率疫病,又都到晚期了,可为什么没有出现冷热发抖的普遍症状?"

罗大舌头解释不出个所以然,只好说:"这世界上最好的死法,就是事先没有经过考虑的死亡,也就是死得越突然越好。如今大伙儿死到临头了,你还非逼着我深入考虑这种问题,简直太他妈不讲革命人道主义精神了。"

胜香邻听出司马灰言外之意,就问:"你是不是察觉到了什么?"

司马灰说:"古楼兰先王安归的棺椁设置在地槽底部的台地上,没有夯土墙和地宫,上下左右无遮无拦,这在葬法中称为'绝地通天'。咱们穿过地谷之后,沿着峭壁间的皱褶断裂带就可以一直下到黑门内部。我看这尊羊首蛇身的船形棺椁附近枯骨累累,可能都是些殉葬者,也可能是抬棺献宝的奴隶,下来之后就再没回去,这些人不逃不散枯坐在原地等死,显得很不合情理,除非地槽中有什么无影无形的东西将活人束缚于此。而憋宝古书中的插图,也借着利用腐尸取玉髓的掘藏方术来暗示不能下到地槽深处。"

胜香邻问司马灰:"山窗上探出峭壁的平台狭窄陡峭,纵有猛禽飞下攫取腐尸,受到惊吓后也未必能将尸体抛在山窗附近,何况那伙法国人及赵老憨并没有进入地槽,但他们还是死在了外边,这件怪事又怎么解释?"

司马灰说:"图中涉及的内容只是一个隐喻,法国人完全可以重金雇用一些不知死活的土贼下来摸宝,毕竟这世上就是人命最不值钱。可地谷中从来没有一个人活着出去,即使停留在山窗以外安全区域的人也全都莫名其妙地倒毙在了路上,这个现象足以说明黑门里存在某种谜咒,这里只能进而不能出,任何违反这一规律的人都会暴亡。"

刘江河很难理解司马灰的话："要是这地谷中存在楼兰古尸留下的诅咒，使外来者在踏入地谷的一瞬间就注定有来无回，咱们还不里外都是个死？与感染上黑鼠病身亡又有什么区别？现在说这件事还有意义吗？"

司马灰说："当然有区别，黑鼠病是灭绝性的疫病，感染传播迅速，死亡率奇高，要是真得上谁也救不了，但我认为咱们并不是被病菌感染了。古楼兰人肯定是发现了黑门中存在着神秘的非正常死亡现象，才会将先王棺椁安放在地槽内部，这招儿确实够绝的，比任何防盗措施都要阴狠，而且极具效率。不过古人有言，'大道五十，天衍四十九'，这世界上的万事万物，都会留有一线生机，只要掌握死亡的特征和规律，一定能找到破解谜咒的办法，但愿为时不晚。"

胜香邻也是心思转得极快："死亡的规律和特征都很明显，那些土贼是在返回的路上突然死亡，没有任何外伤，尸骸间也没有中毒或病变的迹象，这些情况不足以说明任何事，或许要与黑门中特殊的地理形势结合分析……"

这句话尚未说完，忽听黑暗里一阵响动，灯影晃动中，有个人走了过来。

司马灰立刻警觉地端起了撞针步枪，胜香邻按住他的手臂道："别开枪，好像是钻探分队的人。"

此时来人已进入了电石灯的照明范围，是个四十岁不到的中年男子，戴着黑框近视眼镜，显得文质彬彬，又有几分长期营养不良造成的菜色，看衣服和背包都属克拉玛依钻探分队。

司马灰看明来人，心中更是警惕：克钻六队全在地谷中被气态衰变物质烧死了，要不是我们腿底下利索逃出性命，也险些被流沙活埋在那里，这一定是有敌人在暗中加害，妄图破坏针对罗布泊望远镜的探测行动，此人来得古怪，不可不防。这要是在缅甸丛林，他早就毫不犹豫地开枪了，可现在没有真凭实据，还不能轻易就下死手，否则在宋地球那儿也交代不了。

那个钻探分队的知识分子像是个技术人员模样,他看司马灰等人头戴"Pith Helmet",手中端着老式撞针步枪,装束非常特别,不免有些惊奇,一时怔住了,不知该如何是好。

胜香邻也保持着足够的警惕。她见那人神色诧异,就说明了自己的身份,又问:"你是不是克拉玛依钻探分队的人?又怎么会到了这里?"

那人闻言显得有些激动,止不住涕泪齐下,他问明这队人以司马灰为首,立刻上前紧紧握住司马灰的手:"司马首长,我可把你们给盼来了……"

罗大舌头愤愤不平地道:"司马灰这小子满肚子坏水,他什么时候成首长了?"

司马灰抱着步枪,寸步不离宋地球左右。他握了握那人的手说道:"你也别忙着套近乎,克钻六队死得不明不白,我们也受到过袭击,说不定这地谷中潜伏着敌特,本首长眼里不揉沙子,得先确认你的身份才行。"

那人连声称是:"司马首长,您真不愧是老干部、老领导,就是有经验、有水平,如果我们在工作中没有了您的正确指导,实在不知道要犯多少错误……"

这人自称姓田,名叫田森,"文革"开始前就在克拉玛依地区工作,但并不属于钻探分队,而是物探大队的工程师,一辈子活得小心谨慎,工作起来兢兢业业,"文革"后又当上了思想斗争小组的组长。他听说组织上要抽调一批精干力量探测罗布荒漠下的矿藏资源,虽知条件艰苦却唯恐成为落后典型遭到批判,就写血书表示决心,被编入克钻六队来到罗布荒漠。

当时热风酷烈,钻探分队为了躲避恶劣气候被迫躲入沙谷深处,却不幸遇到蒸气般的光雾,好多人都被烧死在了地谷中,田森恰好回头去找失落的背包才幸免于难，但他孤立无援，只得到地谷里寻找水源。

这时田森发现自己的身体出现了异常，就如同被某种病菌感染了。他又看到沿途倒毙的无数尸骨，便想起以前探矿时也曾见过类似的状况，很可能是地压紊乱导致的扩张综合征，人体对此并无明显觉察，可一旦返回距离地表三千米以上的区域，全身血液就会立刻像滚水一样沸腾起来。

这是五十年代初期才被科学家发现的一种地压综合征，目前还没有什么特别有效的治疗方法。他在得知此事后不敢重新返回高处，就下到了地槽深处有水源的区域。他告诉司马灰等人，千万不要试图返回山窗隧道，脑内血管的破裂会迅速致人死亡。

司马灰听完工程师田森的讲述，才知道死在山谷中的土贼都因地压紊乱而死。这番话本身没有什么值得怀疑的地方，但田森出现的时间却很值得推敲，为什么早不出来晚不出来，偏等到众人揣测出了一些头绪，马上就要有结果的时候，这个人才匆匆出现？这说明田森很可能就是潜伏在钻探分队中的敌特。他将克钻六队置于死地之后，始终躲在暗处窥视其余人员的行动，又想用流沙将众人活埋而未得手，此时出来说明地压致死的真实原因只不过是想取得信任，然后再将探险队引入死亡的深渊，轻信其所言就将坠入万劫不复的境地，这正是"绿色坟墓"惯用的手段。

司马灰脑中闪过"绿色坟墓"这个名字，顿觉脊背冷飕飕的一阵恶寒。但他刚才跟田森握过了手，此时距离又近，感觉对方应该是个活人，并没有"绿色坟墓"那种幽灵般的恐怖气息，也不能仅仅因为时间上的巧合就将其视为敌特。

工程师田森汇报完毕，又拿出自己的工作证请司马灰查看："同志们现在总该信任我了吧？"

司马灰看也不去看那证件一眼，只是紧紧盯着田森的脸。他向来擅于识人，总觉得此人身上有种难以形容的诡异，总之就是跟正常人不太一样,但一时还看不出什么破绽,就说:"你别拿我当首长,我有何德何能?无非是比其余几位同志多吃了几年咸盐而已。我暂时没有问题了,可这位罗大舌头以前是公安机关的老侦查员,长期从事反特工作,他还有几个问题要问你,希望你能明确回答。"

罗大舌头一看该轮到自己出马了,便对田森说:"那组织上就先了解一下你的历史问题,然后再谈现行问题。你以前在政治上有没有犯过错误?经济上有没有多吃多占现象?生活上有没有同农村来的老婆离过婚?"

胜香邻觉得司马灰和罗大舌头有些过分了,这些情况无从核实,问不问有什么区别?宋教授要是知道了,还不得被他们气死?

田森却毫无怨言,他好像也很熟悉这种问话方式,当即根据情况如实回答。

罗大舌头见田森应对如流,也就不再追问什么现行问题了:"我得问点专业问题,要是冒充的肯定会露出马脚,你们物探大队探的都是什么物?"

田森面露难色:"这个……怎么说呢,你问的方式不对,物探并不是探什么物,就如同化探分队的化学探矿法,物探则是利用物理探矿法,来寻找地下蕴藏的矿脉,一般分为磁法和电法。"

这时,通信班长刘江河也劝司马灰,工程师田森身上也有地压综合征的迹象出现,他跟咱们同样面临死亡威胁,要真是特务就不会赶来送死了,没什么可怀疑的地方。

司马灰点头说:"我确实核实不了这位工程师的身份,也问不出任何破绽。"

田森被司马灰盯得太紧,心里都有些发毛了,忽听对方如此说才终于松了一口气,挤出些笑来说:"只要组织上相信我就好……"

谁知司马灰又说:"你的回答虽然滴水不漏,但我知道你必须亲眼看着我们立刻死掉才能安心。"

田森显得颇为不平,扶着眼镜抬起头来说:"司马首长,你可以继续调查,但在没有证据之前千万不要轻易做出结论,没有任何事比蒙冤受屈更使人痛苦!"

司马灰的脸上突然布满了杀机,冷哼了一声骂道:"冤你娘了个蛋,我只问你最后一个问题,你为什么从来都不眨眼?我这辈子只遇到过两个始终不眨眼的人,一个是你,另一个是'绿色坟墓'!"

第四章 寒山之底、阴泉之下

司马灰从一开始就察觉到田森有些反常，对方说话时总会假意手扶近视镜，刻意回避与人对视，并且半低着头将自己的双眼掩藏在近视镜背后。那对深度近视镜的镜片，比酒瓶子底还厚上几分，少说也有一千多度，他要是不戴镜子，几乎和睁眼瞎差不多少。

此人的言谈举止、衣服容貌，皆十分正常，唯独不具备"瞬目运动"——这个最普通的人体生理机能。他从始至终就没眨过一下眼，试问这世上哪里会有不眨眼的人？

或许还真不是没有，俗传岳飞帐下大将牛皋、三国时燕人张翼德，这二位都是生就豹头环眼，晚上还要睁着眼睡觉，整夜里只闻鼾声如雷，双目却一眨不眨。可那毕竟是演义里的说辞，缺乏依据，向来不入正史，谁又曾在现实中亲眼见到过？

司马灰上次见到不眨眼的"人"，还是在黄金蜘蛛城里遇到"绿色坟墓"。那隐藏在占婆王尸皮面具后的双眼，眸子里灰蒙蒙的绝无半分活气，一看就是双死尸的眼睛。而司马灰却能感觉得出，面前这位工程师田森活生生存在于此，但是对方的双眼并不具备瞬目功能，几乎不像人类，因为只有没长眼睑的生物才从不眨眼。

司马灰看出异常，手指早已暗中搭在了步枪扳机上，心想：来人绝非善类，这厮一定是偷偷摸摸地躲在暗处，发现探险队识破了地压综合征致命的规律，一时心急就现身出来接触，打算先利用这个毫无价值的情报骗取信任，然后再致众人于死地。

田森没料到三言两语之间就被对方看出了破绽，知道再也隐瞒不住了，脸色立时阴沉下来，闭了口一言不发。

其余几人见此情形，心中也都打了个突。毫无疑问，这名物探工程师就是特务。

罗大舌头看司马灰并未开枪射击，就明白是要擒拿活口，又见田森肩膀微微耸动，似是要有所动作。他当即低吼了一声蹿上前去，仗着身高臂长一把就将田森的脖颈从背后锁住。

司马灰始终留意着对方的一举一动，此时见田森刚被罗大舌头制住，却忽然抬起左手似乎要抛出什么东西，忙叫了声："小心他手里有东西！"

罗大舌头也会使些技击，但他凭借体格出众，时常都是"一力降十会"，听到司马灰出声提醒便在臂弯里又加上三分力。顿时把田森勒得翻起了白眼，手里的东西再也拿捏不住"啪嗒"一声掉在了地上。原来是个很小的玻璃药瓶，触到地面便被摔破，里边装的药粉遇到空气就变成了黄色浓烟。

司马灰嗅到一股刺鼻的樟脑气息，就知那瓶子里装满了"蓖麻毒蛋白"，此类毒素药性极猛，而且只需使用蓖麻籽煎油即可提取，制作非常简单，沾到皮肤上就会渗进去致人死亡。田森将蓖麻毒蛋白藏在袖中，是想凑到近处突然发难，所谓"明枪容易躲，暗箭最难防"，要不是司马灰把他盯得太紧，身也不容他转，手也不容他举，众人早就被其害死多时了。此时见药瓶落地毒雾涌动，司马灰赶紧招呼其余几人迅速退开。

罗大舌头也知危险，本想拖着俘虏一起向后闪躲，可情急之下用力过猛，竟然勒断了对方的脖颈。田森脑袋几乎转了一百八十度，脸向脊背后脑勺朝前，口鼻中涌出鲜血，哼都没来得及哼一声就死于非命了。

罗大舌头暗骂："真他娘的不结实，就这鸡架子似的小身板儿还当特务?"当下抓住尸首后襟,拎死狗似的拖到一旁。

谁知田森那张翻转朝上的脸孔忽然一动,张嘴照着罗大舌头的手臂就咬。罗大舌头低头瞧见那副血淋淋的面孔和白森森的牙齿也不禁吓了一跳,赶紧缩手抛下尸体。就看工程师田森的死尸头部"咯吱吱"转了半圈,手脚并用爬向了黑暗深处。

其余几人见了这等情形心下无不骇异。司马灰待要举枪射击,但黑暗中早已失去了目标。他此时完全可以断定这个田森并非潜伏在国内的苏联特务,而是与地下组织"绿色坟墓"有关。

司马灰耳听黑暗里有爬行之声,心想:这地台墓穴里枯骨遍布,到处都散落着金银玉器,稍微一碰就不免发出响动,我也不愁你插翅飞了。他当即让通信班长刘江河背上宋地球,众人都拍亮了"Pith Helmet"上安装的矿灯,循声向前追去。

胜香邻心头"怦怦"乱跳,她握着五四式手枪紧跟在司马灰身后,忍不住问道:"那个工程师的脖子都断了,怎么……怎么还会动?"

司马灰低声说:"鸡掉了脑袋还得扑腾两下,何况人呢?大概是体内神经组织尚未彻底死亡。"他忽然想到正如以前所料,"绿色坟墓"的首脑在黄金蜘蛛城密室里消失之后,这个地下组织就忽然沉寂无声了,但并不意味着事情彻底结束,如今果然有祸事寻上门来,却不知远在异域的阿脆和玉飞燕是否安全。他脑中闪过这个念头,竟不免有些难以抑制的恐慌。

这时,枯骨堆上连续爬动的声音突然停住,司马灰用矿灯向前探照,已是到了那尊羊首蛇身的船形巨椁附近,却不见了田森的踪影。众人对视一眼,均想:难不成躲进古楼兰先王安归的棺椁中去了,怎么没听到挪动椁盖的声音?

正要上前搜寻,忽然发现田森像只壁虎般趴在那尊巨椁顶部,满脸都是鲜血,五官扭曲,威胁着叫道:"你们别再追了,否则我就引爆炸药!"

司马灰知道"绿色坟墓"行事奇诡难测，对方狗急了跳墙不知还会使出什么手段，现在没有探明情况还不能贸然上前，便带众人伏在一片凸岩后面占据有利攻击的位置，只要田森从巨椁顶上探出身来，就能开枪射击。

田森见众人不再上前，才恨恨地说道："司马灰，你既然识破了我的身份，我也就不瞒你说，我知道你和那罗大舌头是从黄金蜘蛛城里逃出来的幸存者。凡是妄图接触首脑秘密的人，都不可能继续活在世上。你们躲在缅北和英国的两个同伙早已死掉多时了，你们这几个砍头鬼也别想活过今天。"

司马灰和罗大舌头听到这句话真如五雷轰顶，眼前好一阵发黑。根本没有外人知道阿脆和玉飞燕的下落，既然对方能够说得如此准确，那这二人绝难幸免，肯定都遇害了。

田森见司马灰等人在心理上受到重创，狞笑了几声。他自称是绿色坟墓安插到新疆物探分队的地下人员，专门负责监视罗布泊望远镜。但1958年之后国家始终没有组织考察队到地底寻找极渊，所以他也一直处于蛰伏状态，又凭着行事隐秘低调成功躲过了历次肃反运动，直至最近才接到指令混入克拉玛依钻探分队，阻止任何人接近罗布泊望远镜，并且要不惜一切代价，不计任何手段除掉逃出黄金蜘蛛城的幸存者。

田森在沙谷中未能得逞，就一路尾随探险队进入地槽，却找不到机会下手，不得不主动上前接触，想乘众人不备使用致命的蓖麻毒蛋白，只是没预计到司马灰能够如此警惕，不但没有成功反倒失算暴露了自己的身份。

田森越说越恨，最后竟变得歇斯底里起来："想不到我伪装得天衣无缝，甚至连我自己都信以为真了，居然还是被你们看出破绽。你们伤害的不仅是我宝贵的躯体，更是我的自尊。为了我内心的这份痛苦，必须让你们付出代价！"

司马灰先前认为田森身上未必携有炸药，只是想拖延时间，正打算带着猎刀暗中摸过去将其乱刃分尸,看看这家伙到底是个什么鬼,不料对方先声夺人,一上来就告之阿脆和玉飞燕已经死了,紧接着又吐露了身份和背景。这些情况皆十分紧要,不容人不听个究竟,加上司马灰和罗大舌头忽闻噩耗心里悲痛欲绝,竟然没能立刻采取行动,直听到最后几句才猛然一惊:"中计了!"

田森冷笑道:"现在才发觉已经太晚了,你们这些贼杀才[1]难道就没想过,我为什么偏偏逃向这具棺椁?如今告诉你们也已无妨:谁触碰了安归的棺椁,谁就会被带入寒山之底、阴泉之下……"

那尊羊首蛇身的船形巨椁里,长眠着古楼兰开国先王安归,巨大的椁身依旧完好无损,但纹饰彩绘却已被灰尘掩盖,就如同这深沉的大漠、苍茫的沙海,以无边无际的静默包容着一切,又像入云的高山般令人仰止。田森一边借着吐露情报拖延时间,一边悄悄用手臂擦去灰尘,早已找到了嵌在椁壁上的飞骆驼徽章。

明眼人都能看出来,主椁中必有价值连城的重宝,然而虽有土贼进入过地槽内部,却无一人胆敢触碰棺椁,其中必定有些缘故。司马灰等人先前只顾着寻找水源,一时疏忽竟未能留意此节,等察觉到田森的举动,对方已然按下了椁壁上的飞骆驼徽章。就见椁壁缝隙忽然裂开,从中散发出一缕缕黑雾般的尸气,顷刻间就已四散铺开,照明的矿灯随即暗淡下来。

司马灰预感到情况不对,还不知会有什么变故发生,只是报仇心切,想着好歹先剐了田森再说。可他正待上前却觉得脚下一阵晃动,整个地面忽然沉了下去。

这地台本是硅化物堆积数亿年形成的台地,阴泉都蓄在凹槽里往地底流淌,向下的水流会产生酸,缓慢溶解侵蚀了岩层,在地槽底部形成了大量不规则的漏斗形空洞,所以下边尽是细长的岩隙。

---

[1] 贼杀才:脏话,犹言该杀的。

硅化物积成的岩层断裂开来，直接坠下深不可测的地漏空洞，众人趴在倾斜的地面上，只觉天昏地暗，气流在犬牙交错的岩石空隙中肆意穿越，发出一阵阵怪啸。

这片面积数百平方米的地台在狭窄的空洞内下坠之势极快，岩层接连受到断岩阻截撞击，随时都会分崩离析，众人动弹不得只好闭目待死，可正在此时，平台落在空洞内的狭窄处，刚好被卡在了半空，摇摇欲坠。

司马灰的头脑还算清醒，发觉地面仍在不住颤动，知道这岩层随时都会承受不住冲撞而崩裂开来，到时候就得跟着棺椁碎石一同继续摔落。他借着胜香邻的矿灯光束发现身侧有几处溶洞，都是位于地槽底层的暗河向下渗透而成，便也顾不得头晕脚软，更无暇去寻找田森的下落，拽起罗大舌头等人，抬了不知是死是活的宋地球，挣扎着逃向洞中。前脚刚踏进去，那片硅化物岩层就轰然崩裂，滚落空洞的沉闷回响良久不绝。

司马灰身上都被冷汗浸透了，心神仍自恍惚。他的矿灯也灭了，还来不及更换电池，就地喘了几口粗气，伸手一摸两侧，发觉置身的溶洞潮湿阴冷，甚是狭窄低矮，都是"蛇行倒退"般的险恶地面。司马灰正想问问身后几名同伴有没有损伤，忽然嗅到一阵尸臭撞脑，只觉黑暗中有条腥秽湿滑的长舌，悄无声息地伸过来舔他的脸颊。

第五章　白　化

这溶洞极是狭窄，人在里面转身都不容易，司马灰忽然感到有条滑腻的舌头舔到自己脸上。在黑暗中也辨别不出究竟遇到了什么，只得缩身退开半步，就觉一个庞然大物紧随着扑了过来。

司马灰的步枪落在了地上，情急间只好摸出八蓬伞。这东西迎风就着，火焰"呼"的一声燃烧起来，眼前顿时一亮，就见面前是条从首至尾三五米长的舌骨石螈。这东西躯体扁平宽厚，白森森的光滑无鳞，除却一条长舌浸血般殷红，身上再没有半点杂色，常年栖息在地底的无光世界中，颜色对它来说早已经失去了意义。

司马灰识得这是白化的舌骨石螈，因其舌中有骨、蛰伏如石而得名。它终年栖息于阴冷黑暗的岩洞中，以吞食暗河鱼类为生，同时也食腐食尸，此前在地谷中舔舐钻探分队尸油的东西很可能也属此类生物，地下白化生物大多避光惧火，只要携带足够的灯烛，它们就不敢接近。

司马灰等人在地台上的时候，都被黑雾般的尸气冲撞，身上腐晦气息还都未消除，躲在岩缝里的舌骨石螈受到腐气吸引才会突然出现。它被八蓬伞的火焰烧灼也是又惊又怒，奈何溶洞两壁狭窄，掉转不开硕大的躯体，只能发狂般向前猛扑。

司马灰挡也挡不住，避也避不开，退不上两三步，就被舌骨石螈前肢按住，烧了半截的八蓬伞也掉在地上，但觉一阵窒息，心中更是焦急：

要是被这东西从我身上爬过去,非被它踩冒了泡不可,到时肚肠子就得从嘴里吐出来了。

这时,后边的罗大舌头发现司马灰势危,拔出猎刀拼着全力向前一送,正戳在舌骨石螈的嘴中直末至柄。他又握住猎刀左右搅动,那舌骨石螈被从头至背戳了个对穿,当即翻起肚皮倒在地上,只剩下四肢还在不住抽搐。

罗大舌头刚把司马灰从舌骨石螈的尸体下拽出来,就见八蓬伞快要熄灭的火光闪动中,从溶洞深处探出一张满是血迹的人脸,正是先前被罗大舌头扭断了脖子的工程师田森。

司马灰见了此人立刻青筋暴突,捡起掉在地上的撞针步枪"砰"的一枪击出,此时八蓬伞恰好熄灭,黑暗中只见枪火一闪,前方空剩下乳白色的岩壁,却不见了田森的踪影。

二人红了眼,抄家伙上前追赶,可溶洞深处像天然迷宫般四通八达,嶙峋的石笋参差错落,又有地下水滴落如雨,掩盖了细微的声响,躲起个把人来根本无从寻找。

司马灰知道这田森心理极度扭曲,施计暗害不成竟想跟众人同归于尽,幸亏石台悬在了狭窄的洞窟内才脱了此难。没想到对方也趁机逃入溶洞,一定是找地方继续躲了起来准备伺机而动,迟早还会出现。司马灰搜寻无果,又挂念宋地球的安全,只好先退了回去。

这时胜香邻和通信班长刘江河正抬着宋地球向前跟了过来。司马灰见此地太过狭窄局促,遭到袭击难以应对,就用刀剜出舌骨石螈的脑髓装在水壶里,然后带着众人继续向前摸索。蛛网般密布的溶洞处在地槽底层,洞穴体系呈立体交叉结构,隐秘幽深,路径忽宽忽窄,时上时下,没多远就找到一处石幔环绕封闭的大厅,空间深邃开阔。

众人都已疲惫欲死,就在一片石幔旁停下,想起刚才的情形无不心惊肉跳。歇了一阵儿,先由通信班长刘江河带枪值哨。胜香邻见司马灰和罗大舌头脸色十分难看,都是两眼通红,闭口不言,又看宋地球呼吸微弱，但苦于缺医少药实在是无法可想。

司马灰这才想起刚才剜出了舌骨石蠊的脑髓。他当年混迹黑屋时，曾听一个在铁道上运煤的老师傅讲过，知道这东西能续气还魂，是味极珍稀的药材，就让胜香邻给宋地球灌服下去，要是命不当绝说不定还能有救。

胜香邻不知司马灰所言是真是假，但病急乱投医，事到如今也不得不信其所言。她依法施为，又用毛巾在石壁缝隙里接了些冷水，敷在宋地球额上。过了好一阵子，终见宋地球的呼吸逐渐平稳，高热也有所减退，才稍稍放下心来。胜香邻知道这次遇到"绿色坟墓"派来的特务不同寻常，好像司马灰缅共人民军的战友也在境外遇害了，因此显得情绪低落，极度绝望，就取出干粮递给司马灰和罗大舌头，劝他们好歹吃些，然后再从长计议不迟。

司马灰强行克制住自己的情绪，觉得玉飞燕的事情不该再对胜香邻有所隐瞒了，就把情况如实说出。胜香邻父母都已去世，身边再没有任何亲人，一直有种很强烈的孤独感，听了司马灰说的前后经过，一时间茫然若失，低着头垂下泪来。

罗大舌头说："香邻你别哭了，往后我罗大舌头和司马灰就是你的亲人。咱这脾气是宁为直折剑，不做曲钩存，越杀越他娘的要上。这血债迟早要用鲜血来偿还，咱们一定得想办法报仇。"

司马灰深知现在孤立无援，必须把一团乱麻般的线索理出些头绪，否则面临的危险与谜团将会越来越多。他对罗大舌头和胜香邻说："眼下的关键问题，是咱们根本不知道'绿色坟墓'的首脑究竟是谁，更不知道这个幽灵的真实面目。"

胜香邻听司马灰说得古怪，轻声问道："'绿色坟墓'的首脑……是不是和那个姓田的特务一样？"

司马灰说："到现在为止，我一共接触过这个地下组织的两名成员，一个是'绿色坟墓'的首脑，另一个就是蛰伏在钻探分队监视罗布泊望远镜的田森。工程师田森应该是个活人,虽然被罗大舌头把脖子扭断了,可我觉得他并没有死,至于原因则是个谜。

"而被称为'绿色坟墓'组织首脑的则更为恐怖,其图谋之深远以及阴狠狡诈之程度,都完全超乎想象,且其身上有种难以形容的黑暗气息,我曾怀疑'绿色坟墓'是隐藏在探险队中的一个成员。据我所知,当时进入野人山大裂谷的人,不论最后是死是活,总计七人,除了我和罗大舌头,还有阿脆、玉飞燕、苏联爆破专家契格洛夫、Karaweik、草上飞。这七个人里有三人死在了裂谷中,'绿色坟墓'的真正身份可能就是其中之一,甚至有可能是一个在我面前死掉的人。

"但后来我觉得这种判断并不准确,因为除了这七个人之外,至少还有搭乘蚊式特种运输机降落在裂谷半空的英国探险队。那些人都被飞蛇吃了,尸体残骸也已被浓雾化去。在这种全军覆没的情况下,却不排除'绿色坟墓'仍然躲在机舱内部,因为野人山里的浓雾对爬虫类冷血生物不起作用,'绿色坟墓'又像是一个幽灵,完全没有生命气息,所以浓雾和飞蛇并不一定对它构成直接威胁。"

罗大舌头则有不同意见。他说:"司马灰你可真是以前聪明现在糊涂,你也不仔细琢磨琢磨,那裂谷中的迷雾有多厉害,连死人尸体都能被它化掉,'绿色坟墓'要是真不在乎浓雾形成的屏障,早就自己引爆地震炸弹进入黄金蜘蛛城了,为什么还改装蚊式运输机和部署探险队,又费尽心机盗取占婆王的死人脸皮,还要等待热带风团带来的恶劣天候,这不是显得太不合理了吗?"

司马灰认为这些"不合理"正是"绿色坟墓"暴露出来的重要特征。在那架坠毁的蚊式特种运输机中,"绿色坟墓"为什么要通过录音带来威胁探险队的幸存者引爆地震炸弹?裂谷崩塌后,它又不顾暴露身份的危险,利用灯光通信把众人引入黄金蜘蛛城,直至安装反步兵雷,以此要挟司马灰替它开启封闭了千年的密室。

这些情况充分说明"绿色坟墓"的能力非常有限,就连攀上陡峭的古塔都难办到，最多也就是使用信号灯、录音机以及偷着启动炸弹引信，所以它只能隐藏自己的身份和真实面目。这些秘密一旦被人知晓，也就相当于暴露出了死穴。

司马灰又说："可是这些秘密都被藏匿得太深了，咱们陷在地槽底层的溶洞迷宫里，没有任何新的线索，很难找出什么结果，所以现在必须想些措施辨明方向，再设法进入罗布泊望远镜。我估计老宋说得确实没错，地底极渊中肯定隐藏着有关'绿色坟墓'一切谜团的全部答案，否则也不会有特务前来袭击，咱们在途中还要多加留意，一是提防遭到暗算，二是要尽量生擒敌特，也许还能从他嘴里得到什么情报。"

罗大舌头感叹道："要是老宋这秃脑门子没出意外就好了，我觉得他好像什么都知道。我记得阿脆说过红霉素是药里的王，什么病都能治，咱不是还有吗？赶紧给他吃两瓶下去，说不定他能就此还了阳……"

三人商议未定，忽听宋地球发出一阵猛烈的咳嗽，竟从深度昏迷中苏醒了过来，但仍旧非常虚弱。他看看左右不禁有些茫然："咱们这是到哪儿了？"司马灰三人见他醒转，都立刻围拢上前，胜香邻把事情简略说了一遍。

宋地球听罢更觉头疼欲裂，他让罗大舌头扶着自己半坐起身，吃力地说："真没想到会出现这种情况，这也是我对事态估计不足……"

司马灰劝道："你身上的伤还没好，别太耗神了，再多休息一会儿。"

宋地球艰难地摇了摇头："我自己的身体我自己清楚，恐怕剩不下多少时间了。如果从哲学角度来看，生下来是种偶然，那死亡就是一个必然。我都这把岁数了，活到今天才'必然'也没什么，所以你们不用替我难过，可有些事我必须告诉你们。苏联人挖掘的罗布泊望远镜，直通往地表之下一万多米……"

司马灰见宋地球的神志似乎并不十分清醒，口中来来去去仍是以前那些话，就问道："老宋，这些事你早就讲过了，你知不知道'绿色坟墓'

到底是什么人?"

宋地球听到最后这句话,猛然惊出一身冷汗。他似是想起了什么极其可怕的事情,昏昏沉沉的意识顿时清醒了几分:"不是……'绿色坟墓'不是任何人。"

第六章 龙　印

司马灰听得甚是不解："'绿色坟墓'怎会不是任何人？它即便真是幽灵，死前也该有个身份才对。"又寻思：我已经习惯将这个地下组织的首脑称为"绿色坟墓"，或许该问宋地球地下组织的首脑是谁。

宋地球却示意三人不要提问，他想趁着头脑清醒抓紧时间告诉他们一些情况，就断断续续地说道："我现在所讲的一切内容，你们不要转述，也不能记录，因为这些信息很危险，如果泄露出去后果不堪设想。'绿色坟墓'并不是某个人，也不是任何生物……"

原来胜天远在法国驻印度支那考古团工作之时，曾收到过一份来自地下组织的委托，是请他带队前往缅甸原始丛林，寻找占婆王朝失落的黄金蜘蛛城。

胜天远当时想得比较简单，认为科学研究没有国界之分，便欣然前往。他以前曾对显赫辉煌的占婆王朝进行过深入研究，此次再到缅甸考察后，逐渐发现黄金蜘蛛城的前身，也就是被代称为"泥盆纪遗物"的岩山，蕴含着远比占婆王朝更为古老的秘密。

占婆王阿奴迦耶是在一千年前找到这座地底遗迹的，然而缅北裂谷中的泥盆纪遗物早在两千年前就已有人类存在，这座岩山应该就是先秦地理古籍中所载的"地穷宫"，穷者尽也，宫为窟宅，意指位于地下最深处的洞窟。前史称缅甸一带为"灭火国"，灭火氏目如烛炬、动如蛇、形似鬼、穿黑水、居地穷、不识火性，又载"地穷中有积石，积石下为大海"，后世所能找到的相关记载，仅有这短短的几十个字。

胜天远无意中得知，这个地下组织的真正目标并不是占婆王堆积如山的财宝，而是要解读地宫密室中的神秘符号。灭火国地宫中的古老符号来自中原地区的黄河流域，与殷商时期的甲骨文并行，据推测至少产生于夏、商、周上古三代中的夏代，甚至还要更早。因此，考古学者将其命名为"夏朝龙印"，龙是指这些异形符号近似"兽鸟龟龙、阴阳飞伏"，印则是指印记、标志、符号。夏朝龙印存世极其稀少，而且其文玄远，通达幽冥，几乎不像是人类的语言，所以到了宋代之后，世上再没出现过它的踪迹，也早已没人懂得其中奥秘。

灭火国应该是从夏朝龙印古文明中延伸出来的一脉分支，因海浸导致消亡，其真实来历已无从考证。但在灭火国地宫密室中刻满的"龙印"符号里，却记载着一个关于"地底通道"的秘密：通道尽头是人类永远不可能抵达的区域，或者说它并不属于这个世界。

出资雇用探险队和考古专家寻找黄金蜘蛛城的地下组织，计划接收占婆王古城中封存了千年的"幽灵电波"，并从中取得那个未知区域的坐标以及进入通道的途径，古人认为此区域是"死者之国"。也不知基于什么原因，这个地下组织始终将其称为"绿色坟墓"，并把这个阴森恐怖的名称作为组织代号。

由于胜天远并未真正接触过黄金蜘蛛城，所以他并不清楚"绿色坟墓"的真相，其实就算他此刻亲自站在古城密室里，面对满壁神秘的夏朝龙印也终究无能为力。只是他和法国驻印度支那考古队的同事们都察觉到了这个地下组织邪恶的一面，幕后又有西方冷战势力作为背景，想必那些不可告人的秘密背后肯定有许多更为黑暗的东西存在。

当时有一组考察队员，计划在条件尚未成熟的情况下冒死进入野人山大裂谷，毁掉泥盆纪遗物中的夏朝龙印，结果一去不回全都死在了山里。胜天远则摆脱了地下组织的控制，寻机返回了祖国。

司马灰听到这里恍然醒悟，当初在盲谷中使用战术无线电，收听到考察队员的亡灵"借声还魂"。那些死者正是胜天远印度支那考古团的同事，而"绿色坟墓"是代指一个存在于地心附近的未知区域，它的具体位置和通道都以夏朝龙印记载在灭火国的地宫密室中，这些事情与罗布泊望远镜有什么联系？地下组织的首脑又究竟是谁？

宋地球感觉头疼更加剧烈，脑袋里一阵阵地发空，有时候一句话要反复讲几遍才能说清，有时候张开嘴又忽然忘了自己想要说什么，他知道这可能是脑震荡引起的后果，清醒的意识维持不了多久，就继续拣紧要内容告诉三人。

"绿色坟墓"的首脑藏匿太深，其身份和背景从来没人知道，胜天远也始终找不到任何头绪。他回国后着手考证夏朝龙印的来历也没有任何结果，便逐渐将视线投向了大漠戈壁之下的极渊，他认为极渊就是所谓的"通道"。

胜天远带领考察队三赴大漠，终于在罗布泊找到了深渊般的原生洞窟，哪知苏联人也得到了一些情报，主动提出协助中国实施罗布泊望远镜探测行动。在1958年中苏联合考察队意外失踪之后，苏联专家团迅速撤离，发掘探测工作也从此被搁浅，再也无人提及。而在这一过程中，也破获过一些境外敌对势力安插谍报分子的案子，其中就包括"绿色坟墓"这个地下组织的情报人员，甚至有人怀疑中苏联合考察队内部也混入了特务，才导致行动失败。

胜天远更由此觉察到，"绿色坟墓"这个神秘的组织与罗布泊极渊有重大关联，否则不会竭力掩盖这些事实。他自己也曾多次遭到暗杀，1963年搭乘伊尔-12空军运输机遭遇航空事故之后，又在医院中被特务下了慢药，终于不治而亡。他将在缅甸丛林及新疆荒漠中所有的考察发现以及据此产生的所有推测，都暗地里以加密方式写在了笔记中，其中的内容外人看不出任何异常，只有他的至交宋地球能完全读懂。

宋地球知道这些事情关系重大，有许多情况不能对外公开，就当着刘坏水的面看过之后加以焚毁。此事宋地球从来不敢声张,"文革"开始后,他又被下放到农村参加劳动,这十年中倒一直没出意外。他以为肃反中早把"绿色坟墓"的潜伏分子全部逮捕了,没想到这次来到罗布荒漠万里寻藏,还未知得失如何却接连受了几番惊恐,而且又遇到了该组织派遣的特务,平白牺牲了钻探分队几十个同志,使本来就要面对的危险和困难成倍增加。

宋地球视胜香邻如同亲生女儿,为了保护她的安全从未对她提起过笔记中的任何内容,但也承诺过将来会告诉她胜天远的真实死因。宋地球说到这里脑中思绪已经开始混乱,他还想说苏联人在极渊下发现了什么,又为什么会在撤离时炸毁洞道,可他的意识渐渐模糊,说出来的话大多词不达意,谁也听不明白他究竟想要表达些什么。

胜香邻听说父亲也是被"绿色坟墓"害死,又见一贯睿智的宋地球突然变得思维混乱,往常很有主见的她,当此情形也没了主意。

司马灰和罗大舌头二人也深觉无奈,眼下还有个十分紧要的问题,"绿色坟墓"的首脑如果掌握着极渊里的秘密,又何必费尽周折潜入缅甸丛林中的占婆古城?罗布泊望远镜究竟是不是真正的通道?"绿色坟墓"的首脑是否已经穿过通道抵达了深渊内部?但他们此刻更为宋地球的状况感到担忧,最后还是司马灰比较果断:"现在身陷困境,溶洞中路径迷失,水粮短缺,暗处潜伏着特务,我看这地方过于空旷,好像并不怎么安全,大伙儿再累也得继续撑着,等出了这片迷路错综的溶洞再说。"

这时,在附近执哨的通信班长刘江河突然跑了回来,气喘吁吁地对罗大舌头说:"大哥,这洞子里有白蛇!"

罗大舌头说:"小刘,你也是部队上的人,别总喊什么大哥、二哥的,这属于山头作风、游击习气,以后称领导或首长就行了,本首长在缅甸跟老手练过,专会捕蛇,再说那白蛇出来顶多变个骚娘们儿,你怕它个球?"

司马灰心想：现在至少位于地底四五千米，这里似乎有气流经过，环境潮湿阴冷，氧气含量也不算低，所以溶洞暗河里生存着白化的鼹鼠和蛇。它们完全可以适应黑暗或地压带来的影响，丝毫不足为奇，犯得着这么慌里慌张的吗？

但很快司马灰就知道通信班长为什么惊慌失措了，先见几条白色的长虫蜿蜒游动，从众人脚边经过，都有手臂粗细，遍体白鳞，两眼猩红，然后就听窸窸窣窣之声由远而近，又急又密，漆黑的溶洞中惊风四起。司马灰暗道不好："是蛇群！"他连忙抓起步枪和背包，抽出两根火把来，分别扔给胜香邻和刘江河，三人凑在火头上点燃了。罗大舌头则背起宋地球，立刻移动到石幔低垂的岩壁下。

众人本以为是蛇群围了上来，就想寻找依托进行抵御，可随即发觉不对，蛇群中更混杂着无数鼹鼠。这些鼹鼠也是通体白化，体形大如握拳，完全没有视觉，此刻疯了似的你拥我挤，也不知有几千几万，都如决堤潮水般狂命奔逃。

众人见了这情形也是且惊且异，在看似寂静的溶洞里竟隐藏着这么多白化生物，实在想象不出它们为什么会像末日来临般向着同一个方向逃窜，是不是要出什么大事了？可眼下置身于绝对黑暗之中，光照所及仅三五米，根本看不到远处的情况。这使人感觉更加不安，心脏都跟着悬了起来。

司马灰见黑暗中不是理会处，便取出一束八蓬伞迎风晃亮了，用底部暗藏的绷簧向前弹射，火伞经空掠过，撞到一片石幔上缓缓落下，照得溶洞深处一片明亮，众人这下瞧得清楚了，身上不由得一阵悚栗——这地底的石壁在移动，是吞噬一切生命的死亡之墙。

第七章　到不了尽头的河

地下生物的感应系统远比人类敏锐，栖息在溶洞里的蛇鼠全都预感到大难临头，拼着命向外逃窜。众人却还不知将要发生什么变故，等司马灰抛出八蓬伞，趁着火光亮起就见深远处黑尘如墙。由于光线暗淡，距离又远，只感觉到好像是无穷无尽的滚滚黑灰，质量厚重深沉，比寻常的烟雾要浓出许多倍，密度极大，仿佛是堵正在移动的墙壁，内部夹杂着电闪雷鸣，向众人所在之处迅速席卷而来。

落在地上的八蓬伞还在燃烧，可被那些有形有质的黑灰一触，火光便立即被黑暗吞噬，凡是落入其中的生物也都无声无息地消失了，仿佛只一瞬间就分解在了黑暗中。

众人都看得毛骨悚然，这些凝聚如墙的黑色尘埃带有强烈的磁性和风压，还没接近就已开始令人脑中嗡鸣。地底的衰变物质以及碳酸瓦斯气体，对探险队是最大的威胁，可那些气态物质大多在封闭区域内郁积不动，也绝不会形成雷暴。古人将其称为"死亡之墙"，现在的人们可能也找不到更恰当的称呼，因为这些黑暗物质完全超出了以往认知范畴的存在。

司马灰身具相物古术，看这情形立即想起一种旧说。相传地底有"黑灰"，是天地间大劫所留，至于什么是"大劫"，大致是毁天灭地的某类自然灾害，具体情况就不得而知了，更不知道为什么会突然出现在溶洞里，但接触到了肯定没命。他当即推了其余几人一把："赶紧跑！"

其实不用司马灰提醒，众人也知道再不跑就完了，尤其是罗大舌头，遇上这种事溜起来比兔子还快。他背着宋地球甩开大步就逃，这时也不顾高低只是往宽阔的溶洞里跑。

胜香邻察觉到方向不对，后方是硅化平台崩落的深涧，根本无路可走。

司马灰一想不错，耳听身后闷雷声滚动，也无暇再去分辨方向，看鼠群都往斜刺里逃去，就让众人也跟着走，但在高低错落的洞窟内，终归不如鼠类移动得快，沿途跌跌撞撞脚下渐觉沉重，胸口都像压了块大石头般呼吸艰难，行动速度越来越慢。

司马灰发现通信班长刘江河除了背包之外，还带着那部损坏的"光学无线电"，死也不肯扔掉，这时已经开始跟不上队伍了。

司马灰心中起急："都什么时候了，你还带着这个累赘？"他正想让刘江河抛下电台，溶洞地面忽然变得陡峭，众人也不及再另外寻觅路径，就将心一横直接溜下倾斜的岩壁。

淌过溶洞迷宫的水流，渗透溶解了松软的岩石，刻凿出一条条向下的隧道和洞穴，水从洞穴中流过，在亿万年的漫长岁月中沉积下矿物质，逐渐形成了各种千奇百怪的地形。这斜坡上密布着许多圆形凸出物，大大小小形同珍珠壁，在水流的反复冲刷下给沙粒外部裹上了一层溶解碳酸钙，越积越大，形成了光泽圆润的表面，极其湿滑。

那一阵阵沉闷的滚雷声，虽已被远远甩在了身后，但司马灰等人发现这斜坡太深，奈何岩壁上滑不溜手，想停也停不下来了，只能顺着凹凸不平的珍珠岩壁不断滑向溶洞底层区域，完全预计不到下边会是什么地形。以这么快的速度溜下去，一旦撞上石笋石柱，就算不被戳个对穿，也难免撞得折筋断骨。

正当提心吊胆、吉凶未卜之际，忽听地底有哗哗流动的水声，原来这片珍珠岩石壁直接延伸到一条很深的地下河谷，司马灰等人扑到沙岸上就势停住，各人身上难免都有瘀痕和擦伤，也完全不知道现在置身于什么区域。

司马灰拿出最后一根火把点燃了举在手中，众人借着光亮向四周探察，就见这河谷中都是金沙岩层，被火焰一照显得熠熠生辉。暗河中漂着大量蜉蝣和蚰蜒，水面上黑沉沉的都是漩涡，看来湍急的潜流都在下面，很难分辨暗河是向哪个方向流淌，而远处还有一团团鬼火闪烁不定。

罗大舌头看了看宋地球的情况，就对司马灰说："老头子从这么高的地方滑下来，屁股都快磨平了，我看这地方依托着暗河，能进能退，可得让他好好歇一阵子了。"

司马灰仍不敢放松戒备，这地底暗河可能自从混沌初分那天起就没有任何人进来过，天知道这里有些什么。他告诉众人："一定有生物尸体腐化消解才会产生磷光。这附近出现这么多鬼火，绝不会太平无事，等我先过去看清楚了再说。"

胜香邻也有不祥之感："我听到高处好像有些奇怪的声音……"

司马灰点了点头，让其余几人保持警惕，节约能源，尽量减少使用矿灯，谁都不准离开火把的照明范围。他又重新检查了一下步枪，所幸枪支并无损坏，就带头走向鬼火闪烁的区域。

众人还未行至一半，就先嗅到一阵腐臭，不得不用毛巾蒙住口鼻，黑暗中不时有阵阵阴风倏然掠过，像是有什么东西快速飞过，冲得火把忽明忽暗。再往前走，地面上到处都是碎石和硅化岩壳，原来从高处崩落的平台，也都坠落在了这条河谷里，唯独那尊羊首蛇身的棺椁完好无损，只是椁盖已没了，棺椁洞开，直接就能看见里面的尸骨。

司马灰觉得奇怪，他凑到近处看了看才发现椁壁间凿有风孔，下坠的时候减缓了速度和撞击，古楼兰人有先见之明，知道黑门古墓总有荒毁之时，如果有土贼妄图惊扰先王的安眠，棺椁就会沉入"寒山之底、阴泉之下"，而开棺的土贼也会一同落入深渊，成为活生生的殉葬品。

众人皆是好奇，都想看看两千年前的楼兰古尸究竟是何模样，要是按照"非必要不接触"原则，他们完全没有机会看到棺椁内部的情形，现在是潜伏的敌特破坏了墓穴结构，才使棺中的楼兰先王暴尸于此，这笔账怎么说都应该算在对方头上。

但众人凑到椁前看了一眼，却无不讶异，就见这尊羊首蛇身的巨椁内部并没有任何尸骨，散落在里边的尽是些异方珍物，那如人之玉、似龙之锦，连司马灰都叫不上名目，另有十余个腥腐的球状物体，表面疙疙瘩瘩，像是风化了的内脏。

司马灰看得直皱眉："这都是枯化的人脑！"

其余几人闻言无不心惊："怎么只剩下风化的死人大脑了？尸骨都到哪儿去了？再说这棺材虽大，也容不下十几具古尸同棺而葬……"

宋地球骤然见到棺椁，出于多年职业习惯形成的反射条件竟自清醒了许多，他的老花镜早就丢了，但一摸那椁顶的异形羊首和铭文，又听司马灰说什么"人脑"，突然开口道："这是安归摩拿的棺椁，谁给打开的？谁又说这是枯化的死人大脑？简直是信口开河，按史书上的记载，很有可能是马脑。"

司马灰听宋地球说这是马脑，稍微一怔，也就立时醒悟过来，西域古国中相物憋宝的方术众多，善于鉴别者可以通过马匹鸣啸声来辨认马脑颜色。据说脑色如鲜血的马能日行万里，腾飞虚空，堪称神骏；脑体暗黄之马日行千里，嘶鸣声可达数百里之外。这两种可称宝马良驹，其余颜色多不成器，成器也拙。等马匹死后抠出脑髓视其颜色，基本上都与憋宝术士先前的判断吻合，所以西域贵胄下葬时，常将千里马枯化的脑子放在棺中陪葬，显得极为珍视，有其物而无其价。安归的棺椁里就装有"宝马枯脑"，但古尸却已不知去向。

胜香邻见宋地球又清醒过来，终于转忧为喜，就想问问他地槽深处的情况，这距离地面几千米的洞窟内部，除了地压异常，多重地貌复合也属罕见，更有黑灰般的高密度尘埃，这都是怎么形成的？可忽觉面颊上一凉,似乎有水珠从高处滴落在脸上,她伸手擦拭却发现是黏稠如墨的腐液。

司马灰也在火光下看得清清楚楚,又感到高处涌出一阵浓烈的血腥气息,并混有尸体的腐臭,显然不是地底岩层漏水,而是有"尸血"落下。借着周围闪动的微弱鬼火,可以察觉到无数黑影在头顶高速盘旋,司马灰知道"枯马脑"能燃百尺,眼下情况紧急,他也不管宋地球阻拦,抓起一块用绳子缚住,点燃了抛上高空,就见一团火球般的明焰暴涨。火光中有难以计数的白蝙蝠,密密麻麻地蔽空飞舞,有些翼展开过米形似骷髅。它们聚集成群,几乎卷成了一个巨大的白色旋涡,场面之大令人瞠目结舌。

原来坠落的石台压垮了一处蝙蝠洞,整个巢穴的底部和大量腐骸都随之塌陷下沉,栖息在阴冷岩壁上的蝙蝠都被惊起,从洞窟间倾巢出动,在地下河谷钟乳倒垂的石壁底下铺天盖地地盘旋飞行。棺椁中的楼兰古尸早被它们扯成了碎片,由于惧怕火焰高热,才只在周围盘旋,始终不敢接近,等到火把熄灭,就会扑下来掠食。

众人知道火把和棺中几块枯马脑加起来也燃烧不了多久,一旦失去了火把的防御,顷刻间就会被蝙蝠活活啃成一副白骨架子,想到其中惨状,都不由得心寒股栗。

罗大舌头忽生一计:"咱赶紧下河,实在不行潜到水里也能躲躲。"

通信班长刘江河面如土色:"我……我不会水,要不你们逃吧,别管我了。"

胜香邻提醒众人道:"不行,这暗河里潜流湍急,就算是水性再好也会被卷走,那椁中的内棺是古木所制,将它劈碎了多做一些火把,还能再支持一阵儿。"

司马灰心想这倒是个办法,背包里虽有罐装火油,但仅凭油料烧不了多久,就地燃烧起来也无法移动,不如拆了内棺制成火把,只要能在火把耗尽前找到附近的岩洞,就可暂时逃过此劫。

可司马灰刚一回身,就见外椁和内棺中伸出一条血肉模糊的手臂来,随后有个人探出半截身子,周身上下一丝不挂,所有的皮肤都被剥掉了,脑袋上的头皮也没了,面目已不可辨认,眼窝里只剩下一个溜圆的眼球,另一边则成了血窟窿。

第八章　A53军用磁石电话机

他们事先完全没有料到，在外椁和内棺的狭窄夹缝里居然还能藏得住人，都不免惊呼了一声，同时向后退开两步。

司马灰见对方血淋淋的脸上五官都已模糊不全，但看其身形轮廓倒有几分眼熟，应该就是逃入溶洞的工程师田森，心想这人肯定也是遇到了黑暗物质，才被逼进地槽深处的河谷，又因未带火把受到了栖息在地底的大群蝙蝠围攻。

那些白化的蝙蝠体形奇大，按相物方术区分，如常人手掌者为元宝蝠，至于"形似白骨，展开肢翼过米，且能扑人者"，那就不是蝙蝠了，而是"伏骸"。它们在恶劣的生存环境下，逐渐演化出了锋锐的獠牙和前肢，不仅能吸食生物体液，噬髓舔骨，饿急了就连自己的同类都吃，也是以此来控制种群数量。

司马灰看到田森身上的惨状，就知道此人险些被成群结队的"伏骸"啃成白骨，最后拼了命挣扎着躲进椁壁藏身，可普通人被剥掉皮肤疼也早给疼死了，这个人居然还活着。

这些念头只在司马灰脑中一闪，根本来不及去想其中缘由，就见刚才被他抛上半空的枯马脑已坠落在地，藏身在椁壁间的田森则不顾剧烈燃烧的灼热，探出手臂一把抓住了那团火球，空气里顿时弥漫出一股焦臭。

司马灰立刻明白过来，对方是藏身在椁壁间听到了众人要拆开棺材充做火把，就突然抓起燃烧物想一举引燃棺椁，那椁中都是枯马脑和裹尸锦布，极易燃烧。一旦点燃了，顷刻间灰飞烟灭，此刻困在地底河谷中的人，就得有一个算一个全被成千上万的伏骸活活吃掉。

司马灰反应奇快，还不等对方抓住燃烧枯马脑的手臂缩回，便同罗大舌头举起步枪扣下了扳机。俄国造的撞针步枪虽然古旧，精度和射速存在先天性不足，但使用大口径弹药杀伤力同样惊人。两枪都打在了田森手上，子弹击碎掌骨撕开了一个对穿的大窟窿。

田森左掌被步枪打得只剩下两根手指，再也握不住那团燃起火焰的枯马脑，只得缩回身子想要躲回椁壁间的缝隙，但司马灰和罗大舌头早已抢步上前，用力将他从棺椁夹壁中生生拽了出来。

司马灰一脚踏住浑身是血的田森，感觉脚下只是一具没有人皮的尸体，完全没有了呼吸和心跳。他暗觉古怪，正想仔细察看，却见手中火把将要熄灭，忙招呼通信班长刘江河上前劈棺。怎知棺椁内壁都是从地下挖出的万年古木，纹路如画，状如屈龙，质地紧密坚实，情急间竟无法使用猎刀劈开。

这时半空中密密麻麻的伏骸感应到了死尸的血腥气息，便趁着火光暗淡之际，盘旋着压到低空。

司马灰看那棺椁中的枯马脑虽然光焰暴亮，但燃烧时间很短，一个接一个地点起来也维持不了几分钟，就对众人叫道："这船棺能渡暗河，大伙儿快到水面上去。"说着话给田森的尸身上补了一枪，就反身去推那尊羊首蛇身的异形棺椁。

众人合力抬出木质内棺，又将它推入暗河，先把背包步枪扔了上去，随后一个接一个涉水爬上船棺。这具船棺既深且巨，应属合葬之用，坐下五六个人绰绰有余，刚刚在水面上漂浮出一段距离，就被暗河下的潜流卷住，迅速进入了河道中部。

众人倒转了步枪划水，控制着船棺驶向下游，耳听身后的黑暗中传来一阵撕扯扑动的嘈杂之声，知道是田森的尸体已被群蝠撕碎了，而洞窟内飞蝠云集仍不肯甘休，沿着河谷紧紧跟随着不散。

司马灰用矿灯光束向高处一照，就见上方如白雾压顶，不禁暗骂："真他妈是属狗皮膏药的，粘上了就甩不掉。"他只好取出棺底裹尸的碎锦，扯开来缠在火把上不断燃烧，迫使它们不敢过于接近。

地槽下的河谷蜿蜒曲折，由无数个大小不等的洞窟组成，有些地方的水面宽阔得令人咋舌，各种珍贵的矿物在山洞群内部随处可见，仿佛到处都是庞大的天然地下实验室，展现着造物的神奇。

此刻摆脱了"绿色坟墓"的跟踪，始终压在众人心头的一块大石头才算是缓缓移开，可宋地球的状况依旧令人担忧，他身上忽冷忽热，神志恍惚。

通信班长刘江河急得直哭："首长你醒醒，你要出了意外，我可怎么跟营长交代？"

罗大舌头也觉得鼻子有些发酸，低声对司马灰说："老头子怕是要不行了……"

胜香邻听到这句话，生气地说："不许你胡言乱语，宋教授常年从事野外探勘工作，体质一向很好，走路似赶场，步幅阔大，考古队里有许多年轻学员都跟不上他。"

罗大舌头不服道："你们还让不让我活了，怎么我一说话就是胡言乱语，非逼着我咬舌自尽是不是？"

司马灰劝解道："其实大伙儿都是替老头子着急，但这生死之事毕竟不是人力所能左右。此外，我也要提醒各位同志，这地底暗河不断向下，距离地表越来越远，所以咱们根本没有脱离危险，只是从一个凶险的区域进入了另一个更加凶险的区域。"

司马灰让通信班长刘江河检点装备，背包里的电池和化学电石比较充足，干粮所剩无几，有一部损坏的光学无线电，武器除了防身的猎刀之外，还有两支撞针步枪、一支五六式半自动手枪、一支五四式军用手枪、少量弹药、六罐法国火油、一本没人看得懂的憋宝古书，余下就是一些简易的测绘器材和照相机。

司马灰说："这暗河里有大红鱼出没，可以补充一些食物和清水，眼下最大的困难是测定方位，也不知道这地槽底部的暗河究竟通到哪里？"

胜香邻多次执行过探勘测绘任务，她告诉司马灰："现在不难测出方位，暗河流经的方向与地槽走势基本一致，只要方位没错，咱们从河谷中一直下去，就能抵达罗布泊望远镜所在的区域。探险队所面临的最大难题是不清楚它的确切坐标，因为洞道的深度接近一万米，也不是直上直下，没办法在地底确定它的具体位置。"

司马灰认为罗布泊望远镜下就是"极渊"，那个区域是天地之极，亿万年来皆为日月所不照，人类对它的认知几乎等于"零"，只在先秦地理古籍诸如《穆天子传》一类的著作中存有零星记载。但既然有个"渊"字，就一定是有深水的区域，在地底出现的暗河很可能都要淌入极渊，所以，胜天远和宋地球才会把黑门下的"地槽"视为罗布泊望远镜的另一个入口，如果这种推测没有错误，探险队循着水源下去肯定能够抵达目标。

现在使司马灰感到最不放心的还是"绿色坟墓"，因为克拉玛依钻探分队有二十几名成员，他们全被特务引燃气态衰变物质烧死在了地谷中，可死亡人数无法查明，谁都不能保证这支队伍里只潜伏着一名敌特，或许还有别的敌人存在。而且那个工程师田森死得非常蹊跷，司马灰还没将他从椁壁中拽出来的时候，确实感觉到此人仍旧活着，可踏在地上之后却突然气绝身亡，当时情况紧急来不及察看尸首，还要用这具死尸引开大群蝙蝠，只能匆匆忙忙补了一枪。现在寻思起来，田森的尸体虽已不复存在，但也不能断定这名特务从此完全消失了。

其余三人也有同感，毕竟这名特务的行为太过诡异。为了保守组织首脑的秘密，他可以采取一切极端手段，做出一切丧心病狂的行为，接连两次想和众人同归于尽，何况这世界上怎么会有被扭断脖子还能说话的"人"？

司马灰说："这些谜团我一时也想不通，不过我敢肯定，'绿色坟墓'的首脑与田森完全不一样。这田森只是组织里的成员，地位不会太高，长期潜伏在新疆油田负责监视和破坏考察队探测罗布泊望远镜。最近这十年他都没有任何行动，就算在境外受过些特殊训练，手段也早就荒疏了，搞不出多大动静，倒是不足为虑。"

司马灰接着说："我看大伙儿也不必对此产生畏难情绪，因为咱们现在也有咱们的优势，'绿色坟墓'在取得了幽灵电波后，过了一段时间才发觉还有幸存者逃出了黄金蜘蛛城，又有探险队前往罗布泊望远镜。这都是该组织首脑最不愿意看到的事情，但在如此短的时间之内，对方也来不及迅速做出反应，只能就近派遣田森混入钻探分队对探测行动加以破坏，这就是咱们目前的优势所在。所以，咱们必须同仇敌忾，克服一切困难，争取速战速决，尽快找到罗布泊望远镜，揭开'绿色坟墓'的真相，如此就可以彻底铲除掉这个秘密组织，替那些死去的同伴报仇雪恨，否则时间拖得越久，形势也就对咱们越为不利。"

这番话说得众人不住点头，此时棺船在暗河中顺流而下，把矿灯照向宽阔的水面，四周都看不到边际，唯见浊流滚滚，汹涌异常。随着深度增加，周围阴寒刺骨的温度开始出现变化，在半空中成群结队盘旋的伏骸渐渐销声匿迹，想是畏惧地热不敢继续跟随了。

罗大舌头见到处都是一片漆黑，心下不免忐忑，总感觉这条暗河仿佛没有尽头，便不时询问胜香邻方向是否正确。

胜香邻说："地槽是个巨大的'地层陷落带'，虽然分布着多重洞穴体系，但走势应当相同，是条狭窄的地下盆谷，所以整体方向不会出现太大偏差，而且洞窟内温度渐渐增高，也说明咱们已经接近了地幔上层的热对流，现在距离地表至少有八千米左右了。"

司马灰也问道："这地底更深处究竟有些什么，才能维持地压和氧气正常？"

胜香邻轻叹道："其实地压已经超出负荷了，那个田森所说的情况没错，现在所有的人都患上了地压综合征，一旦地底出现大的波动造成失压，体内的血液都会像滚水般沸腾起来。"

司马灰不太清楚血液怎么会变成滚开的沸水，但他知道那将必死无疑。他寻思这事发愁也没用，如果所有进入地底的人员都会突然死亡，那"绿色坟墓"也就不必派遣特务破坏探勘行动了，想来那接近地心的无底深渊中必定存有生机。这时他发觉身边水花翻滚，按下矿灯来照视，就见河中正有大鱼群经过，都是些阴冷水域的鲑鱼，阔口尖吻，习性凶猛，要比暗河里普通的盲鱼大出数倍，此刻游出冷水洞窟，是为了到这片暗河中觅食。

罗大舌头擅能捕蛇拿鱼，他见有鱼群从身边经过，就用猎刀搠翻两条，刮去鳞片分与众人吃了。这暗河中的淡水鱼类脂厚多汁，适应了腥气之后便会觉得味道甘甜，并非难以下咽。

众人想给宋地球吃些鱼肉，但他牙关紧闭连滴水也灌不下去，眼看着呼吸微弱，随时都会死去。

司马灰觉得宋地球可能是失血过多，性命即将不保。他眼下束手无策，就割开自己的手腕，将热血灌入宋地球口中。罗大舌头和刘江河见状先是微微一怔，随后也不多说什么，默默挽起了袖管在旁边等着接替司马灰。

胜香邻以前总认为司马灰和罗大舌头都是无法无天的人，从十五六岁开始跑去缅甸打仗，参加游击队颠覆政府，年纪轻轻就杀人如麻，说不定还强奸妇女、火烧民宅，反正什么伤天害理的坏事都干得出来，练出了一副铁石心肠，看谁死在面前都不在乎，而且出言轻薄，既能粗言俗语，又能上纲上线，专好逞口舌之快，使人不敢与之对言，所以对他们并无太多好感。但此刻见司马灰竟毫不犹豫地割开手腕血脉，眼也不眨地给宋地球灌血，不觉十分动容，心中更是感激。

其实司马灰也知道这种土方子毕竟替代不了输血，可情急之下实是无法可想。不过活人鲜血可以吊命也是不假，宋地球感到有股滚热的咸腥涌入喉咙，"嗯"了一声缓缓睁开双眼，他此刻回光返照，往事历历都在眼前。

司马灰见宋地球再次醒转，悬着的心才又落回原位。他正让刘江河帮自己扎住腕上的刀伤，却发现宋地球双目无神，对矿灯的光线一点儿反应都没有，惊问："老宋，你的眼……"

宋地球听到司马灰的声音就抬手抓住他的臂膀，叹息道："完了，什么也看不见了。你记着，我要是死了，就把我的尸体焚化了留在地底，好让我图个清静，我这辈子也没什么牵挂，唯一放心不下的就是你们几个……"他说到这儿停了一停，忽然问道，"对了，我……我跟你们说过电话机没有？"

司马灰等人不解其意："哪有什么电话机？"

宋地球急道："我竟把这么重要的事情给忘了，都怪我事先对危险估计得不够充分，又因为要遵循保密制度，想穿过地槽后才告诉你们，电话机……要先找到一部'A53携带型军用磁石电话机'，你们摇通它……就能进入罗布泊望远镜了，但是接通之后不管电话里的人说什么，都绝对不要相信……"

司马灰更加感到奇怪了，这地底下怎么会有一部"A53型军用磁石电话机"？是不是苏联人留下的？为什么说那部电话是罗布泊望远镜的入口？还没等他再问，宋地球的手就颓然垂落，心脏也从此停止了跳动。

苏联制造

/第四卷/

第一章 煤炭的森林

众人在水面上找到一块凸起的岩石,就按照宋地球死前的交代,用火油将尸体焚化。那块岩石峭立水中,火势一起旁边就站不住人,他们只好搭乘船棺离开。

四人回望那团熊熊燃烧的烈焰逐渐消失在了身后的黑暗中,不禁心如刀割,空落落地怅然若失。通信班长刘江河与测绘员胜香邻都悄然落下泪来,罗大舌头则唉声叹气:"完了,老头子也没了。"

司马灰在缅甸山区作战多年,早已见惯了生死,但他和其余三人背景相似,身边都没什么亲人,宋地球对他们来说,既是师长、领导,也像家中的父辈。今天先是得知阿脆和玉飞燕在境外遇难,现在又眼睁睁看着宋地球死在面前,这接二连三的沉重打击让他感到难以承受,各种混乱的念头在脑中纷至沓来,身心都已疲惫到了极限,竟自伏在棺材板上沉睡了过去。

恍恍惚惚中,司马灰仿佛又回到了闷热漆黑的缅甸丛林,夏铁东和Karaweik等人都还活着,不知为什么,宋地球和玉飞燕、穆营长也在队伍中。战斗间隙的时候,众人都围拢在一起休息,谁都没有开口说话,四周鸦雀无声。司马灰却觉得心中格外安稳,盼望这一刻过得越长久越好,又隐隐担心隆隆炮声一起,部队就要上战场了。一场恶战下来,也不知这些人还能剩下几个。

这时夏铁东等人忽然起身，匆匆忙忙地整队出发。司马灰心知是有紧急任务，也想跟队伍行动，可人挨着人都站满了，硬是没他的地方。司马灰心中起急，拽住 Karaweik 说："你个小贼秃毛都没长全，跟着去捣什么乱，快给老子腾个地方。"夏铁东却按住司马灰的手臂："这次你不能去。"

当年夏铁东从北京回到湖南，曾在军区的子弟学校宣传当前形势，召集众人参加大串联。司马灰和罗大舌头骑在墙头听了半天，甚服其雄才大略，甘愿追随在后，所以后来才肯同来缅北参加缅共人民军，想不到此时却被他拦下。司马灰不禁怒道："这些年出生入死，我几时落于人后？你为什么不让我去？"夏铁东黯然道："因为我们这次要去的地方太远，你去了就不能再回来了。"

司马灰没听明白，正想追问究竟，队伍却已开拔。他想伸手拽住夏铁东，却又使不出一点儿力气，只觉周围的环境更加闷热压抑，几乎透不过气来。看着一个个熟悉的面孔渐行渐远，心中失落绝望之情更是难以自抑，热泪止不住夺眶而出。

此时队伍末尾有个女子回身站住，紧紧握住了司马灰的手。抬头一看好像是玉飞燕。他有些莫名其妙："打头的，你们山林队老少团不都是盗墓的晦子吗？怎么也入伙参加世界革命了？你们究竟要去什么地方？"玉飞燕忽然流下两行泪来，低声对司马灰说："你现在的处境很危险，'绿色坟墓'……就躲在你的身边！"

司马灰听到"绿色坟墓"四个字顿时惊觉，忽地坐起身来，发觉船棺仍顺着水流漂浮，地幔上升的热流已形成了蒸气般的浓雾，才知是场噩梦，而正握住自己手的女子也不是玉飞燕，而是胜香邻。

胜香邻见司马灰睡得昏昏沉沉，口中所言都是胡话，哭得像个孩子。她担心起来，就上前握住司马灰的手将其唤醒："你发的什么噩梦，怎会哭成这样？"

司马灰像是被魇住了，半晌都没回过魂来。他将梦中所见对众人简略说了一遍，又自顾自道："这是个什么梦？怎么如此真切？是不是那些已经死去的同伴给咱们留下最后的警告？'绿色坟墓'就在这口棺材中？"

胜香邻安慰他说："梦境大多为心念感应所生，你这是伤心过度，精神又始终处于高度紧张状态，才会发了噩梦。何况咱们漂流在地下暗河中，这船棺里总共才有多大的空间，怎么能躲得住人？"

司马灰却不这么认为，他曾听宋地球阐述过噩梦的由来：人在睡觉时有两种状态，一是快速动眼睡眠时相，二是非快速动眼睡眠时相。前者是由于过度的疲惫和压力造成的，双眼在闭合状态中，眼球仍会出现每秒60至70次的快速运动，同时伴有呼吸、脉搏、血压的波动，梦境大多由此产生，此刻脑中各种杂乱的讯号交织在一起，通过潜意识产生自我暗示。比如有些艺术家在梦中突然获得灵感启发，又有些侦查员能在睡梦中想到案件的重要线索，这都是深层思维偶然产生的映射。只不过大多数梦相并不直观，使人难解其意，所以古时那些解梦或征兆感应之说，也都有其形成的基本原理，未必皆属虚妄言论。

司马灰对这些事没有什么深入研究，他只是相信这场噩梦就是一个警告："绿色坟墓"现在就潜伏在棺材里。

罗大舌头也知道"绿色坟墓"阴毒狡诈，不敢稍有懈怠，用步枪把棺材内的死角挨个儿戳了一遍，又告诉胜香邻和刘江河："你们是有所不知，那'绿色坟墓'的首脑就跟幽灵似的，当初在英国蚊式运输机舱内，空间可比现在这口破棺材封闭得多了，可它就躲在我们眼皮子底下，还不是没人能把它揪出来。"

通信班长刘江河提醒罗大舌头说："特务会不会躲在水里？"

罗大舌头道："有理，狗特务嘛，还能不会两下子狗刨儿？"

二人当即用矿灯照向水面，但见暗流汹涌，有无数翻着白肚皮的死鱼浮在水面上，不觉吓了一跳："地热太高了，游到这段暗河里的鱼群也挨不住高温，出现了大量死亡的情况，看来这水底是不会有人了。"

又担心棺船驶向暗河深处地热将会变得更高，这棺木虽然紧密坚固，但搭乘在里边的人却相当于上了蒸锅，非给活活蒸熟了不可。

胜香邻见状对司马灰说："要是'绿色坟墓'躲在这棺材中，它只需凿开棺板，咱们落在暗河里也就没命了，可这一路上并没出现任何动静，或许是你太多心了，现在地幔中的热流上升幅度太快，应该先设法应付这个危机。"

司马灰说："我估计现在潜伏在咱们身边的应该不是'首脑'，而是那个特务田森，当时我没能仔细检查那具没有人皮的尸体，既然无法确定身份，就不能从主观上排除任何意外因素。如今这名敌特分子接连失手，早已成了惊弓之鸟，绝不敢再次贸然行动，因为这棺木质地坚厚，如果不能一举凿穿棺底，声音就会暴露他藏身的位置，他一定是在等待更合适的机会。"

胜香邻说："你分析得不错，只是全凭直觉未免有些草率，也太不符合逻辑，除非那特务真是个幽灵，否则咱们怎么看不见他？"

司马灰说："'绿色坟墓'首脑可能是个幽灵，但田森却是活生生的人，他也不会使什么'隐身灭形'的妖法。他要真有那两下子，恐怕咱们也活不到现在了。我看对方只不过是以一种谁都想不到的方法，悄悄躲在了棺材内部。"

罗大舌头也开始认为是司马灰疑神疑鬼了，明明一切正常，非要安排个假想敌在身边，典型的冷战思维，还嫌大伙儿精神状态不够紧张是怎么着？他对司马灰说："既然是种谁都想不到的法子，那就得把思路拓展到另一个世界才能理解，咱可没那脑子。"

司马灰将矿灯压了下来，在身边仔细照视："我看比起直觉来，还是更应该相信自己的眼睛，你们有没有发现这里多了些什么东西？"

司马灰最终将矿灯照在一个极不起眼的角落中，胜香邻等人顺着光束向棺底看去，就觉周围闷热窒息的空气里顿时透出一股寒意："这是克钻六队的背包，谁将它带过来的？"

司马灰这组人携带的背包都是荒漠地质包，使用土黄色的帆布制成，到现在为止，他们四人身边还剩下三个背包和一部电台，而钻探分队使用的属于探勘作业背包，虽然也用帆布为材料，但制式形状乃至颜色都与地质包截然不同。

众人都还记得，角落中的这个背包曾在工程师田森身上见过，渡涉暗河之际又将身受重伤的宋地球安置于此，恰好挡住了它，而且棺中漆黑一团，没人留意到田森的背包会出现在附近，这时使用矿灯仔细搜索才得以发觉。

司马灰观察这个探勘作业背包，见其容积十分有限，绝对装不下任何人，何况田森的尸体已毁，如今这里边一动不动，究竟装了些什么？

罗大舌头骂声："真他妈见鬼了。"端起步枪就想轰它一个透明窟窿。司马灰按住他说："别开枪，把棺板射穿了谁也别想活。"二人背上步枪就想拔刀去戳，忽觉身下一晃，漂浮在暗河中的船棺已被一股激流推上了半空，他们急忙用手拽住船棺两侧才没被抛落水中，眼前都是沸腾的热流，迫得人睁不开眼。

这地槽下的暗河深处，是地幔热对流上升流强烈活动区域，使暗河两翼的地层大范围抬升，铁水般绚丽的熔岩在河床下喷涌，水火相交不停地产生高温地热，整条暗河都被蒸发在了途中，一股剧烈的上升流卷住棺木，从皱褶岩层密布的地质断裂带向下滑落，四人都从翻倒的船棺中被扔了出来，地面上都是石浆，高温几乎使人难以立足。

司马灰等人回头一看，见身后岩层的斜坡上有几条暗红色的裂缝，心知地幔里都是熔岩，要不是船棺木料阴沉，刚才早就没命了。无边的昏暗与酷热中，也找不到那个无主的背包究竟落到什么地方去了。四人只好竭力向前，行出大约里许，脚下渐觉松动，所踏之处已都是漆黑的煤灰，矿灯所及全是无穷无尽的煤层。

一层层相互叠压交错的"有机生物岩"形同古松偃盖，有些老树高达几十米，都像一条条黑龙似的盘伏下垂，虽已彻底变成煤炭，但树皮、筋脉、叶片都可辨认，只是象征着死亡的漆黑代替了充满生机的浓绿。

罗大舌头连在梦中也没见过这等景象，不由得惊叹道："我的老天爷，这是一座煤炭的森林！"罗布泊矿藏资源虽然丰富，但从未发现有煤炭存在，因为煤炭本是远古植物残骸在地底形成的有机生物岩，整片森林炭化后依然保持原貌，实为罕见罕闻，也推翻了以往既有的地理概念。

胜香邻同样深感吃惊，她确认了方位，告诉司马灰："如果宋教授掌握的资料没有差错，罗布泊望远镜的洞道，应该就在这座煤炭森林里。"

司马灰说："原来地槽暗河的尽头是个大煤壳子，它得有多大体积？要是苏联人挖掘的罗布泊望远镜藏在这里边，恐怕咱们找上一百年也未必找得到它。"

通信班长刘江河说："首长不是指示咱们先找一部电话机吗？"

司马灰挠头道："那种……A53型磁石电话机，你们有谁用过？"

众人都摇了摇头，"A53型磁石电话机"应该是苏联生产的一种野战电话，国内见过这种电话机的人不多。

但司马灰等人对普通的野战电话却很熟悉，所谓的"军用便携式磁石电话机"就是两个饭盒大小的扁长匣子，打开盖子里面装有电话，旁边有个摇杆，摇几圈后就可以利用磁石发电，专门用于点对点之间的直接通话，但必须架线，范围可达二十多公里。以前的战争电影里经常会出现这样一幕：首长们在指挥所看完了地图，让参谋人员摇通电话，首长就一手叉着腰一手拿着电话，一边仰起头做高瞻远瞩状一边向前线指挥员部署任务。"磁石电话"就属于这类通信器材。

司马灰想不明白为什么宋地球最后会如此交代，在这座规模庞大、结构复杂的煤炭森林里寻找一部"A53型磁石电话机"，简直就是天方夜谭。使用重型钻探设备挖掘的罗布泊望远镜，其洞道直径至少应该有几十米甚至上百米，直接寻找这条自上而下的地底洞道可远比搜索一部"电话机"有效得多。再说即便真有这部"A53型磁石电话机",它埋在地下也有许多年头了,谁知道还能不能正常使用,摇通了之后又要和谁说话?

胜香邻却坚持应该按照宋地球的计划,首先是要想办法找到这部"A53型磁石电话机"。现在探险队携带的干粮还够吃一天,而且并未彻底摆脱"绿色坟墓"的跟踪,一旦行动方向出现偏差,很难重新挽回局面。

司马灰心下寻思,宋地球和胜天远虽然从没亲自进入过罗布泊望远镜,但中国也有工程兵部队和专家曾参与了整个行动,所以,他们很可能掌握着一些来自内部的秘密资料。如果宋地球临终前头脑清醒,没有胡言乱语,那么这部"A53型磁石电话机"绝对是关键所在,可苏联人为什么要在地下近万米深的区域安装"磁石电话"?我们又如何在无边无际的煤海中搜索到这部电话机?也许我们现在真的需要一个奇迹才能解决问题。

第二章　偶然因素

这片深广不可测量的庞大煤壳周围热对流活动频繁，不时有熔岩喷涌而出，司马灰等人无法停留过久，立刻钻进了煤炭森林边缘的缝隙，漆黑的煤层隔绝了地底高热，温度又变得阴冷下来。

已彻底化为有机生物岩的古树盘根错节，内部到处都有塌方下陷，最要命的是地层中除了一片漆黑，再没有其他颜色存在，使人的空间感和方向感十分混乱，完全分不清上下左右和东西南北。

司马灰通过罗盘辨别方向，带队在黑暗中摸索着向前走了一阵儿，更觉得煤炭森林规模惊人，凭这支小分队一步步地探测下去，很难有什么结果，就寻了个坚固稳妥的区域，挂上电石灯，让众人稍做休整，啃些干粮，轮流睡上一阵儿。这里遍地都是碎煤，踩上去就会发出响声，如果附近有什么东西接近，就能立刻察觉。

这座煤炭森林内部死一般的寂静，看不见任何生命迹象，司马灰等人虽在睡梦中也睁着一只眼，却没有意外情况发生，只是心中思潮起伏，谁也睡不安稳。

几个小时之后再次动身出发，借助矿灯和罗盘在狭窄的煤壳裂缝中穿梭攀爬，那一株株煤炭化的参天古树在起伏错落中层层延伸，似乎没有穷尽之处。

胜香邻停下来看了看罗盘指针，告诉司马灰："咱们没有标注等深线的精确地图,罗盘也只能提供一个大致的方位,再这么乱找下去可不是办法。"

司马灰点头说:"我也有些转向了,这要是在溶洞里,只看岩层上被水流冲刷过的痕迹就能知道进退方向,但煤层漆黑很难判断地形地势,咱们现在就连原路返回都不可能了。"

罗大舌头说:"那就干等着千百年后,也许煤矿工人钻井时把咱们的尸体挖出去,到时候肯定能混得跟马干堆女尸似的,以煤炭森林男尸的身份登上《人民日报》和《光明日报》头版头条,咱活着没赚上十七级工资,死了也光荣一把。"

通信班长刘江河以为罗大舌头真打算这么干,忙对众人说:"大伙儿已经克服了这么多困难,好不容易才找到煤炭森林,怎么就没办法了?首长不是讲过吗?只要精神不滑坡,办法总比困难多。大哥你们办法那么多,再好好想想,不是说需要个什么迹就能找到磁石电话机吗?那东西什么样?我到前边去仔细找找。"

司马灰道:"奇迹不是个东西,我先前那句话的意思是想说,只有出现奇迹般的偶然因素,咱们才有可能成功,就是指希望非常渺茫。你仔细想想,要在一座煤炭森林里寻找一部电话机,和到茫茫深海里打捞一根细针有什么区别?"

刘江河文化水平不高,还特别认死理:"对了,我想起来了,毛主席曾说过,群众是可以创造奇迹的,咱们工农兵就是人民群众的重要组成部分,为什么不能创造奇迹?咱们现在全力以赴创造一个奇迹,不就能找到'A53型磁石电话机'了吗?"

司马灰正在寻思对策,随口对刘江河解释:"奇迹这种东西分成很多种类,有实质的也有非实质的,实质的奇迹大多能通过动员大量人力物力达成,但还有一种真正的奇迹,是诸多偶然性因素叠加才能出现的。当初在第一次世界大战的时候,有一名法国士兵不甘心沦为炮灰,就开小差逃回了国内。结果被判了绞刑,也就是环首死刑,直至气绝身亡。

行刑的那天,刽子手给他套上绞索准备将这名逃兵吊死,没想到绞索接连断了五六根,始终没办法完成死刑,只好延期执行。还有在'二战'的时候,一名纳粹军官要枪决一名关押在集中营里的犹太人,手中的鲁格枪却突然卡壳了,他又换了另两把枪,仍然出现了机械故障,不得不就此罢休。绞索断裂和鲁格手枪出现故障,都是发生概率极低的意外情况,更何况是在同一时间内连续出现。当时就好像有种无形的神秘力量在保护着这些人。在常量中集中产生出无法解释的变量,进而促成某种不可能的结果出现,这就属于'奇迹',也可以说是'运气'或'因果'。反正咱们现在很需要这种东西,但它从不以人的意志为转移,也绝不是这世界上任何人力能够创造的。"

刘江河在驼队的养父常找人代笔给他来信,说:"你到无线连参军都好几年了,技术没少学,到现在也才是个班长,连干部都不算,怎么就不见你立个功呢?牧区去当兵的几个小子可都立功了,真是把我的肚子都气胀了,你也得给我好好干,为人民服务不能总挂在嘴上说,更要有实际行动,再说你要是不干出点成绩来,今后怎么娶'洋缸子'?"

这些来信的语言混杂,逻辑条理也都不大通顺,可对刘江河的刺激还是不小,他又看穆营长和宋地球先后牺牲,深受触动,憋了股狠劲儿要将任务完成,但他毕竟缺少经验,远不如其余三人沉得住气,一看找不到磁石电话机,就心急火燎恨不得挖地三尺,此时听司马灰说的这些话有理有据,好像水平也不比宋地球低太多,这才稍稍安下心来,觉得司马灰经得多见得广,总能创造出些偶然因素来。

胜香邻也觉奇怪:"司马灰看你那副不学无术的模样,从来说不出什么大套理论,怎么会知道这么多?"

罗大舌头说:"他还不都是听宋地球讲的,可说归说,练归练,咱们现在也指望不上什么偶然因素,想搜寻到那部'A53型磁石电话机'谈何容易,它总不能自己从天上掉下来……"他边说边往前走,一脚踏到一个凸起的事物,踩下去感觉不像煤炭,蹲下来拿矿灯照了照,见是个竖立放置的扁长匣子,上边布满了漆黑的煤灰。罗大舌头扒开灰土,赫然是个铝壳,上面还有白漆印的俄文以及编号,侧面还有一行压印的铭牌,也是俄文。

胜香邻的母亲懂得俄文、法文,五十年代中期曾在学校授课,她受家庭环境影响,俄法两国的语言文字都能认识不少。中苏友好时期司马灰等人也在学校学过一些,可水平远不及胜香邻,此刻有所发现就让她上前辨读。

胜香邻在矿灯下看了看,对司马灰说:"这应该就是那部'A53型磁石电话机'了,压印的标志可能是军工代号。"

司马灰感觉很是意外:"这座煤炭森林规模如此庞大,沟壑裂隙不计其数,咱们在里边钻的脑袋都晕了,它怎么会突然被罗大舌头发现?"

罗大舌头极其不忿地说:"哪次有倒霉事都少不了我,喝口凉水都塞牙,就不能轮到某些偶然因素在我身上出现一回?那法国逃兵和纳粹集中营里关押的犹太人,又能比我罗大舌头强到哪儿去,凭什么我就不能偶然了?"

司马灰仍然觉得情况不对:"与其说是偶然因素,倒不如说是神为你安排的命运,你罗大舌头命中注定要遇到这部'A53型磁石电话机',不管有多少意外情况出现,该发生的就一定会发生,否则这里边就有鬼了,得小心电话机是特务布置的'诡雷'。"

罗大舌头听罢直摇脑袋:"你这种说法未免也太唯心主义了,我不就是运气比各位同志好点吗?"他又问胜香邻:"香邻,你看司马灰是不是在胡说八道,宣扬封建迷信,你相信这世界上会有神存在吗?"

胜香邻仍在注视着煤层中的磁石电话机,听到这句不合时宜的问话,犹豫了一下才答道:"我只能告诉你,苏联人不相信。"

众人还是觉得司马灰推测的第二种结果比较靠谱,当下由罗大舌头施展出偷地雷的手段,小心翼翼地拨开煤屑,从匣子中拿出话筒,却没有任何异常发生,铺设在地下的电话线则是越拽越长,但有些区域已被坍塌下来的煤块埋住，无法顺着电话线向前搜寻，也不知道线路究竟与什么地方相连，而这部磁石电话机的底下，更有凿穿在煤层中的长钎固定。

众人见无异状，就推测这部电话应该不是"诡雷"，均想：宋地球临终前曾嘱咐过，摇通了这部磁石电话，就可以进入罗布泊望远镜，但电话另一端的人无论说什么，都绝对不能相信。现在既然已经找到了磁石电话机，说明宋地球掌握的情报非常准确，可后面的事却又让人难以置信，罗布泊望远镜废弃许多年了，不可能还有任何活人留在地底，这部电话接通后能和什么人通话？苏联人在置于地下万米深的大煤壳子里铺设磁石电话机能有什么意义？除非它根本不是用来跟人类通话。

罗大舌头说："你们也太多心了，因为我罗大舌头天生就不是一般人，所以我出现的地方都充满了偶然因素。你们对此不要感到心理不平衡，十个指头伸出来还不一般长呢，有人群的地方就有左中右嘛！至于磁石电话机能打到什么地方，还得先由我来打一通才知道，毕竟实践才是检验真理的唯一标准……"

罗大舌头一边唾沫星子四溅，一边抓起电话去摇侧面的手柄，不料用力过猛，竟把那有些糟腐的木质手柄摇断了，怎么装也装不回去，急得他额上冒出汗来："脱扣了？这……这纯属偶然……"

司马灰和通信班长刘江河的心里也跟着一寒："糟了，这部电话机就靠着摇柄给磁石供电，此类制式设备一旦损坏了很难维修。"

胜香邻又用矿灯照着看了看电话机下固定的长钎，她若有所悟，对其余三人说："我想咱们能找到磁石电话机并不是偶然因素。煤炭森林中绝不止一部'A53型磁石电话机'，这里至少有成百上千部。"

第三章　深空透视

罗大舌头听说地底还有上千部"A53型磁石电话机",心里终于踏实了不少,抬手抹去额上的冷汗说:"我的娘啊!幸亏不是偶然因素,刚才我真以为我犯下了一个难以挽回的巨大错误,后老悔了,要是把唯一一部磁石电话机给鼓捣坏了,那我罗大舌头可就要变成历史的罪人了。"

司马灰见罗大舌头刚才有些得意忘形,就泼冷水让他冷静些:"你趁早别往自己脸上贴金了,只有伟人才犯得下巨大的错误,你罗大舌头算老几,真是二百斤面蒸个大寿桃,我就没见过你这么大个儿的废物点心,还他娘妄想成为历史的罪人?你往后谦虚一点儿行不行?"他又问胜香邻:"你能肯定苏联人在煤炭森林中,确实铺设了数量众多的'A53型磁石电话机'吗?我听着怎么跟埋地雷似的?"

胜香邻说:"咱们应该到煤壳间的裂缝里仔细搜寻,在地形深陷低洼的区域里,都有可能找到第二部磁石电话机,我现在仅是猜测,等有了结果我再同你们解释原因。"

司马灰点头同意,带着其余三人在附近展开搜索,果然没走出多远就在一株炭树根上发现了线路,寻着电线找过去,很快就在一堆煤屑中找到了第二部"A53型磁石电话机"。

司马灰看事情总算有了眉目,就勉励胜香邻道:"今后好好干,将来我提拔你。"

胜香邻说:"你别冒充革命老干部了,快摇通这部电话,看看能得到什么回应。"

这时通信班长刘江河早已迫不及待地摇通了话机,但听筒里没有任何声音。他唯恐自己手拙,忙问司马灰:"是不是这部电话机也出现故障了?"

司马灰上前检查了一下说:"不会,苏联生产的设备和器材都很耐用,完全是基于核战争之后的适用理念,构造简易坚固,可以确保在最恶劣的环境下正常运转,不应该接连两部都出现故障,可能是另一个点的磁石电话机还未接通,也可能是线路被人故意截断了。"

胜香邻说:"你别胡乱分析了,这部电话底下也有探钎凿入煤层,所以我觉得'A53型磁石电话机'并不是用于通话联络。"

司马灰听得不解:"军用便携式磁石电话机的存在,就是为了指挥所与前线建立直接联络,不能接通电话还要它来做什么?苏联人总不可能吃饱了撑的,在这地下一万多米深的大煤壳里进行架线演习。"

胜香邻提醒众人说:"你们还记不记得罗大海审问工程师田森的时候,曾提出过一个问题:物探分队是做什么的?其实物探就是'物理勘探法',原定协助咱们行动的克拉玛依钻探分队里,配有一个工程师和技术人员组成的物探小组。当时我也感到很奇怪,罗布泊望远镜是深度钻探工程,通过重型钻探设备挖掘原生洞窟,从而窥探各个地层结构的不同物质,直接获取岩芯样本,这种任务完全不需要物探专家参与,但是看到电话线路连接着凿入煤层深处的探钎,我才知道究竟是怎么回事。苏联人很可能在地底布置了无数部'A53型磁石电话机',这是一个规模庞大的物理探矿系统,使用的原理是'地场深空透测法',也简称为'地网',他们一定是想探测煤炭森林最深处的未知区域。"

毕竟隔行如隔山,司马灰与罗大舌头、刘江河三人又都是土包子,对什么地场深空透测法闻所未闻,也根本理解不了,使用磁石电话机也能寻找矿脉？既然罗布泊望远镜已经通到了地底，再继续挖开这座大煤壳子不就是了吗？他们为何还要如此大费周折？

胜香邻知道要探明罗布泊望远镜里的一切谜团，探险队剩下的四名成员就要紧密配合，现在必须让每个人都清楚究竟面临着什么样的状况，只好耐心解释说："我所做的探勘测绘工作，主要是绘制各种以等高等深线标注的地形图，等深线地图大多是根据物探分队提供的'极化率'数据作为参照，所以我懂得一些物探原理。简单来讲，物探中的电磁法就是将探钎和磁罐埋入地下，再由跑极的人员背着线架子把电话线与探钎连接，手摇磁石电话机发电后产生的电流会通过探钎传导入地底，并在地层中产生电磁波。物探分队则利用仪器读取反射出的'极化率'数据，转给测绘员将这些数据绘成图表，以此推测地质结构轮廓以及矿层矿脉的分布情况。"

罗大舌头和刘江河都听得两眼发直，一时半会儿还真搞不清楚，干张着嘴，半句话也接不上来。

司马灰倒是明白了几成，虽然原理根本不懂，但也能知道这些"A53型磁石电话机"，相当于在这座大煤壳子里铺设了一层密密麻麻的"地网"，通过它就可以隔空探测出地底深渊里的详细情况。

胜香邻见只有司马灰的脑子还算开窍，就说："我再做个很直观的比喻，如果说这些'A53型磁石电话机'和它的线路是无数条感应神经，那罗布泊望远镜的洞道底就是个大脑中枢，神经网以它为中心向四周呈放射状分布，透视探矿系统获得的数据都会反馈到罗布泊望远镜里。那里可能会留有一些仪器，甚至还可能存在一部向地底供电的高功率发电机。"

罗大舌头恍然道："你要这么说我就明白了，咱们摸着线路往前找过去，就能找到罗布泊望远镜那个一万多米深的大窟窿了，根本用不着摇通磁石电话机。其实就算摇通了也不会有人接听，可老头子先前嘱咐的那些事又是什么意思？"

胜香邻道："我想宋教授不会无缘无故说那些话，或许罗布泊望远镜里确实存在一部可以摇通的磁石电话机。"

司马灰说："苏联人挖掘的洞道抵达这里之后就停了下来，转为使用什么大地电磁法进行探测，这一定是因为他们觉察到了煤壳下的未知区域十分危险，不敢直接深入，所以我估计下边就是地底极渊。咱们距离真相已经不远了，不用顾虑太多，先找到罗布泊望远镜，然后再做计较。"

众人当即带上背包和步枪，寻着附近铺设的电话线路前行。这座蕴藏于荒漠地底几千米处的煤炭森林，是远古时期沉入地下的茂密植物残骸形成，由于植被生长覆盖于起伏不平的山地，因此沉入地下后也呈波浪状分布，基本上仍保持着古森林的原貌。只不过全部残骸都化为了漆黑的煤炭岩脉，煤炭森林内部的沟谷裂缝又构成了一片洞穴网，地形崎岖无比，塌方的区域间也找不到线路所在，但陷落处埋设的"A53型磁石电话机"数量很多，接连找到几部之后，就能掌握线路的总体走势和分布规律。此时有了具体的参照物作为指引，总算不必再像先前那样没头没脑地乱走了。

可是"A53型磁石电话机"的线路最多可以铺设20000延长米，在这结构复杂的古树煤层间，逐步找过去也不是片刻之功。刚行到途中，忽觉地面有些颤动，震得煤屑纷纷掉落，伴随着阴森的冷风，就听煤层深处有一阵阵沉闷的声音传来，仿佛是栖息在黑暗深渊中的某个古代生物正在移动。

众人听得头皮子都跟着发麻，立刻停住脚步蹲下身来。罗大舌头叫苦道："这好像是要地震了，怎么又他娘的让咱赶上了，最近出现的偶然因素确实太多了。"

司马灰摸出赵老憨留下的发条金表。他先前已按宋地球配戴的手表校过时了，此刻一看时间，竟和在溶洞里遇到黑暗物质的时间完全一样。他到现在也没搞清楚那天地间大劫残留的灰烬究竟是些什么，心中不禁有种莫名的恐慌涌现。

胜香邻对司马灰说:"那些黑雾般的浓重尘埃,可能是由于地压作用产生的特殊现象。它具备一定的周期性,间隔大约四十八小时。要是宋教授还在,他一定能解释其中原因。不过煤炭森林周围存在频繁的上升热对流,黑雾应该不会波及这里,你也不用对此事过于担心。"

司马灰说:"你还记得 1953 年遭遇航空事故的伊尔-12 空军运输机吗?当时机上全部乘员的手表指针,都永远停留在了一个位置,你看看这块怀表现在是几点钟?"

胜香邻看到表盘上的指针也觉心惊肉跳:"12 点 30 分!"

司马灰说:"1953 年那次无法解释的航空事故,以及溶洞中出现的黑色尘埃,还有来历不明的剧烈震动,很可能都与地底极渊里存在的东西有关。比较走运的是现在时间并没有停止,说明咱们所在的区域暂时还算安全……"

通信班长刘江河有些好奇地问:"万一时间停下来不动了,咱们身上会发生什么事?"

司马灰摇了摇头:"那我就不知道了,我希望咱们今后也用不着知道,因为我前一阵子曾问过老宋这件事,他当时的回答就是如此。他还说 1953 年在库姆塔格沙漠出事的空军运输机,多亏是被晴空湍流推离了航线,又有驾驶员丁得根处变不惊迫降成功,否则那架伊尔-12 将会永远消失。"

第四章　中心测站

"时间"大概分成三个部分:"过去"永远静默、"未来"遥不可及、"现在"飞逝而去。司马灰对"时间"的理解,基本符合这一观点。

通信班长刘江河却对此没有半点概念,仍在固执地追问:"空军运输机为什么会在天上永远消失?它去哪儿了?"

司马灰无法解释,只能凭自己过往的经验嘱咐刘江河:"对未知事物存有强烈的好奇心,可不是什么有益身心健康的事,它早晚会把你拖进无法摆脱的危险当中。"

这时,胜香邻提醒司马灰:"地颤和塌方会导致封闭在煤层中的有害气体出现,停留时间久了很不安全。"

司马灰何尝不清楚眼下的处境,于是告诉其余三人:"手中武器务必处于随时都能击发的状态,提防'绿色坟墓'派遣的跟踪者。"说完就用毛巾蒙住了口鼻,顶着不断塌落的煤屑继续往深处走。这一路摸索着在煤炭森林中穿行了许久,四周逐渐恢复了寂静,附近的电话线路则是越来越密集,推测距离地底洞道的距离已经不太远了。

走在前边的通信班长刘江河忽觉脚底踩到一片碎煤上,他身前是个大煤坑倾斜的下坡,当时黑咕隆咚的也没能察觉到,身体失去了重心向下滚去。幸好司马灰眼疾手快,一把将他拽住,再用矿灯向下照视,黑漆漆的也看不到底,但"A53型磁石电话机"的各条线路都已从四面八方延伸向下。

众人找了个相对平缓的区域下到煤坑里,发现四周都有爆炸留下的痕迹,可能当初是用爆破作业的方式,在这座煤炭森林内部炸出了一个巨大的陷坑,坑底都被厚重平整的水泥墙壁填满了,两侧和高处都不见边际。

众人上前用手摸了摸粗糙的墙壁表面,深感其构造简单,坚固耐用,尤其是在煤炭森林这种逼仄压抑的空间内,更充分凸显出使人战栗的冷酷肃穆。

司马灰有些吃惊地说:"这东西就是罗布泊望远镜?我怎么觉得它像是一座楼房,或者说是钢筋水泥结构的碉堡和地底防空壕。"

罗大舌头也纳闷儿:"要说是楼房,它总得有门和窗户才对,这地方八下子不透气,整个就一密封的大水泥罐子呀!"

胜香邻用矿灯在墙体上仔细搜寻,看到存在着接合缝隙,就对司马灰说:"这是一座中心测站,比我想象中的还要庞大许多。它好像完全是用箱梁之类的水泥构件拼接而成,磁石电话机的线路都被连入了这座建筑物,里面应该配有测绘仪器和高功率发电机。"

罗大舌头乱猜道:"这么个大家伙,防核防化都没问题了,苏联老毛子是不是打算在咱这儿搞地下核爆实验啊?"

司马灰说:"不可能,苏联幅员辽阔,荒原冻土没有人烟的地方太多了,想搞实验在什么地方不能搞,非大老远跑这儿来,既费力气又不保密。我觉得应该跟他们的深度钻探计划有关,苏联人是想在这里寻找某些东西。"

罗大舌头颇有同感:"当年我爹在关外的时候,没少见识苏联人和日本人那套东西,东北老百姓们大都知道,小鬼子占了东三省,那仔细劲儿就甭提了,屯荒开田,大大小小什么设施都建,那真是要当日子过了,来了就没想过要回去;而老毛子的一百六十多万苏联红军,在把关东军消灭了之后,别说满州的工业设施,就连小鬼子建的铁道和电线杆子都给拆下来带走了,那是没打算久留,抢完了就撤。前些年苏联老大哥援助中国也是目的性很强,真正先进的设备和技术,人家绝不可能平白无故地交给你!常言道得好啊,教会徒弟饿死师父!我看这话搁在国际关系上也挺恰当,所以这里边一定大有名堂。"

司马灰点了点头,又问胜香邻:"你是科班出身,你觉得它这座什么站里都能有些什么,你给大伙儿分析分析,让咱提前有个心理准备。"

胜香邻说:"我还判断不出内部结构,但利用'A53磁石电话机'的地底探测线路,都会由跑极的架线员把电话打回到这座中心测站,从而得到极化率的反馈数据,以此窥探煤炭森林下面更深层空间的情况。中苏联合考察队一定是得到了极渊里的测绘图之后才由这里出发展开行动的,所以极渊的入口以及各种岩芯样本和设备,应该都在其中。此外还有一件事值得咱们注意,从地底撤出来的苏联专家都安全回到了本土,并没有因为地压综合征致死,也许中心测站里设有减压舱。"

司马灰当即根据胜香邻推测的情况进行部署:"这些设备恐怕都得有电才能运转,所以咱们进去之后,首先探明内部结构,然后要找到发电机想办法恢复地下供电,并彻底搜寻每个角落进行拍照记录,但有一点都给我记清楚了,谁也不许擅自触碰安装在中心测站里的'A53型磁石电话机'。"

众人点头答应,各自摩拳擦掌,着手更换照明工具里的电池、电石。司马灰则去侦察入口,先摸到水泥墙的边角处施展蝎子倒爬城攀了上去。上了二十米到了顶部,用矿灯照不出中心测站的全貌,但在周围摸索了一遍,规模体积着实不小,估计露出来的内部至少分为两层,煤坑下边至少还沉着一层,四周都有风孔透气,常人钻不进去,东侧有道裹着铁皮的密闭闸门,很难以外力开启。

他又看见测站的水泥顶部有道"环形闸",两侧有牵引货梯的大型竖井。巨大的水泥窟窿根本看不到底,上边则是个直径近百米的岩洞,黑洞般无声无息地悬在头顶,料来就是罗布泊望远镜的主体洞道。它并非绝对垂直,而是从罗布泊干旱的湖区倾斜向南延伸至此,大批水泥箱梁和各种机械设备,以前都是经此运到距离地表万米的大煤壳子里,但苏联专家撤离的时候破坏了洞道的内部结构,如今已无法再从洞道返回地面。

司马灰先用矿灯打信号,又垂下长绳让其余三人都攀上中心测站顶壁,合力扳开环形闸,用绳子吊卜电石灯去探测空气质量。那箱梁构筑的狭窄空间内异常沉闷黑暗,简直就是一座巨大的水泥棺材,通信班长刘江河对地底洞窟很不适应,见了这用钢筋水泥浇铸而成的封闭建筑,更是紧张得几近窒息,牙关"咯咯"作响。

罗大舌头危言耸听地说:"我看苏联人很可能在地底下挖出了什么妖怪,黄鼠狼是专咬病鸭子,谁心里发虚谁就要撞鬼,你们哪个要是不敢下去,趁早就留在这儿给大伙儿放哨,别让敌特抄了咱的后路。"

通信班长刘江河更不敢独自行动,忙说:"我就是在这种又窄又闷的地方感到心里发慌,你们可千万别把我一个人留下,我一定努力克服畏难情绪。"

胜香邻从口袋里摸出一块糖,递给刘江河说:"你这种反应并不是畏难情绪,黑暗封闭的空间会使视觉信息大范围衰减,容易造成很大的心理负荷,难免会使人感到紧张不适。吃糖可以起到缓解这种紧张情绪的作用,你也别听罗大海吓唬你,这煤炭森林中连只蜉蝣和白蚁都没有,哪里会有什么妖怪。"

罗大舌头在旁边看得眼馋了,厚着脸皮问道:"这不是'大白兔'吗?香邻你那儿存货还真不少,我上次吃这种糖还是去缅甸之前的事了,至今仍在怀念它那甜得让人心醉的味道,它不仅能够缓解紧张情绪,还能给人类孤独寂寞的灵魂带来莫大安慰。"

胜香邻只好把最后几块糖都分给了罗大舌头和司马灰,众人静候了一阵儿，看到电石灯的火焰仍是白光，断定中心测站内部通风，就顺着铁梯陆续爬了下去，用矿灯四下里一照，见是处在一座箱梁内部的水泥房间里，约有三十平方米见方，将近三米来高，在黑暗中显得十分空洞。

众人所在的位置就是一个应急逃生的紧急出口，没有任何多余的东西，因为向地下供电的高功率发电机，必定架设在建筑的顶层，所以他们并未急于向下，而是到隔壁展开搜索。苏联专家团撤退得非常匆忙，测站内的东西基本上都维持着原状，没有受到任何损坏，也没有挪动一丝一毫。隔壁一间屋子里设有物探仪器，墙壁上还留有"地底测站"内部结构图，各种设施和配置一目了然。

胜香邻取下图纸，指着上面的几个区域告诉众人："这座藏在地底的中心测站，就是罗布泊望远镜的'镜头'了，通过它可以直接窥探极渊内部的情况。这里总共分为三层：上层西侧有贮物仓，东侧配备有功勋型高功率地下供电机，北侧有各种物理探测使用的仪器设备，南侧是个减压舱；最底层应该就是通往极渊的洞道，两翼都有很深的蓄水池，可能是用于供水和冷却钻芯……"

司马灰接过图纸来看了看，觉得有些部分看不明白，就问胜香邻："地底测站的中层区域有什么？"

胜香邻说："所有探点的'A53型磁石电话机'线路都由中层接入上层，但在中层区域的左翼有一个很奇怪的房间，配有双层厚达一米的水泥墙壁，第二层墙壁应该是后来临时加固上去的，连通风孔都没留下，你们看图纸上的标注，这间密室内安装着一部磁石电话机，不知会是个什么设施，也许和宋教授提到的事情有关。"

罗大舌头说："这么厚的加固水泥墙壁还要筑两层，肯定是出于安全原因，莫非苏联人果真在地底挖出了什么妖怪，怕它从里面逃出来？"

司马灰隐隐有些不安，虽已置身于罗布泊望远镜的镜头当中，仍感到一切谜团都难以推想。这深埋地下万米的煤炭森林中存有空气，已经让人觉得无法理解了，现在谁又能想象得出苏联人在极渊中发现了什么，就如英国首相丘吉尔所言："谁也无法预测俄国人的事，因为俄国本身就是一个谜中之谜。"

第五章　与鬼通话

　　苏联国土面积广大，但它远离世界上最主要的三个经济文化体系，所以在世人眼中总显得有些冷酷与遥远。等司马灰进到这座结构复杂的中心测站内部，更觉唯有"神秘莫测"四字才能形容。他也知道苏联人通过罗布泊望远镜窥探到的地心深处的秘密，就是解开"绿色坟墓"全部谜团的关键，越接近这些真相就越危险。

　　罗大舌头对司马灰说："你用不着想得那么复杂。咱也不是没经历过中苏友好时期，那时候处处向苏联学习，比如苏联歌曲、电影、文学作品之类，全都没少接触，我爹在哈尔滨还搂着苏联娘们儿跳过舞呢！那俄国话说得嘀里嘟噜的……"

　　司马灰道："就别提你爹那段腐败堕落的光荣历史了，大伙儿先看看这间大屋子里的仪器设备还能不能用。"说罢带人四处查看，发现各种物探测绘仪器上都是积灰，杂乱的图纸表格摆在地上堆得比人还高。

　　胜香邻从中找出几份主体测绘图拍下照片，其余三人则是一张都看不明白，他们也区别不出哪些图纸有价值，一圈圈密集的等深线和极化率数据看起来非常相似，简直比"天书"还要难懂。

　　司马灰问胜香邻："你能不能从这些鬼画符似的图纸中，看出苏联人在地底发现了什么东西？"

　　胜香邻道："这里只有大量原始极化率数据，需要翻拍成照片带回去，然后用仪器进行分析才能得出结果。"

司马灰略一思索，就说："看来没有能够正常使用的仪器，即使咱们身在罗布泊望远镜内部也等于是睁眼瞎。那就不要理会这些乱七八糟的图纸了，咱得先找些直观线索。"他当下提起电石灯沿途照明，率先走进廊道，从厚重的水泥墙壁下转过去，便是地图上标注的"贮物室"。

罗大舌头和通信班长刘江河上前推开铁门，见里面堆积了几十个木箱，煤炭森林中甚是干燥阴冷，也不存在地底生物，用不着提防虫吃鼠啃，所以并没有常见的防潮剂，木箱体积与农村土炕上摆放的躺柜相似，侧面都印着相同的俄文标志。

罗大舌头刚还自称非常熟悉俄国文学，一看俄文就傻眼了，单独分开来还能识得多半，连起来就一个也不认识了，但见货箱上的标志全然相同，便估计里面装的都是同一种东西。

胜香邻说："这是一段很常见的俄文，意思是——全世界无产阶级，联合起来！顶部是望远镜的缩写，标有不同编号，可能是专供罗布泊望远镜探测计划使用的特殊物资。"

罗大舌头还有些不信，上前撬开一个木箱，果然都是"鲨鱼鳃式防化呼吸器"，可能是苏方提供给联合考察队的，用以应付地底恶劣的环境。

司马灰心想："这东西要是真管用，从测站进入极渊的中苏联合考察队也不会全部失踪了。"但是有备无患，于是让众人都在背包里装上一个，他们都接受过"三防训练"，使用这类装备自是不在话下。

罗大舌头又接连撬开几口木箱，除了少量各类化学药品，其中大多数都是荒漠行军配备的压缩饼干和罐头，以及整整两箱瓶装"伏特加"，甚至还有黑色的奶油巧克力、重嘴 ABPOPA 香烟。

司马灰心说："这回可真发了。"他让众人就地休息十五分钟，先吃些东西，然后尽可能多往背包里装些干粮，食物和水要分开携带。司马灰见通信班长刘江河还背着那部损坏的光学无线电，就命其扔掉，在贮物室内找了个用于携带大块岩芯样本的苫布袋子，都装满了食物背上。

探险队将继续向地底深处进发，通过电磁波与后方取得联络的希望十分渺茫，与其带着这个累赘，还不如多带些干粮，关键时刻全指着它们维持生命了。

通信班长刘江河还有些不情愿："我的任务就是负责无线电通信，要是连电台都没了，我还能做些什么？"但他也明白司马灰所言都是实情，只好依命行事。

司马灰嚼了些压缩饼干，觉得这地底测站中寒意透骨，就同罗大舌头各自打开一瓶伏特加，二人举瓶一碰，按着苏联电影里痛饮烈酒时必说的台词道："达斯特罗维亚！"意思是"为了健康"，随后仰起头来"咕咚咚"灌下两口，但觉一股热辣戳透心肺。

罗大舌头赞道："嗬，要想在冰天雪地的西伯利亚生活，确实离不开这玩意儿。"他说着话把重嘴香烟打开抽出一支来点上，刚深吸了一口，忙吐唾沫，呸道："这苏联烟怎么一股子臭墨水的味道，以我罗大舌头对国际著名烟草品牌的鉴别能力来判断，它比英国的红牌香烟可差远了。"

司马灰也试了试，觉得确实不怎么样，据说苏联领导集团都抽英国的"金磅"香烟，可能他们那边生产的烟草就这质量。不过在五十年代，巧克力和鱼子酱之类也应该属于奢侈品范畴，但瞧瞧人家提供给联合考察队的物资，说明苏联对待知识分子的条件确实优厚。

司马灰让胜香邻也喝了几口烈酒御寒，见通信班长刘江河只就着冷水吃干粮，既不饮酒也不吸烟，说："你也喝点壮壮胆子。"刘江河面露难色："咱部队上有纪律，执行任务的时候不能喝酒。"

司马灰说："天高皇帝远的，哪有什么纪律，如果寒气跑到骨头里去就会落下病根，你将来就算娶上了老婆，也生不了娃。"刘江河架不住撺掇，接过来喝了一口，顿时呛得连声咳嗽，脸红脖子粗。司马灰道："没事，习惯就好了。"说完掐灭了烟头，起身去察看那部"功勋型地下供电机"。

四人关闭了贮物室，来到东侧的供电房，打开矿灯检查这部巨大的机械设备，那一条条通往地底的电缆都有胳膊粗细。

司马灰说："得想办法给这座地底测站恢复供电，要不然减压舱和很多仪器设备都不能正常使用。"

胜香邻问司马灰："你还懂得维修机械设备？"

司马灰说："杀鸡焉用牛刀，当初带我们去缅甸的夏铁东，'文革'之前是军工学院的高才生，罗大舌头曾跟他学过不少技术，汽车坦克都能修。而且这种苏联产的功勋型供电机也是很老的型号了，国内在五十年代初期大量引进，好多工厂现在都还在用，如果故障不严重，他应该能够应付。"

罗大舌头看了看说："这事包我身上了，苏联机械大都是以战时状态为标准进行生产设计的，这家伙老抗造了。"于是找来工具上前捣鼓了一阵儿，功勋型地下供电机就发出巨大的嗡鸣声，设备开始运转了起来，但墙壁上带有护网的照明灯只闪了几闪，又"嘣"的一声同时熄灭，四周再次变得一团漆黑。

罗大舌头无可奈何地对司马灰说："机器设备虽然没有大的故障，但停机十多年，又没经过保养维护，所以满身都是零碎毛病，想让它重新向地底正常供电，至少需要两三个钟头。"司马灰掏出表来看了看时间，问罗大舌头："你有把握吗？"罗大舌头说："你尽管放一百二十个心，我鼓捣不好至少也能保证鼓捣不坏。"

司马灰知道罗大舌头在这儿说的话，你得站八里地以外听去，但恢复地底测站的供电可以为下一步行动提供有利条件，不管是否能够成功，都应该尽力一试。司马灰让其余三人留下来维修供电机，他准备利用这段时间侦察其余两层。

胜香邻说："让通信班长留下帮忙就行了，我跟着你一同下去看看。"

司马灰对中心测站里的各种物探设备并不熟悉，就答应带胜香邻同往，二人稍做整顿，从中央管道的螺旋铁梯直接下到底层，这里的空气更加阴冷，水泥箱梁的墙根都挂着白霜。

司马灰用矿灯照向周围，发现最深处也是个直径近百米的钻井，不过已加了舱盖，两厢都是大得异乎寻常的蓄水池，也深达百米，有台阶可以通到最深处，但里面一滴水也没有，反倒是有三条巨型钢梁横跨头顶。

司马灰识得那是起重用的"天车"，看来地下蓄水池并不是用于积水，而是想通过钻井向上吊起某种重型设备，险状可畏，处处透着诡秘古怪，实在想不出这俩封闭式的大水泥槽子里能装什么。

胜香邻对司马灰说："1958年那支中苏联合考察队，就是通过这座钻井舱门下到更深的区域，然后全部失踪了，咱们应当尽量收集苏联专家留下的情报作为参考，以免重蹈前人覆辙。"

司马灰曾听宋地球讲，极渊其实就是地壳与地幔之间的一个空洞，只有苏联人使用的"深空透视"法，才能探明其内部结构，可进去的考察队还是全军覆没了，也许从测绘仪器上反映出来的信息与里面的实际情况并不一致，最多只能相信一半。他见四周也看不出什么名堂，就同胜香邻回到中层，对照地图上的标注找到了那处双层墙壁的房间，才发现这里有一座双层密封舱，通风口都在地下，并有四个虚掩的保险柜，里面早已是空空如也，大概曾用来存放苏联专家团的重要档案，地面还有许多焚烧图纸留下的痕迹，显然是撤离时匆忙销毁的资料，桌上则是一部连接着白色线路的"A53型磁石电话机"。

这种便携式军用磁石电话机可架设20000延长米的线路，非常适合在地底建立直接联络，似乎是出于保密原因，整个地底测站中，只有这一部白色线路的电话机，其余探测用的磁石电话线皆为黑色，它又出现在保险舱中，其特殊性不言而喻。

司马灰和胜香邻都有些惊诧，这部白色线路的"A53型磁石电话机"多半与宋地球提到的事情有关，中心测站已直通地底极渊，所以极渊应该属于罗布泊望远镜最深层的一部分。宋地球临终前留下最后一段重要信息，是让司马灰等人设法摇通一部"A53型磁石电话机"，这样才能进入罗布泊望远镜，但电话接通后，无论对方说出什么都千万不能相信。可现在完全不清楚这条20000延长米的白色线路究竟会通向什么所在。它显然是为了建立点对点直接通话而设置，可另一个点是地面，还是更深的地底？

胜香邻转头望向司马灰，显然是等他来做决定。

司马灰说："打还是不打？这是个很值得思考的问题。不过要是不将电话机接通，就永远不会知道老宋那些话有什么意义，我看这种磁石电话机应该不是启爆装置，咱也甭瞻前顾后的存有顾虑，说不定它还根本接不出去呢。"

胜香邻同意司马灰的判断，就上前拿起听筒摇动手柄。司马灰看她神色，就知磁石电话机已经接通了。胜香邻刚说："喂……你是……"可一听对方的声音脸色突变，显然是被吓得不轻，额上都渗出了冷汗，立刻放下听筒将通话切断。

司马灰见状忙问："对方是谁？"胜香邻惊魂未定，摇头道："不可能……"

司马灰心念动如闪电，只看胜香邻的反应，也猜了个八九不离十，出现在这部白色线路电话机另一端的是"宋选农"。

第六章　白色线路

司马灰低声问胜香邻："这部磁石电话机接通的是不是宋地球？"

胜香邻心中战栗，勉强点了点头。

司马灰见所料不错又问："说些什么？"

胜香邻道："它只说了名字，后面的话……我没敢再听下去。"

司马灰奇道："你能确定吗？"

胜香邻说："是宋教授的声音，我不会听错。"

司马灰相信以胜香邻的判断能力应该不会听错，正因为宋地球临终前曾叮嘱过："接通电话之后，无论对方说些什么都绝对不要相信。"所以"白色线路"另一端接通的即使是鬼，也绝对不会是宋地球的亡魂，这才是最让胜香邻感到恐怖的地方。

司马灰拿起电话来又摇了几下，想亲耳听听里面的动静，但空响了几声，却已无人接听了，只好放下听筒。他以前接触过神秘的"幽灵电波"，那只是一段存留在磁场内无知无识不断重复的记录。可苏联测站保密舱内的"A53型磁石电话机"，却与磁带般的幽灵电波完全不同。首先感觉不到附近存在磁场；其次宋选农死亡的地点是在暗河中，距离煤炭森林的深处何止二十公里，20000延长米的线路根本铺设不了那么远。

胜香邻定了定神，问司马灰："会不会是跟踪咱们的特务在搞鬼?"

司马灰动念极快,觉得这种可能性并不存在,虽然咱们国家也掌握了一些"苏联探测站"内部结构的情况和资料,但"文革"期间损毁遗失严重,宋教授得到的情报十分有限,他又从未真正进入过罗布泊望远镜,所知所闻必然与事实存在一些偏差,不见得完全准确。

现在仔细推敲宋地球交代的那段话,其中透露出的真实情况应该是:在煤炭森林中找到"A53型磁石电话机",就能摸着线路找到地底测站,但如果接通了某部电话机,千万不能相信从中听到的任何内容。

司马灰继续分析说:"宋教授能够提前知道一些这方面的情报,足以说明早在苏联专家团撤离罗布泊望远镜的时候,这条以白色线路连接的'A53型磁石电话机'就已经出现了异常现象。至于地底测站中究竟出现了什么意外,以及保密舱内白色线路的真正用途,还有苏联专家团为何放弃搜索营救失踪的考察队,匆匆忙忙撤离了罗布泊望远镜,这些情况咱们知之甚少,现在只能确认连接白色线路的'A53型磁石电话机'里有些古怪,除此以外,已无合理解释。"

胜香邻仍感到有些难以置信:"你认为这地底测站中有恶鬼?"

司马灰说:"真实从来都是相对存在,古时候说月蚀是天狗吃月亮,现在的人们则认为是天体运动,或许今后对这种现象还会有更进一步的理解。总之寻常的民宅无人居住,空置的年头多,还不免时有变怪发生,何况苏联测站埋在地底一万米深的区域,所以我对这座大水泥罐子有种很不好的感觉。"

胜香邻点了点头,问司马灰:"咱们该怎么办?"

司马灰道:"怎么办?俄国哲学大师车尔尼雪夫斯基曾在监狱中写下过不朽的伟大名著《怎么办?》,我觉得这三个字简直就是对人生和命运最精辟的概括,因为人们无时无刻不在问自己这个问题,其实唯一的答案就是'相信那些应该相信的东西',要不然还能怎么办呢？"

胜香邻见司马灰沉着如初，心里也镇定了许多："可什么是应该相信的东西？应该相信这里闹鬼吗？"

司马灰说："这座地底测站里有没有鬼我不知道，但我相信曾经活在咱们身边的宋地球，所以咱们首先要查清白色线路究竟接通到什么地方，反正老子现在患有地压综合征，还有一支子弹上膛的步枪，死活就这一条命，就算真闹鬼也没什么好怕的。"

司马灰嘴上如此说，其实心里也在打鼓："但愿这条电话线不是接入测站下的钻井中。有道是'天玄地黄'，玄为高，黄为深，黄就是指地下的黄泉，据说人死了之后都要往那地方去，还有占婆王朝称之为死者之国，都十分近似这个存在于地幔与地壳之间的大空洞。苏联人要真有技术把电话线接到无底黑洞中，那可就完全超出了我们的认知范畴。"

二人商议定了，就借助矿灯在保密舱中寻找线路，意外地在角落中找到了一些尚未烧尽的图纸和照片，甚至还有很厚的一沓"电报记录"，上边都盖有"绝密"的印章，虽有很大一部分都烧煳了，可有些地方还是能够加以辨认。

司马灰眼前一亮，立刻捡起来翻了翻，对胜香邻说："这可能是咱们迄今为止最大的收获。我虽然一个字也看不懂，但这份电报记录肯定十分紧要，想不到这伙儿老毛子也有疏忽的地方。"

胜香邻说："倒不是苏联人疏忽了，这些都是加密的电文，如果没有解码本，拿在手中也是一堆废纸。"

司马灰认为时间就是最大的解密装置，军用密电码最多几年就要换一套，冷战时期更换频率更快，因为一旦泄露出去，就等于毫无机密可言了。五十年代的苏联电报通信密码早已作废不再使用，当时是高度军事机密的内容，现在却已经是许多国家通信部队必须掌握的基本知识。

因为苏军通信密码的设计模式非常先进完善，越南、缅甸等地军方使用的电报通信，至今仍是以五六十年代的苏联武装力量保密通信为基础。无线连通信班长刘江河肯定也学过，等会儿让他瞧瞧，如果电文没使用极其特殊的加密方式，说不定能从中发现一些重要情报。

这时，胜香邻将残存的图纸和档案整理在一起，由于内容复杂，仓促间无法仔细辨读，正准备装在背包里带走，但其中有一份"档案"却忽然引起了她的警觉，档案记录中显示，罗布泊望远镜中，一共出现了两次重大事故：

其中一次是中苏联合考察队二十二名成员全部失踪；另外一次则是在对煤炭森林中部署的"A53型磁石电话机"进行检测时，有一名苏联顾问和三名中方人员遇难，只有一人经抢救后得以幸存。

司马灰说："这恐怕也不算什么机密，考察队失踪的情况咱们早就知道了，而煤炭森林结构复杂，塌方的区域很多，出现一些事故在所难免。"

胜香邻说："可没这么简单……"她指着其中一段记录道，"在煤炭森林事故中的幸存者是物探工程师田森。"

司马灰心头一阵耸动："原来田森早在五十年代中期，就以物探技术人员的身份参加了罗布泊望远镜探测计划。"

胜香邻感到这份档案中好像透露出一个十分重要的情况，可整件事情扑朔迷离，她一时间也难得要领，就将残缺不全的档案和图纸谨慎收起。

二人又在保险舱中继续查看，发现墙壁中的白色线路是经管道连接，通往地底测站的上层，这倒有些出人意料。上层就是"高功率地下供电机房"和"贮物室"，而再向上就是塌毁的洞道，与外界相连的所有电缆和线路都已被切断，那么这部白色线路的"A53型磁石电话机"究竟接入了什么区域？

胜香邻思索片刻对司马灰说:"问题可能出在这座封闭式水泥建筑的高度上,可这里的上中下三层结构并不均衡,中层区域有道通往煤炭森林的铁闸,底层的蓄水槽和天车钢梁都深陷在矿坑之下。从外部用测距仪观察地底测站的高度,露在煤坑外边的部分大约有二十三米,可中上两层的内部空间,连同水泥箱梁的厚度加起来,也不及这段高度的三分之二。"

司马灰立刻明白了胜香邻的推测:"地底测站的中层与上层之间……还有一层隐蔽的区域,也就是这条白色线路接入的区域。"他在从高处下来的时候,已在半路上见到有处关闭的铁门,位置不上不下,而且与这座"保险舱"一样没有在图纸上标明。

司马灰当即就同胜香邻找寻过去,到得门前见铁门并未彻底封闭,但里面就是个箱梁构建的函室,也没有换气通风口,空气多年不曾流通,腐晦的气息格外沉重,显得极为深邃压抑。

二人在门前用矿灯往里探照,见铁架上一层层地陈列着许多岩块,多是奇形怪状。远处则是一团漆黑,这里好像是个放置"岩芯标本"的地方,相当于另一个大型保险舱,设置在地底测站中间,是为了保证内部不通风,它也只有这一个进出口。

司马灰见舱门上没有锁门,不用担心被关在里头,这才放心进去,就见这座保险舱内不仅存放着各个地层的岩芯,更有不少古代生物和植物的化石标本,都是从罗布泊望远镜万米深的洞道内发掘而出。标签上依次标注着标本形成的时间以及所在的地层深度,都还没有来得及装在木箱里运回地面。

司马灰拎着步枪走到最深处,看到尽头是座孤立的舱室,侧面还嵌有透明的观察窗。司马灰心中起疑:"这里边装的什么?难不成真如罗大舌头所言,苏联人从地底下挖出了什么妖怪?"他趴在钢化玻璃上向里看,可矿灯的光束都被吸收了,照进去黑乎乎的看不真切,但他似乎感觉到,那里面的东西此刻也正在看着自己,不由得暗自骇异。

　　胜香邻扯了扯司马灰的衣服问:"你瞧见什么了?"

　　司马灰道:"太暗了,什么也看不清,不过我觉得这里面的东西……好像是活的。"

第七章　为了一个伟大原因做出的伟大牺牲

胜香邻感到好奇，上前看了两眼，也有些莫名其妙的毛骨悚然，黑暗中似乎真有某种可怕的生物。这座存放岩芯和化石样本的库房里，空气从不流通，现在虽然将铁门敞开了许久，但仍会觉得有些呼吸困难，带有观察窗的保险舱周围都裹着钢板，看起来密不透风，它已在这种环境下存放了十六年之久，其中怎么可能存在生物？

司马灰感觉自己刚才看那一眼，险些将魂魄都从躯壳中扯了出去，心中莫名地忐忑不安，但仍想去侧面找到舱门一探究竟。

胜香邻道："你先别逞能，我看这里的记录显示，库房中的所有岩芯标本都是从煤炭森林及洞道中挖掘所获，与地底极渊没什么关系。"

司马灰正想说话，却听保险舱上边有些细微声响。那动静比野鼠爬行也大不了多少，但库房中一片死寂，司马灰甚是敏锐，立时察觉到有些异样。他急忙抬头向上望去，就见有条黑影伏在舱顶。

对方见矿灯光束照来，也迅速反身退开，司马灰和胜香邻只看到舱顶有个模糊的人头，头上没有毛发，鸡鼻子、雷公嘴，一只眼大一只眼小，小眼里透出一点儿凶光，大的眼睛则目光浑浊。这张怪异的脸孔在矿灯前一晃，转瞬间就已没入了黑暗。

司马灰知道在相物古术中，俩眼一个大一个小很是罕见，属于"妖眼"，大的白天好使，小的晚上好使，在黑暗中不用灯烛也能保持正常视力，而且这张脸从没见过。

司马灰有意要擒活口，便将步枪背起，纵身攀着钢板爬上保险舱随后就追。胜香邻是世家儿女，也识得旧时技艺，此刻见司马灰犹如一条无声无息的倒行壁虎，快捷不逊青猿，不禁惊呼一声："倒脱靴！"她担心司马灰有失，也跟着攀上舱顶。

司马灰到上边借着矿灯光看看左右，却已不见了那人的踪影，只有个克钻六队使用的探勘作业背包孤零零地摆在旁边。这时，胜香邻也已随后跟了上来，二人都认得那是田森携带的背包，心中暗觉不祥："田森早在五十年代中期就潜伏于物探分队，在煤炭森林的一次事故中，只有他一人幸存。现在又受'绿色坟墓'派遣破坏探险队的行动，暴露身份之后，先是被罗大舌头扭断了脖子，又在暗河里惨遭分尸。此时他的背包再次出现，说明众人并未彻底摆脱跟踪，可刚才伏在舱顶上的那个人貌似活鬼，分明与田森相去甚远，这个特务多次死而复生，它会是'人类'吗？

司马灰感知附近气息，田森应该就躲在"探勘作业背包"中，而且确实还活着，奇怪的是那背包里根本装不下人。他打个手势让胜香邻不要冒险靠近，然后深吸一口气，探臂膀拽出猎刀，想上前揭开背包看个究竟。

谁知司马灰刚摸到背包，却从里面伸出一条没有人皮的手臂，随后探出一截身子。这回司马灰在矿灯下看得清楚，这背包里确实藏了"人"，不过这个人不是常规意义上完整的"人"，顶多只有五分之一，脑袋下连着几样脏器，只有一条手臂，下半身还拖着一条脊椎。

司马灰胆气虽硬，见了这情形也不禁起了一身鸡皮疙瘩，奇道："两头人？"他幼时在北京东城，曾见到一大群男女老少把街道堵得水泄不通，他从人缝里挤进去观瞧，原来大伙儿都在围观街上一个讨饭的乞丐。以前的乞丐流落四方，或是拖带幼小儿女，或是身体残疾，将身上的苦楚当街展示，以博路人同情，诸如缺胳膊断腿以及身上的脓疮伤疤，都是他们行讨的资本。

俗语说："当过三年叫花子，给个皇帝都不换。"有些人天生就好逸恶劳，不愿从事生产劳动，四体不勤，五谷不分，又没什么文化，扁担横地上不知道念个一，觉得当乞丐吃闲饭，天为被地做床，最适宜不过，这类乞丐也不值得人们同情。但也有许多人则真正是残疾贫苦，生计无着，只好上街行讨。

而这次的乞丐却是个少年，他当街袒露胸腹，胸腹前生有一个小孩的头颅，手足眼耳鼻口无不备，但是一直闭着眼皮，把眼皮拨开来看，里面却没有眼珠子，嘴里也没有呼吸，手足软而无骨，有乳头没肚脐，臀部向前生长，谁看了都觉得奇异。

那少年自述是山区来的，与其兄连身双生，谁要是给点钱，他就解开衣服让人看看怀中的畸形兄长。他走街串巷，常年以此为生，被政府收容了好几回，都受不住管又出逃在外，打算讨点钱等看了天安门之后再去见识大上海。路上的好心人多，见其可怜，纷纷解囊相助。还有人问那少年："你怀中那人怎么是你兄长？"那少年说："先出娘胎的自然为兄，几年前他还能说话，这些年随你怎么呼唤他也没反应了。"

司马灰看得触目惊心，既觉得同情又感到古怪，跟着瞧了大半天，直到有公安局的人将这少年带走他才回家。后来又从太爷口中得知："这并不是奇事，而是畸形，可见天生为人者，亦偶有变幻不测之处。"

那些旧事隔得年头多了，司马灰早都忘在了脑后，此刻一见这情形顿时醒悟过来。对方竟是个双生嵌合畸形，平时所见的工程师田森只是个无知无识的傀儡，真正的主观意识都来自他体内这个"怪胎"。

刚一愣神的工夫，那田森早已拖着半截脊椎骨，从保险舱的另一端爬了下去，像条人首长蛇似的行动奇快。司马灰心知不妙，哪能再容此辈轻易脱身，便也翻身跃下，从后提刀就砍，可对方行踪诡异难料，反身逃向死角，"嗖"的一下就钻进了那侧的舱门，又用铁闩将自己死死关在了里面。

司马灰暗道:"糟糕透顶,先前还没来得及发现舱门位置,看来这厮悄然溜进地底测站,早就安排好了退路,是故意现身将我们引到此地。"

这一系列变故发生得非常短暂,胜香邻跟在司马灰身后,甚至没来得及看清从背包里爬出来的是些什么,只在矿灯晃动不定的光束下,看到一条黑影钻进了保险舱,心中不禁"怦怦"直跳。

司马灰堵着舱门对她简略说明了情况,胜香邻极是惊异,但更感觉到事有蹊跷:"对方为什么要逃进保险舱,一旦从外部关闭舱门,可就别想再从里面出来了。"

这时,就听田森凄厉的声音从舱门缝隙里传出:"别他妈白费心机了,我田某人既然进来,就没想过还要活着出去,实话告诉你们,你们谁也别想活着离开这间库房了。"

司马灰怒火中烧,骂道:"放你娘的八级大驴屁,老子怵过什么呀?我还真就不信这个了……"

田森狞笑道:"其实我完全可以悄无声息地解决掉你们几个小贼,如今显露行踪,就是想面对面看着你们绝望的神情,让你们知道为何而死,又将死得如何之惨,否则你们这些懦弱卑微的人,永远也不会理解我为了那些伟大原因而做出的伟大牺牲。"

司马灰心想这人心理扭曲到了极点,多半真是疯了,但正可以利用这一点,从其口中多探些"绿色坟墓"的秘密,于是打个手势,让胜香邻准备随时退出这座阴暗封闭的库房。

田森自知命在顷刻,情绪显得很是激愤,开始痛诉悲惨家史。

早在三十年代,正闹饥荒,又赶上过大兵,老百姓大多流离失所到外乡逃难。当时有个田家的媳妇逃荒时跟家里人走散了,她一个人走在山野间,夜里惊风四起,雪花如翼,她又冷又饿,就躲到一座土地庙中避风。她看那破庙中有个老妇正在拿个大砂锅煮东西,以为是野菜汤,就对那老妇人说明了自己落难之事,想讨碗热汤。那老妇却推托说:"我一个孤老婆子,没亲没故的,好不容易弄了锅汤,哪里舍得分给旁人?

给你喝了我就没活路了。"

田家媳妇再三哀求，才终于分得一碗，没想到竟是肉汤。她饥寒交迫，也没管那么多，狼吞虎咽，连碗底都舔了个干净。吃完，她却惊出一身冷汗：这年月，怎么会有肉吃？可见这是什么肉了。吓得她连忙顶风冒雪逃出了土地庙，结果连惊带吓倒在了途中，幸好家人回来寻找才将她救起。周围乡民得知此事，举着火把回去找那破庙，却已失其所在。

田家媳妇回乡后，怀了身孕，但那时候的人非常迷信，她自知吃过不该吃的肉，不免提心吊胆，唯恐有冤魂前来投胎索债。家里人知道了这件事，也都对她冷淡刻薄起来，动不动就连打带骂，恶语相加。她只得逆来顺受，盼着生下孩子来一切正常，就能接着过日子了，怎知挺着个大肚子怀胎二十个月，却始终不见临盆。

她最后被逼无奈离家去寻短见，找片没人的树林子两腿一蹬上了吊。却不知她的情况早就被一个憋宝老客给盯上了，这事在乡间谣言四起，世上哪有怀胎二十个月还不分娩的？那肚子里一定是有宝了。

于是这憋宝客趁着孕妇刚死，救出了胎儿，那胎儿胸前有张模糊的人脸痕迹，轮廓不清，只有两眼半睁半闭，果然是一人一妖的宝胎。憋宝客知道这孩子的妖眼能看地下矿藏，就从此将他抚养成人，并且认作徒弟。不过也没传授什么真实艺业，只是每天喂药将人形迷住，只让嵌在体内的妖眼清醒，以供其所用。

后来日军侵华，中原鼎沸，师徒就投向了大西南。这徒弟对前事衔恨在心，知道师父也不是什么好东西，就找机会害掉了那憋宝老客的性命，然后被"绿色坟墓"的首脑收入了地下组织并发誓效命。解放后化名田森，作为情报联络人员被安插在中国新疆地区。

1955年，苏联接到"绿色坟墓"传递的情报，才主动提供专家顾问团和重型钻探设备，挖掘直通地底的罗布泊望远镜。当时田森也以物探技术员的身份参与了这项工程。1958年年底，用来探测地底情况的磁石电话机线路发生故障，他和一个小组陪同苏联顾问深入煤炭森林，想查明故障发生的原因，不料竟在煤层中发现了一些很可怕的东西，所有的人都莫名其妙地死了。其实死亡有两种含义：一种是肉体上的死亡，另一种是灵魂上的死亡。如果躯体还活着，但大脑进入死亡状态，那就相当于植物人，也和死了没什么区别，物探小组遇到的情况应该是脑死亡。

田森正常的那颗脑袋就是在那时突然死亡的，从此双眼再也不能闭合。他因走在队伍末尾没受正面影响，这才捡了半条命。不久之后，罗布泊望远镜计划搁浅，田森就潜伏在克拉玛依油田待命。

如今田森被派来破坏探险队的行动，防止任何人窥探"绿色坟墓"的秘密，一开始还算比较顺利，但没想到司马灰机警灵便，迫使他暴露了身份，三番两次行凶都没能得逞。他最后焚棺不成，不惜把自己身体切碎将那具早已成为植物人的躯体舍了，躲在棺中继续尾随，利用宋地球伤口里的血腥以及棺中千年裹尸锦布的恶臭，顺利瞒过了众人，没有露出马脚。

田森的这个躯体没有下半身，分割之后也活不了多久。他将这笔债都算到了司马灰等人头上，认为就凭这些胆大的鼠辈，有什么资格去窥探这世界上最大的秘密？但他也自知不是司马灰的对手，所以直忍到地底测站的库房里才开始动手，这是他最后的一次机会，也是个绝对万无一失的机会，因为苏联人从煤炭森林里挖出的妖怪此时就装在保险舱内，凡是进入罗布泊望远镜的人，都将变成没有脑波的活死人。

第八章　以前的时间

那个只剩下半截身体的"田森"一面阴恻恻地冷笑着，一面将妖眼紧紧贴在观察窗上，躲在黑暗中死死盯着司马灰和胜香邻，生怕错过了这二人脸上恐惧绝望的神情。

司马灰却根本不清楚什么是没有了"脑波"的植物人，他只是想趁机从对方口中探听一些"绿色坟墓"的秘密。

哪知田森始终不露半点口风，仅说当年他还没有名字，只与那憋宝的老客师徒相称，师父是打算利用他的怪眼去看地下的矿藏，找一座"大金窟"，所以自从他出了娘胎，就整天被灌迷药。为了防止他逃跑又长年累月地被师父拿锁链拴住，不肯有丝毫放松。倘若稍不如意，软的是拳头脚尖，硬的便是铁尺棍棒。

但那憋宝老客并没有发现，自己这徒弟胸腹间露出的眼睛后面还有半个身体，同样是有知有识，心机甚至比正常人还要阴险深刻。他整天装作痴傻，对师父言听计从，让干什么就干什么，其实早就看清了师父的手段，也弄清了自己的身世来历，全都暗中记在心里一直隐忍不发。

直到师徒二人逃难的时候遇上了日军，师父屁股上挨了一枪，逃入深山后由于枪伤发作，趴在山洞里无法行动，才不得不给徒弟解开镣铐，让他到附近寻找草药。谁知徒弟把这憋宝老客反绑起来，先是拿刀子剜出师父埋在身上的肉珠据为己有——一般憋宝客大多擅养老珠，也就是蛇鳖体内生长的结石,一旦得到就在腋下割个口子塞进去,以自身血肉养丹,久而久之就会生成肉瘤,死人吃下去也能再续三天活气——然后这徒弟又把师父折磨至死。

后来田森加入了"绿色坟墓"这个地下情报组织,并凭着当年从那憋宝老客身上偷学来的一些本事混进物探分队,作为中方人员跟随苏联专家团参加了罗布泊望远镜工程。他的联络代号是"86号房间",而田森只是一个化名。

"86号房间"最后咬牙切齿地告诉司马灰和胜香邻:"你们现在已经知道得太多了,别再妄想还能接触地底极渊里的秘密。你们很快就能切实体会到什么是绝望……"说罢竟用牙齿咬断了自己手臂上的动脉,拖着脊椎骨爬向了保险舱深处,很快就没了动静。

司马灰对这个魔鬼般的"86号房间"极是憎恶,恨不能食其肉、寝其皮。他知道在对方出现之时,进入地底测站的人员就已陷入了灭顶之灾,遇到这种情况逃也没用,唯有设法辨明情况,全力与之周旋到底。先前听其所言,这座保险舱内装着一个从煤炭森林里发掘出来的妖怪,任何被它接触过的人都会变成没有脑波的植物人,世界上怎么会存在这种东西?

胜香邻也是心下疑惑,见舱门上标有一串字迹便拂去灰尘仔细辨认,看清后显得有些震惊:"推测标本生成年代——以前……"

司马灰正伏在观察窗上用矿灯向舱内张望,听胜香邻说什么"以前",不觉很是奇怪:"老毛子办事就是含糊,哪有这么标注时间的,究竟是指什么时候的以前?是昨天的以前,还是一万年之前的以前?"

胜香邻说:"推测地质构造年代的过程中常会使用'时间坐标',苏联人标注的这个'以前',应该不是普通意义上的以前,因为爱因斯坦曾经讲过:以前没有时间,所以统称为'以前'。"

司马灰这才想起确实有此一说,近代科学观念支持大爆炸形成宇宙的理论,"宇"和"宙"就是时间与空间的坐标,这和中国传统观念里盘古开天地之类的传说有些相似。据说以前只有一片混沌，清浊不分，从盘古产生的那一刻被称为"零秒"，而在"零秒坐标"出现之前，还没有时间存在。

二人想到此节，心下都不免有些发毛：莫非苏联专家从煤炭森林中挖掘出的古生物标本，竟会是某个存在于时间尽头的怪物？即便不是，它也足够古老，古老得无法用时间坐标加以衡量，只能模糊地推测为"以前"。

这时司马灰脑中忽然闪过一个念头，他想起在黑门中拾到的憋宝古书里有几幅离奇诡秘的图画，根本参悟不透其中的内容。第二幅图中是两个套在一起的房屋，此前以为是指这座地底测站的内部结构，现在想来却又不像，而那个物探工程师田森自称代号是"86号房间"，又是个双生嵌合的异相，古书中描绘的房屋会不会是暗指此人？也预示着探险队将要遇到的第二次危险。这情形似是而非，越想越让人发蒙：那本书究竟是不是赵老憋所留？死在黑门中的憋宝者到底是谁？

胜香邻见附近始终没有任何变故，心中疑惑更深。她低声提醒司马灰："不管这保险舱里装着什么东西，它都远远超出了你我所知所识的范畴，恐怕随时都会有危险发生，这座仓库是使用重型水泥箱梁构建而成的密室，即使在这里面开枪，上边也听不见响声，咱们应该尽快返回供电机房，通知罗大海和刘班长。"

司马灰回过神来，宽慰胜香邻说："你别听田森危言耸听，他这身体只有少半截，离了那个脑死亡的植物人，最多活不过三四天，如今又咬断了自己的动脉，肯定已经死了，还能再搞出什么名堂？我未能亲手将他碎尸万段，也算是便宜这狗娘养的恶贼了。"

胜香邻叹道："这个人的心肠太过阴狠，连把他自己的身体切碎都毫不在乎，更不会将别人的性命放在心上，思之确实令人不寒而栗。可我觉得真正可怕的东西，还是苏联人从煤炭森林中挖掘出的怪物。你还记不记得那部用白色线路连接的磁石电话机？"

司马灰点头道:"那部磁石电话机里好像有鬼,可咱们到现在为止,还没有找到与它连接的另一个通话点。"

胜香邻看着司马灰,指向身旁那座冰冷沉寂的保险舱。她忽然察觉到从"A53型磁石电话机"里听到的声音,就来自这个沉睡在漆黑煤层中的古代生物。

司马灰心头一沉,正待再问,忽觉白光刺目,眼前突然亮了起来,原来是那部高功率地下供电机恢复了工作状态,库房内的应急灯照如白昼。他暗道一声:"来得正是时候。"立刻同胜香邻凑到观察窗前向内窥探。

这座保险舱里并没有安装照明灯,二人透过观察窗看进去,就见最深处仍是一片漆黑,田森的半截尸体就趴在地上,周围血迹斑驳,而黑暗中则似有个枯化蝉蜕般的物体,尸血流到那枯黄的表皮上,就仿佛遭到吸噬一般全部渗透进去。但是那东西多半都隐在黑暗处,也看不清它的形状轮廓,但有一点可以肯定,绝对不是地底矿层里的岩芯标本。

司马灰定睛再看时,"86号房间"的尸体却已不见了,地面上空留下一片血痕。他暗觉心惊,老子只眨了一下眼,怎么"保险舱"内的尸体就没了?好像在一瞬间就被拖入黑暗中去了,真他妈的见了鬼了,那里边到底是些什么?不过这东西既然有形有质,又被关在厚重坚固的保险舱内,它应该不可能逃得出来。

这时,仓房内的应急灯又似是电压不稳,忽明忽暗地闪了几闪,随即冒出一团火球,灯光同时熄灭。司马灰本来想要留下来继续辨明情况,因为一个已知的危险远比未知的恐惧容易对付,可现在的局面,原计划八成是要泡汤了,就对胜香邻一招手:"赶紧撤。"

胜香邻拽住他说:"来不及了。"

司马灰看那舱门仍然紧紧关闭,只是黑暗压抑的气氛却比先前沉重了许多,到处都充满了不祥的寂静,便将手中步枪的撞针扳开,用矿灯向周围照了照,但并未见到什么异状,就问胜香邻道:"你发现了什么反常情况?"

胜香邻说:"我的手表停住不动了,时间是零点整,分针秒针都在一起。"

司马灰闻言立刻掏出怀表来看了一眼,发现表盘上的时间也停留在了零点,实觉骇异难言。他虽然擅于随机应变,可从来没想象过时间停滞是个什么情况:"时间就像是一条平静流淌的河,它怎么可能凝固不动?咱们的时间又是从什么时候开始停止的?"

胜香邻知道司马灰对"时间"的理解根本不对,"时间"并不是一条平静的河,它也不可能停止不动。时间的本质只是事件运行的一个"参数",没有事件也就不会有时间存在。如今还能面对面地说话看表,就说明事件仍在发生。

司马灰还是搞不明白,既然事件还在正常发生,那么时间就不可能凝固不动,可为什么表盘上显示的时间停止了?他虽觉此事茫然难解,可心下也十分清楚,这个怪异至极的恐怖现象,肯定与那个生存在黑暗中的古老生物有关,如果无法解开"时间"之谜,那就永远都别想活着走出地底测站了。

第九章　空洞的噩梦

司马灰祖传的"金点相术",能辨识天地万物,唯独没有提到"时间"。此刻他听胜香邻说"时间"根本不是任何物质,只是事件运行的"参数",才若有所悟。这是否说明受保险舱内怪物影响扭曲的并不是"时间",而是"事件"？

胜香邻道:"我也不清楚究竟是怎么回事,但在'86号房间'死亡之后,这间库房里一定发生了某些变故。"

司马灰看四周静得出奇,这种死寂让人感觉越发不安,所谓"铁怕落炉、人怕落套",在一切都属于未知的情况下,很难做出正确的选择。他本来不太在乎生死之事,可现下身负重任,还不想一文不值地去另一个世界报到,所以求生的欲望格外强烈,又寻思付诸行动总好过坐以待毙,就低声对胜香邻说:"你跟紧了我,咱们先退向库房的铁门。"

胜香邻答应一声,二人按照来时方向快步奔向库门,等在黑暗中摸到水泥墙壁继续向两侧一找,竟然不见了库房的铁门,只有冰冷坚固的粗糙墙体在两端无边无际地延伸出去,再举头用"Pith Helmet"上安装的矿灯抬头看时,所见更是令人心惊,光束尽头处一片漆黑,完全照不到压抑低矮的库房顶壁。

司马灰瞠目结舌:"真他娘的邪了！"先是表盘上的时间停滞不动,然后地底仓库的空间好像也被扭曲了,接下来还会发生什么？

司马灰束手无策，背靠墙壁站住，一看旁边的胜香邻身子轻轻颤抖，想是吓得不轻，毕竟她和自己这参加过缅共游击队的亡命之徒不能比，就问："你害怕了？"

胜香邻心下确实有些发慌，可还是摇了摇头。她对司马灰说："我有许多至亲之人，都因'绿色坟墓'这个地下组织而死，只恨自己是个女子，没本事报此大仇。"

司马灰说："你可千万别这么想，你们这种首都培养出来的人才就是不一样，物探、化探没有不懂的，都是'飞机上的暖壶——高水平'，将来埋葬'帝修反'的重任还要靠你们来完成呢！而'绿色坟墓'那伙人就像生存在下水道里的蟑螂，真正应该感到恐惧的是他们才对，咱们越接近罗布泊望远镜里的秘密，他们就越是坐立不安。"

胜香邻点头道："你说得对，无论如何都不该轻言放弃，否则只会令亲者痛、仇者快。"

司马灰沉吟说："要想活着离开，就必须搞清楚现在的真实处境，我看咱们好像是被扭曲的时间和空间给困住了。也就是说这座地下标本库房在不知不觉中发生了某种变化，可现实中应该不会存在这种事情，这简直就是一场噩梦……"

司马灰说到这里，不免怀疑眼前所见都是幻象，就在自己的脸上捏了一把，疼得他直咧嘴，揉着面颊道："应该不是噩梦。"

胜香邻也是动念极快，这时镇定下来，仔细思索先前发生的种种事端，似乎有了些头绪。她对司马灰说："也许咱们现在经历的就是一场噩梦。"

司马灰说："我倒是听说过同床异梦，从不知两个人还能同时做同一个噩梦，何况噩梦中虽然心情焦虑惧怕，却不会有任何真实感知。"

胜香邻说："咱们正在经历的噩梦，并不是你我二人所发，而是保险舱里那个古老生物脑中出现的噩梦。"

司马灰愈发觉得不可思议了，从前有句古话是"蝶梦庄周未可知"，是说庄周以为自己在梦中变为了蝴蝶,其实也有可能庄周才是蝴蝶做的一场梦。这句话可以用来比喻真实的不确定性,那些看得见摸得到的东西,却未必真实可信。他问胜香邻:"你根据什么情况做出这种判断?"

胜香邻说:"我认为那舱中的标本很可能不是任何生物,因为苏联人给它标注的序列编号分属于'原生矿物岩芯'。咱们通过观察窗向内张望的时候,会感到黑暗中有个生物与你对视,还有"A53型磁石电话机"里亡魂的声音,其实都是自我意识的投射。"

司马灰虽然脑筋活络,可还是很难理解胜香邻言下之意,既然保险舱里装的是块"原生岩芯标本",那怎么会进入它制造的噩梦之中?什么又是自我意识的投射?

胜香邻说:"这是唯一合理的解释,因为'86号房间'泄露了一些很重要的信息,在物探分队发现煤炭森林怪物的过程中,有几个人遭遇了意外,变成了没有脑波的植物人。任何生命都具有或强或弱的生物电,以人为例,人脑中思索问题的频率越高,产生的电流也就越强,这是生命活动的基本特征,而保险舱里的标本自身并不具备生命机能,却能够通过吸噬生物电,产生神经电活动,并且它已经渗透到了整个地底测站的所有线缆和电器设备当中,以此作为诱饵将附近的生物吸引到库房中。只不过这种电流非常微弱,难以持续存在,所以当你再次接通磁石电话机的时候,已经听不到任何声音了。"

司马灰终于听出了一些门道,反正"你说西学、我说国学",本质上都是一回事,只是看待这些可惊可怖现象的角度不同。从煤炭森林矿层中挖掘出来的"原生造物岩"里面存在一个亡魂,不过这个亡魂并不属于任何生物,凡是接触到它的人,都会立刻进入脑死亡状态。按旧时说法,鬼为电气,鬼魂其实就是人脑中产生的微弱电流,没了这些电波,人就等于死了,所以吸取生物电和吞噬人的灵魂没什么两样,而在相物之术中,将这类原生造物岩称为"地骸",纹如蝉蜕,僵如枯蛇,是世间至凶之物,虽万千年,无人得者。

司马灰是个见事明白的人,他寻思那地骸可以吞噬接触者脑中的生物电,一瞬间就会使大脑死亡。自从物探分队将其从煤炭森林的矿层中挖掘出来,就装在保险舱内加以观察,却没想到它微弱的神经电活动竟能干扰电话线路,恐怕苏联人还没来得及做出进一步处置,就因时局变化被迫撤离了罗布泊望远镜,所以宋地球才会得到"A53型磁石电话机"里闹鬼的消息。

可最让司马灰感到奇怪的是这地骸虽然极为恐怖,但只要不做近距离接触就不会出现致命威胁,而且它本身也只能吞噬生物电,那"86号房间"的尸体怎么会突然消失?我们表盘上的时间为何停滞不动?这地下库房内的空间又为什么会出现变化?这些极端异常的状况,好像不是生物电所能改变的。

二人正自彷徨无策,忽觉脚下地面变得松软,犹如流沙般无声无息地向下陷落,司马灰情知不妙,当即呼啸一声攀上身后的水泥墙壁,他从落地起就练"蝎子倒爬城",只要有个能让脚尖手指着力的砖缝,便能挂上一天一夜。胜香邻虽没这般超群技艺,身手却也轻盈敏捷,她拽住司马灰的手,借力爬到箱梁的结合处。二人攀在墙壁上用矿灯向下照视,就见标本库的地面已成了一个巨大的黑洞,不禁相顾骇然。

司马灰看这地下库房中"物质"的规律被颠覆了,现实中绝不会出现这种情形,急得额上青筋"突突"直跳。他对胜香邻说:"这都是那个古老生物脑中突然产生的'噩梦',也就是人体脑波受地骸影响产生的同步幻象,可一旦被这黑洞吞噬,就得成为两具空余躯壳的活尸,留给咱们的时间不多了。"

胜香邻刚才还没来得及向司马灰解释这件事情,现在遇到的情况可能比陷入那古生物标本的"噩梦"更为可怕,因为幻觉般的噩梦最终还能回归真实,他们却始终处在"真实"当中。在保险舱内古生物周围,一定是由于生物电过负荷冲突产生了"空洞",所以田森的半截尸体才会突然消失,更确切地说它是被分解了,而现在这个"空洞"已经越来越大。

司马灰闻言倒吸一口冷气,他知道"憋宝"与"相物"两门古法实有许多相通之处,此刻再想,原来田森用牙齿咬断自己动脉的诡异做法,倒不是为了结束性命,很可能是要取出埋在胳膊里的"鳖宝",并以此物使地骸产生"蚀"。在发生"蚀"的范围内,一切时间与空间的定律全部失去了意义,相当于在物质世界中腐蚀出一个没有底的"裂缝"。

古时许多邪教都认为发生"蚀"的区域就是通往"幽灵世界"的大门,其实这条通道中只有"虚无"。当初宋地球也曾对司马灰说过,世人以物质为真实,但在物质世界中存在着三种洞,其中最神秘的是"黑洞"。它根本不发射可见光,质量却大得异乎寻常;其次是与它相对应的"白洞",与黑洞截然不同,它是一种反物质的存在,拒绝任何外来者;最后则是"空洞",它内部的空间密度仅是正常情况下的1/25。也许相物古理中提及的"蚀",就是宋地球和胜香邻所说的"空洞"。

二人都没想到田森如此阴狠,为了保守"绿色坟墓"的秘密,竟妄想借助这个恐怖的"空洞"让罗布泊望远镜下的地底测站和探险队彻底消失。这种丧心病狂的念头,可能只有田森这个敢于做出"伟大牺牲"的人才想得出来。司马灰接连思索了几种对策,都觉得毫无意义,暗道:这次真他娘成了断线的纸风筝,再也别想回头了。而他们攀附着的水泥墙壁,此刻也已开始塌落,无声无息地分解在了黑暗里。

距离地表10000米

/第五卷/

第一章　钢铁巨鲸

司马灰见墙壁开始崩裂,就和胜香邻攀向侧面躲避,二人再用矿灯往下照视,就看库房底层已如陀螺般向下陷去,一切物质都被"空洞"迅速分解,坑底的"保险舱"已然不复存在,只剩下一块枯蝉皮似的岩芯,大小犹如磨盘,咕咚咕咚涌出黄水,陷坑边缘尽是旋涡般的黑暗尘埃,那情形就像是核爆后形成的平洞。

司马灰暗觉心惊,他问胜香邻:"只听说过世间有'蚀',却不知落入'蚀'中是个什么结果,我看这好像不太符合物质不灭定律。"

胜香邻说:"'空洞'内部的密度只是正常情况下的 1/25,若以物质为真实,'空洞'就相当于可以抹去真实的虚无,掉进去哪里还能有什么'结果'?"

其实就连宋地球也没亲眼见过"空洞",所以胜香邻对它的认知也仅停留在理论层面,只知道"地骸"是种特殊物质,其体内的神经电活动最大值约为十几伏特,普通人脑的细胞电压仅有百分之七伏特。而田森身上所藏的"肉丹"已被历代憋宝者养了千年,根本无法以常理判断它的带电状态,一旦被地骸吸噬,就会使其生物电场超过负荷,并同时腐蚀周围的空间,直至这块枯蝉般的岩芯彻底分解,"蚀"的蔓延才会停止。但它本是天地未分之际所留,密度大得超出认知,所以在"空洞"里分解的速度也远比普通物质缓慢得多,等到它完全消失,整座用水泥箱梁构建的地底测站也就被从真实之中彻底抹去了。

"空洞"侵蚀的速度越来越快，二人不及再说，只得不断攀着墙壁向安全区域移动，就觉有股强烈的吸力将身体向下拖拽，耳中却是一片死寂，好像那"空洞"中没有任何声音存在，使人毛发森然竖立，手足都有些发软。

司马灰生出一股狠劲儿，对胜香邻说："咱们现在就算找到出口逃离仓库，恐怕也来不及撤出地底测站了。据说'蚀'是呈旋涡状出现，越接近中间反而越是安全，我看见空洞中间没有黑雾……"

胜香邻不等司马灰说完，已知其意，忙说："你不能下去，人一旦接触到它，立刻就会失去脑波变成一具无知无觉的躯壳。"

司马灰说："这东西也并非没有弱点，不过就是能吸收生物电而已，当初苏联人还不是照样将它从煤炭森林的矿层中挖掘了出来。"他越想越恨，"我肏他八辈祖宗的田森，真把我司马灰当成没文化的土贼了。老子虽然没上过几天学，可还知道什么是绝缘物质。"

司马灰当年在缅甸的时候，也正是越战真正进行最激烈的时期，经常能从各种途径听说越战的种种惨烈之处，其中有件事情很稀奇。说是美国人当时对"幽浮"很感兴趣，不仅政府和军方高度关注，普通老百姓也很喜欢谈论，都认为UFO到夜里就会出现，专门绑架无辜的美国人民做试验。

可能美国人也都喜欢跟着起哄，导致谣言四起，许多信以为真的人就想方设法保护自己，比如在脑袋上装个屏蔽器，就可以不让UFO探测到自己的脑电波在活动。甚至在越南作战的美国军人中相信这种情况的也大有人在，经常不顾闷热潮湿的气候，在钢盔里多加一层绝缘锡纸，用来防备那些比北越武装部队更难对付的外星人。

至于"幽浮"之事毕竟凌玄越冥、神出鬼没，难说哪件是真哪件是假，不过美国人用来屏蔽自身脑波的器材也无非是些普通的绝缘材料。司马灰先前在密室中翻阅事故档案，发现在煤炭森林中意外脑死亡的人仅有一个小组，苏联人肯定采取了特殊措施，才把这矿层中的妖怪成功挖掘出来，这种措施很可能就是有效利用了"绝缘防化"装备。

司马灰摸出背包里的"鲨鱼腮式防化呼吸器"，有这家伙罩在脑袋上，应当能起到隔绝电波的作用。

胜香邻拽住司马灰道："你别逞能，地骸是种来自以前的古老物质，经过了无数次毁天灭地的大劫难，水火都不能侵损，你下去之后怎么将它毁掉？何况空洞中心虽然薄弱，但有种无形的巨大吸力，一定是在底部形成了重力井，血肉之躯根本承受不住。"

这时，地面上矗立的一个大铁架子轰然倒下来砸向墙壁，司马灰猛听身后恶风不善，急忙躲向旁边。随着装满矿物岩芯标本的铁架倾斜，里面装的石块也纷纷掉落，其中一层的几块晶体岩芯由于体积较大，被挡在了边角处。胜香邻似是发现了什么，她也不顾铁架随时会被"空洞"吞噬，竟从墙壁上爬到下方，探身去取那大块无色的矿物结晶。司马灰熟识物性，知道那是从地层中挖掘出来的硼砂，在枯竭的湖区地层中十分常见，心想都死到临头了，还舍命捡这些矿物标本做什么？

司马灰念头一转，立时醒悟过来，硼砂遇水即成浓酸，可以加快"地骸"分解的速度，阻止"空洞"继续向四周侵蚀。当即上前相助，二人依托墙壁，用脚将沉重的铁架向外蹬开，几块硼砂顺势落向黑雾围绕的空洞中心，瞬间就溶在了洞底的黄水中，枯如蝉皮的物质在高浓度硼酸腐蚀下分解极快，不多时仅剩下一片犹如昆虫肠筋的物质，随着空洞的消失，附近的黑色尘埃渐渐散去，库房的地面面目全非，已和测站底层贯通，形成了一个旋涡形的巨大坑洞，四周的水泥箱梁也都已扭曲变形。

二人抹了抹额上的冷汗，均知这次实是险到了极点，要不是发现了硼砂，最多再过几十秒钟就得被虚无的"空洞"吞没。而且越寻思越是后怕，如果田森暗中潜入保险舱，众人大概连死都不知道是怎么死的。多亏了这厮心理畸形，偏要让别人在临死前理解他所做出的"伟大牺牲",否则后果不堪设想。

司马灰本来对宋地球让胜香邻加入探险队颇有微词,常言道:"伍中有妇人,军威恐不扬。"这虽是旧话,可司马灰总觉得胜香邻不过就是个测绘员,又没阿脆的医术,也不是玉飞燕那路盗墓贼,跟在身边就是添个累赘,但这次绝境逢生,才感觉到自己的见识也未必能比人家多到哪儿去,甚至还大有不及之处,于是说:"我回去一定得号召罗大舌头他们积极向你学习,争取掀起新一轮'学、比、赶、帮、超'的热潮。"

胜香邻却认为司马灰这种人虽然身手胆识俱是不凡,但思想品质大有问题,经常通过耍嘴皮子来歪曲事实,谁知道此时又在打什么鬼主意,所以也不拿他的话当真。

二人担心罗大舌头和通信班长刘江河也遇到了危险,稍作喘息,就找到一处水泥箱梁的裂缝爬出仓库。等返回到上层供电机附近,发现那二人根本没发觉下边出了什么事,仍在跟那部苏联制造的功勋型发电机较劲儿。罗大舌头自称手艺娴熟,却没想到修故障越大。他看司马灰回来,就推说先前估计不足,现在看来至少再需要五个小时才能恢复地下供电。趁司马灰去察看地下供电机,他又问胜香邻:"你们怎么去了那么久,司马灰那小子没干什么坏事吧?你要是受了欺负尽管跟我罗大舌头说,我这当哥的必须给你做主。"

胜香邻道:"非常感谢你的提醒,但我们广大群众早就看穿司马灰邪恶的反动嘴脸了。"随后她将在下层遇到的情况拣紧要之处对二人说了一遍,并把烧毁了一半的密电记录本交给刘江河道:"司马灰说你可能懂得五十年代的苏联武装力量通信密语,你看看这些记录还能解读吗?"

通信班长刘江河以前从没接触过这方面的内容,但在来执行罗布泊望远镜探测任务之前,曾特别受过为期两个月的强化训练,虽属临阵磨枪,可也算是有备而来。他当即从身边拿出一个译文本子和铅笔,在电石灯下逐字逐行去辨读残缺不全的密电记录。

罗大舌头听说地下线缆已被"空洞"破坏，即使将功勋型发电机修复了也没什么用，索性停工不干，同司马灰和胜香邻商议下一步的行动。

司马灰说："'86号房间'现在已经尸骨无存，咱们总算解决掉了一个最大的隐患，但'绿色坟墓'派遣的人员是否只有田森一个，也根本无从判断。说不定下一个敌人随时就会出现，未知的危险仍是无处不在，这次脱难实属侥幸，下次可未必还能这么走运。"

罗大舌头说："那咱也不用长别人威风，灭自己的锐气，要我看这田森也算不得怪异。当年在东北山场子里，曾有个身材魁梧的汉子来做伐木工人，平时跟大伙儿一起吃饭干活儿，下河洗澡，都没什么两样，唯独晚上说梦话。木营子里都是七八个人睡一条通铺，半夜里黑灯瞎火，就听他一个人口中念念有词，谁也听不明白他说些什么，就跟鬼上身似的十分吓人，即使堵上嘴还是有声音传出。后来大伙儿才知道，这汉子后脑勺还有一个小头，就躲在头发里，眉清目秀，长得模样还不错，而且眼中有珠口中有舌，白天大脑袋醒着小脑袋睡觉，夜里这小头就睁开眼，口里嘟嘟囔囔地说话。这汉子却对此茫然不知，最后找个土郎中拿烧红的烙铁给它烫死了，自此才不再有变怪发生。这汉子可不比区区田森邪乎多了吗？"

司马灰说："什么'区区'，还他妈蝈蝈呢，'86号房间'只是地下组织安插在物探分队的一个特务而已，但咱们都没能识破他的手段，以致吃了大亏。他虽是行事诡秘，终究还是个活人，可'绿色坟墓'的首脑却如精似怪，跟这'86号房间'截然不同，咱们绝不能凭以前的经验，来判断今后可能遭遇的危险。如今既没能恢复地下供电设施，也不清楚罗布泊望远镜最深处的详细情况，只知道极渊是个地幔与地壳之间的洞窟，应该就处在那个什么……'摩霍维奇不连续面'之间，而它内部的一切情况都还是谜。当年中苏联合考察队的22名成员在地底神秘失踪，还有每隔48小时就发生的一次剧烈震动，这些原因都还无从知晓，但就算罗布泊望远镜通往地狱，咱现在也得硬着头皮下去探个究竟。"

这时通信班长刘江河告诉司马灰，密电记录残缺不全，而且大多采用双重加密暗语，只有拿到后方交给专家，才有可能全面分析其中内容，现在只能解读出其中反复出现多次的一句话："地底没有曙光。"

罗大舌头道："你这不是废话吗？地底下什么光也没有，更别说曙光了。"

司马灰却发现刘江河脸色有些不对，就拦住罗大舌头，问道："你是不是知道些我们不知道的情况？"

通信班长刘江河迟疑了半天，才吞吞吐吐地说道："曙光可能……可能是……苏联的'R-19潜地火箭'。"

司马灰继续追问，发现刘江河这个毫不起眼的无线连通信班长，竟然知道在1953年年底，苏联海军一艘战术舷号107的615型Z级柴油动力潜艇携带两枚"R-19潜地火箭"出航，并因领航仪器故障下潜后离奇消失，苏军到处搜索无果。这条钢铁巨鲸，隶属苏联武装力量第40潜航支队，续航能力为11000海里，潜深200米，动力来自三部6000匹马力的P37-D型柴油机，排水量水下2475吨，水上1952吨，长91米，宽7.5米，包括舰长在内搭载成员72人，在全配给状态下自持力可达53天。

而由UKB-17局设计，代号为"曙光"的潜地火箭，是一种在水下发射弹道导弹的助推系统，五十年代还处在试验阶段，属于高度军事机密。苏联虽在此方面一直居于领先地位，但随着时间的推移，曙光潜地火箭已经在激烈的战备竞赛中被迅速淘汰了。

1955年，苏联方面根据一些特殊渠道得来的情报，认为失踪的Z-615潜艇可能就在罗布泊地下洞窟里，希望与中方合作进行钻探发掘，一是寻找"潜地火箭"，二是探明极渊内神秘的地质结构，条件是提供专家与设备，并交换重要技术。但苏联顾问团并没有找到既定目标，又在1958年年底突然撤离，罗布泊望远镜的洞道也被炸塌。

其实在理论上，即使地下与海底相通，这艘续航能力仅为11000海里的Z-615柴油动力潜水艇也根本不可能出现在极渊内部，苏方只是根据一些模糊的情报做出判断，而最终事实也证明了这是一个完全错误的判断。可到目前为止，除了那支失踪的中苏联合考察队，还没有任何人亲眼看见过极渊里究竟存在着什么。

第二章　冥　古

司马灰听得很是诧异，这些事就连宋地球也未必了解，无线连的刘江河怎么能知道得这么清楚？

罗大舌头也纳闷儿："我南征北战这么多年，连真正的潜艇什么模样都没见识过，更别说苏联潜水艇的详细战术性能了，刘江河你小子该不会是特务吧？"

通信班长刘江河看出众人疑惑，赶紧解释："苏联部署的'罗布泊望远镜'深度钻探计划，确实是为了寻找离奇失踪的'Z-615 柴油动力潜水艇'，其实潜艇和上边搭载的 72 名乘员并不重要，真正重要的秘密是'R-19 潜地火箭'，作为军事机密当时只有少数人才知道内情，至今也仍然未到解密期限。"

这次前来执行罗布泊望远镜探测任务的人中，只有部队上的军籍人员被事先告知了这一情况，并被允许在适当的条件下，透露给宋选农。此时通信班长刘江河是原话原说，现在可以肯定的是，地底极渊中并不存在苏联的 Z-615 潜水艇，所以这个情报并无实际意义，只能作为参考信息。

司马灰再三追问，终于确定刘江河知道的情况也十分有限，看来要想取得实质性的进展，必须继续前往罗布泊望远镜最深层。至于那艘迷航的 Z-615 潜水艇以及失踪的中苏联合考察队、黄金蜘蛛城密室中的夏朝龙印，在司马灰看来并没什么区别。这些谜团就和"绿色坟墓"一样，虽然一切情况仍属未知，却几乎可以断定它们全部与深陷在地壳与地幔中间的极渊有关。

众人到此都早已将生死置之度外，放弃了向地下恢复供电的念头，也不再理会那座救命用的"减压舱"了，准备直接进入地底测站下的钻井洞道。

司马灰认为极渊可能是处深水，想到贮物室中找氧气瓶或渡水载具之类的装备，但遍寻无果只得作罢。众人收拾齐整后立刻出发，向下经过被"空洞"侵蚀的中层底部，那些受到严重破坏的水泥墙体摇摇欲坠，测站内部的承重结构失去了平衡，很可能继续发生大面积坍塌。

一路涉险下行至底层的"天车"附近，司马灰再次走到侧面的大型蓄水池边缘向下俯视。先前觉得这水泥槽子诡秘无比，现在看来，近似于存放潜艇的船坞。苏联人可能是打算找到 Z-615 潜水艇之后，把它在地底分解拆散，然后将残骸一件件用天车吊进仓库，浇灌水泥彻底封存，根本就没想过要运回国内，这保密工作也算是做到家了。

胜香邻说："事情可能没你想象的那么简单，如果仅是要将一艘潜艇的残骸拆解，为什么要筑两座如此庞大的水泥槽？它们其中的任何一个，都足以容纳百余米长的潜水艇了。"

司马灰说："这倒也是，为什么会有两个同样大小的船坞？难道苏联人认为罗布泊望远镜深处存在两艘潜艇？"

罗大舌头道："老毛子未免太贪心了，整天寻思怎么占便宜，这潜艇又不是鲸鱼，它也不会下崽儿，哪能丢一个找回俩来？"

司马灰摇了摇头，这件事情实是难以琢磨。根据通信班长刘江河提供的情报，地底根本没有 Z-615 潜水艇。但苏联人确实掌握了一些情报，并在煤炭森林中使用"深空透视法"对罗布泊望远镜做了精确探测，当时呈现出的信息，一定足以使苏联专家认定极渊中存在那艘消失的潜艇，否则他们绝不会动用这么大的人力物力。退一万步讲，即使那艘在海里失踪的 Z-615 潜水艇真被某种未知力量带到了罗布荒漠下 10000 米深的区域，它也不可能从一艘突然分解成两艘，这是最让人感到无法想象的地方。

如果地底没有"Z 级潜艇"，那么苏联人在"深空透视"过程中发现的物体又是什么？司马灰等人现在根本无从估测，只能推断这两个潜艇船坞大小的水泥槽子，多半与极渊里存在的东西体积相当。

这时，有一截墙体塌落下来，掉在天车上摔得粉碎，发出轰鸣的回响，乱石落地溅得人脸上生疼。司马灰见上层地面将要塌毁，唯恐被厚重的水泥箱梁砸成一团肉泥，招呼众人赶紧加快脚步至钻井洞道的舱盖近前。看这舱盖属子母结构，母盖可以穿过起重天车，边缘的六个子盖则是留给人员进出用的，都有轮盘阀门闭锁，地下甚为阴冷，舱盖表面上都铺了一层白霜。

众人戴上手套转动轮盘阀，将沉厚坚固的舱盖揭开，又将电石灯和矿灯同时打亮，一个接一个钻进洞道。司马灰当先在前边探路，就见重型钻探设备挖掘出的深洞极是空旷，走势垂直陡峭，深邃之中冷雾缥缈，寒意刺人骨髓，光束不能及十步之外，诡异难测其万分之一，再回首时，来路早已模糊。

司马灰等人都不清楚这条洞道还有多深，他们从绕在洞壁上的舷梯向下摸索了一段距离，发现侧面嵌着一座箱体般的密室，内部也有一条白色线路的磁石电话机，线路一直连接至洞道深处，并有一部近似雷达的仪器，另有一部"短波发射机"，同时设有独立的手摇供电机，似乎是处"联络舱"，可以在此为深入地底的联合考察队提供支援。

胜香邻对司马灰说："要是这里的供电机和测绘仪器还能正常工作，我也许能从极化率数据图纸中，看出地底下存在什么。"

司马灰也觉得应该尽一切可能，搜集苏联专家利用罗布泊望远镜窥探到的秘密，就让众人进去看个究竟。

罗大舌头自告奋勇，上前检视那部手动供电机。司马灰则直奔磁石电话机，摇了几下发现根本不能接通，估计这罗布泊望远镜里共有两条用于联络的白色线路，一条通向地表，一条通往地底，从1958年开始就彻底失去了作用。他又看那短波发射机式样古怪，就问通信班长刘江河："你们无线连应该懂得短波通信，在这地底下10000多米深，还用得到这玩意儿吗？"

刘江河说："这短波发射机不仅可以发射天波和地波，也能接收电波信号，但我们连队可从没在这么深的地洞里进行过通信演练，顶多在地下20米的防空壕里用过，地波传导需要看介质而定。如果地层对电波衰耗程度太高，就不能使用了，远不如咱们那部光学无线电来得可靠。"

司马灰突然想起了黄金蜘蛛城里的幽灵电波，觉得苏联人不会无缘无故把短波发射机带到地底，其中怕是有些古怪，就吩咐刘江河将它装在背包里带上，说不准什么时候就能派上用场。

说着话的工夫，罗大舌头已经使手摇发电机开始运作，顶壁上的两盏应急灯恢复了照明。在深不见底的洞道里，这点微弱的光亮就像黑暗深渊中的一只萤火虫，但众人精神仍是为之一振。

罗大舌头说："你们还别不信，先前那部功勋型老式发电机，肯定是被苏联人动过手脚了，要不然凭我这手艺还能鼓捣不好它？"

司马灰迫不及待想看极渊内部的电场透视图，奈何不会使用测绘仪器，只好瞪眼在旁边看着，就见那酷似雷达的测绘仪器里显示出密密麻麻的等深线，除了胜香邻之外，其余三人谁也看不明白。

司马灰见胜香邻神情专注地凝视着仪器，也不知是否看出什么结果，忍不住出言询问："这个穿透地壳的罗布泊望远镜，到底能看到什么？"

胜香邻说："只凭原始数据，得到的信息十分有限，但这座配备测绘仪器的联络舱肯定是用于地形探测，并利用磁石电话机为极渊中的考察队提供方位指引。"她又将在测站中找到的所有图纸逐一比对，才逐渐有了一些头绪，可能苏联专家推测地壳与地幔之间的极渊是冥古时代陨冰爆炸形成的，这片洞窟隔绝了地幔上升的热对流。而通过"深空透视法"也只能探明地底极渊内很小一部分的情况，范围不超过几千米，处在煤炭森林以下1000米左右。

由于极渊内部中空，所以"深空透视法"产生的磁波难以继续向下渗透，反馈出来的信息大多一片空白。不过这些图纸都是精确到以小时为单位的，也就是每隔一小时探测一次。不知出于什么原因，根据时间的不同变化，还是有少数几张等深线图窥探到了洞窟底部，而从反馈出的数据来看，有两个区域铁含量十分反常，似是某种体积巨大年代古老的铁质物体。这两个物体的轮廓形状非常接近，应该不是矿脉岩层。它们之间的距离相隔两百米，每一个的体积都与失踪的Z-615潜水艇规模相当，但从形状上看并不是苏联潜水艇，其轮廓倒像是人耳。极化率数据图毕竟不是照片，又缺少更多的资料和大型测绘设备，胜香邻也很难再进一步分析。

司马灰立时想起了刘坏水说过的话，在胜天远留下的笔记中，曾有"楼兰妖耳"四字，莫非就是指极渊中的两个古代铁质物体？胜天远和宋地球一样，都没能亲自接近罗布泊望远镜，所以这本笔记中涉及的内容，可能也与图纸中模糊不清的轮廓相似，只是一个抽象的描述而已，因为罗布泊望远镜正处在历史上古楼兰鄯善王国的领地内，又因铁质物体形状酷似耳郭，才会如此命名，大概胜天远对它也没有任何深入了解。

司马灰深感情况复杂，虽然探险队是穿越黑门遗址下的地槽才得以进入罗布泊望远镜，但在这里边也没发现什么古迹，为什么每支探测分队，都要有懂得古西域地理风物的人员加入？多半由于地底存在着的两个来历不明的"铁质物体"是古人所留，可他绞尽脑汁也琢磨不透那究竟会是些什么东西。直到春秋战国末期才结束了青铜器时代，再早的时候还没有锻铁的冶炼技术，它显然又不是天然生成，怎会出现在亿万年来日月所不照的地底深渊之中？

历史上为什么对此事没有任何记载？接近它的中苏联合考察队为何

有去无回？它又与"绿色坟墓"有什么关系？此前在溶洞里遇到的黑暗物质，很有可能是冥古时陨冰爆炸留下的灰烬，可只听说过太古和远古时期，"冥古"指的是哪一段时间？

胜香邻对此事的了解并不比司马灰多，只知道"冥古"泛指天地生成之初，那时候人类文明的曙光可能还在遥远的黑洞里旅行。

第三章　穿过苍穹

司马灰本以为找到罗布泊望远镜探测出的图像，就能知道地底极渊里的详细情况，没想到事实却更加让人迷惑。地壳下10000多米深的空洞内，怎么会有两个古老的铁质庞然大物？最让人感到不可思议的是这两个诡异的铁质物体结构简单，从反馈回来的极化率数据判断，最多是两个生铁坨子，而不是其他任何结构复杂的机械，可它们仅在特定的时间才会出现。苏联专家使用的"深空透视法"窥探到的结果，大多都是一片空白。

胜香邻也无法详细解释这些情况："如果不曾亲眼目睹、亲手触摸，根本无从理解，现在任何推测都缺乏足够的依据，毫无意义可言。咱们现在掌握的情况，与1958年深入地底的中苏联合考察队相差无几，可物资装备远远不及，更没有后方的支援协调，成功的希望微乎其微。但不解开罗布泊望远镜下埋藏的古老秘密，就无法得知'绿色坟墓'的真相，从这个地下组织的反应来看，咱们的行动到目前为止完全正确。"

司马灰说："咱们劣势虽多，可优势也不算少，在缅北和南越一带，军阀、土匪、游击队之类的武装力量拿了钱就会给'绿色坟墓'卖命，但国内多次肃反镇反，挖出了不少潜伏的敌特，像'86号房间'这样的漏网之鱼终归是少数，'绿色坟墓'所能采取的行动也极其有限。毕竟六亿多农民、八百万解放军，都是咱们坚强的后盾。"

这时，罗大舌头已将联络舱的几个角落搜遍，再没任何发现，众人拍下照片后，看时间已经入夜，但在地底昼夜之分毫无意义，就返回洞道内的舷梯旁，见下方有部轨道斗形矿车，大概是用于向地底运送器材物资的，可以绕着舷梯边缘的铁轨向下滑行，斗槽里有刹闸，下行的时候不需要动力，上行则依靠人力反复压动杠杆，结构简易却十分坚固。

罗大舌头上前"咣咣"踢了两脚，觉得这段洞道深达千米，地底又十分阴寒，一步步绕着舷梯往下挪，几时才能抵达尽头？倒不如搭乘轨道矿车省些气力，当即纵身跳了进去。

司马灰和胜香邻敢于涉险，对此也无异议，相继跟着乘上斗槽，只有通信班长刘江河始终对狭窄黑暗的空间存在一种无法克服的恐惧心理。先前在那"联络舱"里已是勉强支撑，此时坐在冰冷的矿车中不免牙关打战，冷汗直冒，双手紧紧抓住两侧车沿，不敢稍有放松。

罗大舌头在车前放开刹闸，轨道矿车在一阵阵颠簸晃动中，缓缓向洞道深处滑行。由于缺少安全措施，他也不敢托大，不时通过刹闸减速，尝试着行出一段距离，状况倒还平稳。

司马灰看坐在前边的刘江河不住发抖，就一巴掌拍到他肩上："班长同志，我看你哆哆嗦嗦地都快没什么激情了，从事咱们这种伟大而又壮丽的事业，没激情怎么行呢？"

通信班长刘江河紧张过度，矿车每一次颠簸都觉得要翻下深渊，心早提到了嗓子眼，呼吸都已困难，哪里还能说话。

胜香邻对司马灰说："大伙儿都已是尽力而为了，他只是在黑暗中容易产生心理压力，你总挖苦人家做什么？"

司马灰说："误会了，我这可完全是出于一片好意，我是想给他讲一段真实的模范事迹来鼓舞斗志。当初我在缅甸的时候，听说有些原始丛林里栖息着很多非常稀罕的野鸟，可它们根本不飞出来，那丛林里又都是毒蛇怪蟒，就连最有经验的猎人也不敢进去，所以一般人很难捕获。我又看当地有个土人经常把鸡养在鸟架子上，从不让它着地。原来鸡在鸟架子上待的时间久了,就反了习性,不再打鸣,而是开始学鸟叫,声音极是古怪。土人就将会学鸟叫的鸡带到丛林外边,通过鸡叫声将深山老林里的野鸟引出来加以捕捉,他用这种办法逮到了不少罕见的珍异鸟类。"

胜香邻奇道:"这都是什么乱七八糟的模范事迹?"

罗大舌头忙不迭地转身告诉胜香邻:"司马灰是想说连鸡都能学会鸟叫,人类还有什么困难不能克服?咱这位班长同志,是不是也应该突破自身的先天条件……"他只顾说话,忽觉矿车颠簸剧烈,向下滑动的速度超出了控制,急忙用力压下刹闸,刺耳的金属摩擦声中,在铁轨上拖出了一道道蓝色的火花。但刹闸在洞道内常年氧化已然锈蚀松脱,剩下的半截再也无法减缓速度。

司马灰骂道:"真他娘倒了八辈子邪霉,同志们都把安全带绑紧点吧,咱们将要度过一个颠簸的夜晚了!"

话音未落,失控的矿车就似脱缰野马般疾速向前冲去,眨眼间就绕着洞道转下去数十圈,但斗槽里根本没有安全带,众人只得竭力扒住两边车沿,以防身体被甩出去活活摔死。但矿车下行冲击产生的巨力何止千钧,即使途中没有翻倒,任其直接撞到洞道底部,血肉之躯也完全承受不住。

众人心知此次在劫难逃,跟着矿车掉到洞底必然无幸,只盼那极渊里都是深水或许还能逃得一死。没想到洞道底层布设了防护网,斗槽矿车被其阻截,速度顿时慢了下来,缓缓滑到底部停止,可这一阵颠簸冲击积蓄的力量仍然不轻,四个人都被重重抛在了绳网上,眼花耳鸣,几欲呕吐,一个个手脚发软,三魂七魄好半天才肯回归原位。

众人以呼哨声彼此联络,所幸并无折损,相继爬起身来察看周遭情形,就见舷梯和滑轨都已到了尽头,矿车翻倒在一旁,眼前都是阴冷湿雾,耳中隐隐听得闷雷交作,能见度很低,估计是到了洞道最深层。地底极渊可能还要向下,于是又攀着悬空的绳网下行,也不知过了多久,绳网始终没有到底,但觉身边云雾更浓,有时候伸出手来也看不见自己的五指,远处则多是气流呼啸的凛冽之声。

司马灰暗觉奇怪,周围迷雾虽然厚重,但给人的感觉却空空荡荡,好像已不是罗布泊望远镜下的那条洞道了,大概已经进入了地壳与地幔之间的区域,可这些迷雾是哪儿来的?莫非这下边也有上古奇株"优昙婆罗"?

这时,一道雪亮的闪电从面前掠过,滚雷响彻耳底,众人借着蛟龙惊蛇般瞬间即逝的光亮,发觉周围都是无边无际的云海,天地恍若混沌,哪里是什么地底洞窟,皆是极度骇异:"我们怎会身在高空?"

胜香邻心知这是陨冰爆炸后留在地底的浓雾,受地压影响成了气象云。难怪罗布泊望远镜和地槽中氧离子含量从未降低,原来是地底极渊里有气流上行,可被雷电击中就不得了。她忙招呼司马灰等人:"快向下离开这些云层!"

此时惊雷闪电已贴着头皮来回滚动,众人立刻将身上背包和步枪抛下,随即攀着绳网向下逃去。从洞道里垂下的绳网足有几百米长,底部尽是空虚的黑暗,翻滚的云雾都凝聚在半空,司马灰脚踏实地,却没有设想中的深水,拿矿灯向下照去,遍地是黄金般的沙子,再将光束投向远处,凡是能看见的地方除了沙子还是沙子。

胜香邻将摔在沙漠中的通信班长拽了起来,众人分别捡起背包站定了茫然四顾,就觉这黑暗的深渊底部有如亘古洪荒般广阔难测,矿灯有效距离最多能照二十来米,除了能看清身前之外,也起不到别的作用,更无从确认远处的地形地貌。

罗大舌头适才逃得急了,趴在地上呼呼喘着粗气,见这情形不禁喃喃自语道:"我的祖宗,这地底下是片沙漠……"

司马灰跪下抓起一把沙子在手中搓了几搓,又放在鼻前嗅了嗅:"这不是枯热而沙化的土层,而是海沙,可能在无数年前,极渊还是位于地底的深海,但它现在已经枯竭了。"

胜香邻对司马灰说："地壳下的空洞规模大得无法想象，除了身后这条绳梯之外，沙漠中没有任何其他参照物，我只能根据图纸方位推定，那两个古老的铁质物体位于罗布泊望远镜的东侧，距离大约四公里远，但是咱们没有苏联人的先进测绘仪器，难以做到精确定位，如果稍有偏离就会迷失方向，甚至无法按照原路返回。"

司马灰实觉无法可想，现在只知道一个大致的方位，怎么可能在漆黑的沙海中找到目标，而且流沙会逐渐将足迹掩埋，这意味着一旦出发离开起始点，就再也别想原路返回。

司马灰正在苦思对策，恰好半空又有闪电出现，其余三人都抬眼上望，他却觉身后好像有个物体在缓缓蠕动，便下意识地回过头去，见黑暗中有个披头散发的厉鬼就在自己背后，对方那张脸可是再熟悉不过了，白森森有若神佛，吓得司马灰头发根子全都竖了起来，冰冷的气息顿时弥漫全身。在这静谧的地下世界里，宏大与诡谲混合着空洞的死寂，而那个仿佛来自地狱深渊里的幽灵，就似一条无声无息的附骨之蛆，始终未被摆脱。

第四章　沙海迷走

司马灰回头看见身后有鬼，由于距离太近，几乎是脸对着脸了，也无法细辨，只觉那神佛般的容貌像极了占婆王，而且对方的两只手已伸出来搭在了自己肩头，不由得毛骨悚然，立刻发一声喊，就地向前扑倒，同时端起了手中的撞针步枪。此刻雷电已消逝在厚重的云层中，矿灯光束照过去只有遍地黄沙，没有任何多余的足迹，空寂的黑暗令人窒息。

其余三人被他惊动，也着实吓了一跳，齐回转身来察看，却不见任何异状。罗大舌头抱怨道："我说咱没事可别一惊一炸的，吓死人不偿命啊！"

司马灰很难确定自己刚才看见的究竟是什么，但肯定不是雷电带来的虚像，因为在回头之前，就已察觉到身后有些动静。他将此事告之众人，"86号房间"虽已尸骨无存，但探险队并未彻底摆脱"绿色坟墓"的跟踪，下一个敌人已经出现了，它也许就躲在身边。

胜香邻也一直感觉到有些难以言喻的反常迹象，还以为是精神过于紧张所致，此时听司马灰一说，才知并非错觉，问道："你看到了'绿色坟墓'的首脑？"

司马灰摇头道："我只看到那张脸白惨惨的极是怪异，很像壁画神庙中的形象，可占婆王的尸皮面具已经在黄金蜘蛛城里被焚毁了，按理说它不应该再次出现。总之这地方绝不太平，大伙儿都得放仔细些。"

胜香邻说："解开地底极渊里的谜团，就能扭转这种被动受制的局面。时间拖延越久越是不利，所以咱们要尽快找到四公里之外的铁质物体。"

司马灰心想，在这距离地表一万多米下的茫茫沙海中，矗立着两个耳郭形的大铁坨子，几乎所有人都认为罗布泊望远镜下的铁质物体就是谜底，可它们究竟能有什么意义？又寻思长度将近百米，构造甚是简单，也不是失踪的Z-615苏联潜水艇，那会不会是两颗氢弹？不过氢弹好像也没这么大的体积，看来不走到近前，仍然无从想象。

罗大舌头提议道："我看这么耗下去也不是事儿，咱既然确认不了方向，干脆就每个人保持一百米间隔距离，同步向东搜索，要是运气好的话，也许就能找到目标。"

胜香邻说："陨冰是天地形成时就出现在地壳内的巨大冰云，受地压影响爆炸后形成了空洞，其规模和结构都难以估量，在这没有参照物的黑暗中，罗盘只能提供一个大致的方位，矿灯的照射距离也就二十来米，相当于蒙上眼在沙海里摸索，没有任何成功的可能性。"

通信班长刘江河也认为罗大舌头之策绝不可行："咱部队上夜间急行军，也不敢让每个战士间隔100米的距离，那非走散了不可。"

罗大舌头说："你们那是没打过丛林战，当初我们游击队钻到那遮天蔽日的热带雨林里，间隔十几步远就谁也看不见谁了。那时连长、排长什么的，就在衣服上抹一种草汁子，味道迎风都能传出八里地。后边的人只要有鼻子，即使用黑布蒙上眼，也照样不会掉队。"

司马灰两眼一转，已然有了对策。他对其余三人说："我看咱这队伍真是人多脑杂，让你们讨论个什么问题也都说不到点子上，最后还是得我来拿主意。先前我在洞道的联络舱里看见有部'A53型磁石电话机'，线路直接通往地底。1958年那支联合考察队，一定是背着线架子下来的，那20000延长米的白色线路，足以支持在三公里外与后方保持实时通信。咱们只要摸着这条电话线找过去，肯定能抵达目标。"

司马灰说完,就找到随绳梯一同垂下的线路。此前众人为了躲避气象云,都急于攀下地面,那白色线路又被沙海覆盖,所以谁都没能发觉。这时看到电话线依然保存完好,仍可作为导向线使用,无不为之振奋。苏联专家团配有精确测绘设备,甚至还有探测铁元素的先进仪器,当年那支考察队行进的方向不会出现偏差。

众人当即拨开沙子,循着那条不见尽头的白色线路徒步向东而行。这片存在于深渊底层的沙海,亿万年来从未经历过枯燥的日月轮回,仿佛偏离了时间与空间运行的轨迹。只有远处偶尔出现的雷暴,像微弱的光斑刚刚显现便又倏然隐落,而沙层下可能就是地幔的熔岩,热流向上升腾,使空气变得灼热,与苦寒的罗布泊望远镜洞道相比,带给探险者的又是另外一种体验。

司马灰看四周虽然一片漆黑,但那黑暗里竟有种苍苍茫茫的感觉,可能是因为它实在太深远了。只记得先秦古籍中对极渊里的描述是"有龙衔火,以照四极",那应该是形容地幔里的熔岩向上喷涌,很难推测中苏联合考察队遇到了什么意外。走在这条探索终极意义的路途上,前方的一切都是未知,命运也随之变得叵测。

沙海中地形平缓起伏,司马灰等人惯于长路行军,这几公里的直线距离自是不在话下。不觉走到一处,流沙下浮出许多化石般的白骨,矿灯照过去也看不到边际,不知埋在沙海底下的部分还有多大。

通信班长刘江河从没见过这么大的鱼骨,新疆海子里最大的大红鱼哲罗鲑也就两米多长,骤然见此异物不禁惊诧道:"这好像是龙骨!"

罗大舌头道:"你少见多怪,这一看就是某种海洋巨兽,或者是条大鱼,最多就是鱼龙。"

司马灰也说:"应该是鱼,可仅剩残骸了,看不出是哪种鱼,估计个头儿小不了,弄不好比苏联潜水艇都大。这地底下很可能存在复杂而又古老的生命形态,多亏现在已经没水了,要不然咱们渡海过去,非被它一口吞了不可。"

罗大舌头说:"甭管多大的鱼,它只要是离开了水,那就是叫花子下雨天放火——想穷骚也穷骚不起来了。"

胜香邻道:"你们都说错了,这是鲸的残骸,古鲸也称海鳅,并不是鱼。"

司马灰恍然道:"原来这就是古鲸,我以前常听人言天下之深难测者,莫过于海,物中之大难测者,莫过于鲸,其来也无形,其去也无踪。现在仅看这流沙下的白骨,也能想象出这地底曾经渊渊穆穆、浩浩淼淼的壮阔。"

罗大舌头也知道鲸不是鱼,自觉输了见识,便又唾沫星子四溅,开始不住口地对众人夸夸其谈:"这古鲸我也听说过呀!那家伙老厉害了,当年我爹跟部队过海闯关东,雇了艘带马达的渔船,百十多人在舱里挤得满满当当,刚到大洋里就遇上风高浪急,巨浪滔天,打得那艘破船东倒西歪、左倾右斜。忽然就见水色变成了墨蓝,从中冒出一座大山来,也不知道有几千米长,在海里一沉一浮,还没等大伙儿看清楚是怎么回事,整条渔船就被吸进了黑洞,四周昏暗不测。把个船老大吓得体如筛糠,想哭都没眼泪了,知道已经葬身鱼腹了。正这时候忽听潮声大作,渔船竟被涌出水上,落下来就摔散了架,好在已离沙滩不远,会水性的都挣扎着游到了岸边,才知道是巨鲸喷水,又把渔船带了出来,你说这要逃不出来,那还了得?"

司马灰揭老底说:"罗大舌头你好像记糊涂了,你爹应该是老一纵的人,他们那都是参加过平型关战役的部队,然后就留在山西太行山开辟根据地了,闯关东怎么还要绕远路跑到山东过海,你是不是把匹诺曹当成你爹了?"

罗大舌头气得脸红脖子粗,正待出言反驳,忽觉手中一轻,埋在沙下的线路只剩了一个线头。他扒开沙子找了半天,也不见延伸出去的其余线路所在。

众人都感到一阵不安,估算行进距离,四公里左右的路程,现在仅走了一半,没有电话线作为引导,怎么可能找到迷失在沙海深处的中苏联合考察队?

司马灰说:"别急,这古鲸残骸都快变成化石了,少说也死了千年,考察队总不至于被它吞了,咱们再顺着电话线断掉的方向仔细寻找,另外一截线路也许就在沙子底下。"

说罢他带着其余三人就地搜寻,接连刨开几个沙坑,赫然看见断掉的白色电话线就埋在沙下。司马灰悬着的心落回原位,要是找不到导向线路,后果当真不堪设想,他伸手过去想要拽出电话线,可触手所及空无一物,那根野战电话线就像突然活了一般,倏然钻到沙子里不知去向了。

众人大奇:"电话线怎么自己长腿儿跑了?"于是都上前协同司马灰挖沙,直扒了半米多深,仍是毫无所获。

司马灰忽觉情况不妙,低声对其余三人说:"别找电话线了,这沙海里根本就什么都没有,大伙儿快向东去,等会儿不管听见身后发出什么声音,都不要回头去看。"

第五章　憋宝古籍

罗大舌头还想继续挖开沙子寻找白色线路，忽听司马灰让众人迅速离开，感觉有些摸不着头脑："后边有什么动静？为什么不能回头？"

司马灰一面支耳倾听周围的声响，一面对罗大舌头说："你要回头一看，可能就吓得两条腿发软逃不动了。"

罗大舌头不服气地说道："我以前受你这坏分子唆使去食堂里偷腊肉，结果被炊事员发现，放了两条狼狗来撵，追得我跟王八蛋似的，我可也没含糊过呀！"

胜香邻和通信班长刘江河见司马灰神色肃然，知道他不是在开玩笑，还想再问究竟，司马灰却"嚯"地站起身来道："情况紧急，快走！"

原来司马灰刚才在沙坑里挖出了另外半截电话线，可想拽出来的时候却又找不到了。他再往下挖，看到有许多细小的沙洞，心想可能是在黑暗中，误将白化的沙蛇当作电话线了，那些栖身于沙海下的细小生物，受惊后早就逃得没影了，又上哪里去找？就算抓住了也无法当作导向线。与此同时，他还发觉远处腥风陡作，渐渐声如潮涌，都朝着古鲸残骸处攒集而来，只有东侧相对沉寂。司马灰心知来者不善，只凭老掉牙的撞针步枪难以直撄其锋，当即跃身而起，口中打声呼哨，让其余三人都向东退。

这时，罗大舌头等人也已听到沙海深处传来的动静，均感大难临头，情知偏离中苏联合考察队布设的电话线路就得迷失在黑暗的地底极渊，可若不落荒而逃，顷刻间便会死于非命，不用权衡也知道应该做何取舍。开始还是快步而行，可转瞬间那密密麻麻的爬行声就已从后逐渐逼近，众人只好撒开腿狂奔起来，疲于奔命之际，就是想回头看也顾不上了。

除了胜香邻以外，司马灰与罗大舌头、刘江河三人，都具备武装越野的经验，翻山过岭如履平地，可那遍地黄沙又松又软，踩一步陷一步，越用力越是缓慢，较之跋涉山地溪谷，更加艰难数倍。

罗大舌头心里焦躁，一个踉跄扑倒在地，顺着平缓的沙坡滚了下去。司马灰只好停下脚步，伸手将他拽起，这时，忽听胜香邻和刘江河同声叫道："小心！"

司马灰也觉察到身后有阵怪风卷至，放手松开罗大舌头，拽出猎刀回手反削，听声音就像砍到了一片枯树皮，再用矿灯往地下照视，就看有条半米来长的怪蛇被刀锋挥作两段，那蛇粗如儿臂，两肋有肉翅，通体明亮，洞见肠胃，里面生满了无数肉刺，此时百余体节一分为二，兀自屈身蠕动。

司马灰暗觉此事蹊跷："这是地底下的透腔沙蛇，它何以对我们紧追不放？"才刚一愣神，忽然脚下沙石轰鸣，立足的沙坡塌陷出一个大洞。从深处露出一条沙蚓，头如螂蛆，身似巨瓮，分成两截的死蛇都被它连同大量沙雾吸了下去，众人惊呼一声，全力向后趋避。

通信班长刘江河躲闪不及，竟带着背包滑下沙洞，五六式半自动步枪也掉在了一旁，手足更是陷在流沙里挣扎不出。罗大舌头离他较近，伸手抓住刘江河的背包肩带奋力向上拖拽，这时却听耳边嘤嘤之声犹如儿啼。罗大舌头壮着胆子回头去看，就见沙蚓前端不断膨胀伸缩，离着自己还不到半尺，吓得他险些冒了真魂，情急之下生出股蛮力，捡起刘江河的五六式半自动步枪拼命一搏，却苦于五六式枪身太长，根本掉转不开。

这时，司马灰举起步枪射击，从洞中钻出的沙蚓被子弹打得稍稍向后缩去，奈何其环肌层下的神经都属网状分布，枪弹对它的杀伤力实是有限，起不了多大作用。不过稍微缓得一缓，胜香邻就趁机抛下绳子，那二人手足并用攀上了沙洞边缘。

四人舍命挣出陷落的流沙，刚跑了几步，面前又陷下一个旋涡般的沙洞，耳听流沙涌动，周围还不知会有多少。司马灰心知地底沙蚓躯体蠢拙，只以腐物碎屑为生，轻易也不肯从沙海深处爬上来，可一旦遇上了也很难对付，而且听动静来势惊人。这四周空旷无极，如果找不到依托抵挡，只怕众人都要在此报销了账。

众人此时已顾不得迷失方向，绕开陷下的沙洞又向东逃，就听天上滚雷沉闷，厚重的云层里忽然坠下一物，"啪"的一声正砸在司马灰头戴的"Pith Helmet"帽檐上。纵是配有缓冲夹层的木盔保护性能良好，司马灰还是觉得眼前一阵发黑，往地下一瞅，是溜圆的一颗冰雹，足有核桃般大。

高空云雾中的对流层受地压影响，产生猛烈冲突，劈头盖脸地撒下一场大冰雹来。司马灰心说："怪不得东面静得出奇，原来是要下雹子了。"

雹子在民间又有"雹灾"之称，冰雹大小不定，最小的如同米粒，也有直径超过十厘米的大雹子。在无遮无拦的情况下，多曾出现过把人畜活活砸死的惨事。众人心知厉害，连忙抖开捆在背包后的毡筒子，迅速接到一处，再用步枪和背包支起，蜷缩在底下躲避这场突如其来的冰雹。

司马灰被雹子砸得头上隐隐作痛，刚才又逃得甚是急促，胸头烦恶燥热之意难挡，就捡了块冰雹放在嘴里去嚼。

胜香邻喘匀了呼吸，就对司马灰说："你现在怎么还有心思吃雹子，你知不知道咱们已经在沙海之中迷路了？"

司马灰想着心事，嘴里应道："我牙疼上火，听老话说吃这玩意儿能治牙疼。"

罗大舌头也捡起冰雹往嘴里放："现在就别考虑什么方向了，这阵冰雹一过，沙洞子里的怪物恐怕又要出来了，咱近视眼配镜子——得先解决目前问题不是？"他又对通信班长刘江河说，"刚才要不是我罗大舌头冒死下去救你，你小子早就'革命'到底了。"通信班长刘江河千恩万谢，又是惭愧又是感激。

司马灰对众人所言充耳不闻，心中突然一动，说道："不对，沙虫、沙蚓之属都是从沙海深处而来，它们只能通过感知振动和热量变化行动，不应该隔着那么远就察觉到咱们的存在。这要是什么巧合，我就把自己的眼珠子抠出来，再当着你们的面吃了。"

胜香邻道："不用赌咒发誓，你到底想说什么？"

司马灰说："我看是咱们身边可能藏着什么东西，才把栖息在沙海下的可怕生物引了出来……"他想起先前在沙漠中猛一回头看到有个恶鬼出现在背后，两只手都搭上了自己肩头，可定睛再看已是一片漆黑。他无法解释这个现象，甚至怀疑自己被厉鬼附体。

现在回想，当时身后就只有这个背包，于是拎过来察看。他把里面的东西一件件掏出来，除了电池之外，就全是从地底测站里找到的罐头，也没见有什么反常之物，不料掏到里边的时候忽然摸到些什么，感觉自己的手好像被人握住了。

司马灰心说：怪了，这背包里装得满满的，底下怎会还有人？他硬着头皮用力一拽，竟扯出半截死人的左臂，那手臂上似乎被涂了某种秘药，没有血腥和腐臭气息，仅及常人的一半大小，被拽出来之后手指仍在微微颤动。

众人在旁看了都是又惊又异："这是谁的手臂？它怎么还能动？"

司马灰看其形状就知道这是"86号房间"的另一条胳膊，大概是在暗河里焚化宋地球尸体的时候，被他偷着藏在了背包最底层的电池下边，众人在仓库里补充物资之际也未能发觉。

司马灰用刀割开那条手臂，从中剜出一颗肉瘤，端详道："这是鳖宝，可能就是它在给咱们招灾引祸。"

众人凑近观看，就见那肉瘤色呈暗红，表面密布着神经线般的血丝，再看剩下的半截残臂，就此一动不动了，如今才知道"86号房间"两条手臂里都有鳖宝，还利用它在死前埋下了阴险的后招儿。

这些情况好像都在赵老憨留下的憨宝古书中有所提示，只因内容似是而非过于隐晦，谁都没能事先想到。除此之外，司马灰心中还有些疑惑难解：既然背包里的死人手臂属于"86号房间"，为什么我看到的恶鬼，却像是"绿色坟墓"的首脑？莫非它是……

这时冰雹已停，沙漠干燥酷热，冰雹落地不久就化为水汽弥漫成雾，罗大舌头点火烧掉了"鳖宝"，又看那半截死人手臂碍眼，也给一同烧了，空气里顿时弥漫着一股难闻的恶臭。

胜香邻见四周重又归于寂静，稍稍放下心来，就对司马灰说："多亏你有所察觉，才将一场大难消弥于无形。但咱们已经完全迷失了方向，根本无从确认位置。你鬼主意这么多，现在还有没有什么法子可想？"

司马灰却根本没把心思放在这件事上，只是摇了摇头表示束手无策。此时其余三人都已收拾好了背包，准备继续深入沙海寻找目标。司马灰却又伸手到自己背包里掏了个底掉，发现不见了那本憨宝古书的踪影，急问胜香邻是否还记得他把书放在哪儿了。

胜香邻不解地问道："那本旧书里的内容诡秘离奇，观之无益，何况也没人看得懂，你还急着找它做什么？"

司马灰说："这本憨宝古籍的真正主人应该是'绿色坟墓'，要是找不到它咱们的麻烦可就大了。"

第六章　磁　蛇

司马灰想起那本憨宝古籍中隐晦离奇的内容，也许真如通信班长刘江河先前所言："古书中隐藏着非常邪恶的东西。"它很可能就是"绿色坟墓"派来的另一个敌人，否则怎会平白无故见鬼？

胜香邻将信将疑，一本残破古旧的书籍，又能兴得起什么风浪，只要你不去看它也就是了。何况黑门中那具尸体的身份以及插图中描绘的古怪情形，都尚未确认，如何能断定它与"绿色坟墓"有关？

司马灰实在无法解释，毕竟只有他自己看到了那个幽灵，但此事肯定与来历不明的憨宝古籍有关。现在它又莫名其妙地丢失了，或许是在一路狂奔逃命之际，古籍从背包侧袋里掉落出来。倘若遗落在这满目漆黑的茫茫沙海中，则根本无从找寻。

司马灰见事已至此，知道该来的早晚会来，想躲也躲不过去，就暂且将此事放下，同其余三人走向沙海深处。本想要回归来路，但在炎热险恶的环境中方位迷失，唯见四周沙垄起伏，东南西北并无任何分别，枯燥相似的地形始终没有变化，好像只是在原地不停地兜着圈子。

胜香邻勘探测绘的经验丰富，与生俱来的方向感也比常人敏锐，但这极渊内的空洞规模颠覆了一切地理概念，"62 式军用多功能罗盘测距仪"在黑暗中彻底失去了作用。如果不能做到精确定位，只怕从少走到老，接连走上三世也找不到目标。

司马灰对此也无可奈何，行走在这漫无边际的地底沙海中，找不到任何参照物，虽有军用罗盘作为指引，但无法随时修正方位，想保持直线行进都很困难，更别提找到数公里外的某个特定目标了。他正走得发慌，看流沙下又露出一块海鳅下颌骨，便停下来仔细打量。

罗大舌头催促道："我说你是号称家传本事了得，连粒沙子都能分出公母，现在不抓紧时间确定方位，总盯着那些鲸骨看个什么劲儿？"

司马灰忽然想到巨鲸潜航都是以声呐和磁场感应方位，以前的鲸和现在的鲸不同，体积更为庞大，远超现在的座头鲸，所以也称古鲸或大海鳅。他曾听过老人们讲渔民捕获大海鳅的事儿，每当春夏之交，海边的渔民就聚在庙中焚香祷告，通过求签占验一类的法子看龙王爷是否允许捕鳅。一旦求得上签，就知道将有大鲸获罪于天，已成海患，可以捕杀。渔民们便在近海沉下大量磁石，广集舟船，先选拔熟识水性并擅于投掷标枪的矫健之辈，准备好带着镖眼长绳的梭镖，架着柳木快艇出海守候。

为什么要用柳木船？原来天生一物，必有一制，古鲸最为惧怕忌讳之物就是"陈柳木"。又让那些善观海色变化的老手登到山顶远远眺望，什么时候遥见海面百余里开外凭空突起波澜，有白浪轻浮于上，黑云铺映于下，水势滔滔，潮声隐隐，那就是有巨鲸接近，遂放烟火为号，通知柳木艇上的渔民准备行事。

随后就见海鳅口喷飞沫，扬鳍出现，一时间波涌如山，好似千军万马奔腾而至，光天化日底下倒洒大雨，就连岸上的人都被淋得衣衫尽湿。此刻艇上众人齐心尽力，群击柳梆，声满于海，趁着古鲸恐慌下潜之际放出铁镖。这类渔矛渔叉，杀不死如此庞然巨物，只能使其受伤，然而海鳅皮肉破损后入咸水必死，反复数次，死鲸就会浮出水面，渔人即用铁钩大船牵引将巨鲸拖往岸边。

到岸后就见这大海鳅真跟一座山似的，口宽数十米，颌下生有牛尾似的长髯，外有薄皮，内为软骨。渔民们以杉木撑开深黑如洞的鲸口，这时必须用大蒜塞住鼻子，否则抵挡不住那里边的腥臊之气。随后搬梯子，点燃灯烛从喉门钻入腹中，割取鲸油、鲸膏，能以此制作名贵的螭膏长明灯。一尾巨鲸能得油膏十万斤，其余的骨肉任人瓜分。有一次被拖上岸来的海鳅还未气绝，被乱刀剜割，疼痛难忍，猛然摆尾翻身，一下就压死了好几十人。

罗大舌头和通信班长刘江河很是不解，为什么司马灰突然说这些不相干的事情，胜香邻却听出一些端倪："渔人在浅海沉下大量磁石，才引得巨鲸从外洋深海接近岸边，古生物多能以自身磁场精确定位，人类却不得不依赖工具。"

司马灰道："咱们现在也可以借助生物磁场确认目标方位，这地底极渊在千万年前曾有鲸群出没，如今却成了万物枯寂的沙海，似乎没有任何生命的气息可寻，但在流沙深处也栖息着沙虫、沙蚓之类的生物，尤其是白蛇。白为金象，蛇头中大多含有磁珠，又称磁蛇，可以借助它们来确定方位。"

胜香邻道："沙漠里的蛇虫都有猛毒，避之犹恐不及，你要怎样才能捕获它们？"

罗大舌头自称熟识此道："我在缅甸山区也不知道剥过多少蛇皮，这手艺要是再不使用，可都荒废掉了，你们就尽管在边上瞧着吧！"他这倒也不是自吹自擂，当初司马灰和罗大舌头跟着游击队在深山里一躲就是几个月，那部队里有个缅甸土人，常携他们二人同去捕蛇。每次月夜晴朗，那缅甸人总要叮嘱二人："眼中若有所见，切记勿惊勿怪，不要出声。"随即燃起香料引蛇，然后带他们俩躲在树上观看，原始丛林里的蛇真是千奇百怪，说不尽有多少异处。有的鳞甲焕斓，两目光灼如电，口吐五色毒气，纷纷如朝霞之彩；有的遍体通红，熊熊若初日浴海；也有的首似狐兔，或黄或白，什么颜色的几乎都有，大小长短也不相同，诸如鹤顶鸡冠、身如扁带，或像泥鳅似的乌黑墨鳞，一切奇形怪状，种类难计其数。可每到中夜时分，不管所获是多是少，那缅甸人都会立刻把香掐灭，带着司马灰和罗大舌头匆匆离开。你要问他为什么不多等一会儿，再捕几条大蛇，他就会脸色大变，打着手势告诉二人："再不赶紧走，就把蛇王引出来了。"

司马灰和罗大舌头捉蛇的手段，都是跟这缅甸土人所学，但沙漠与丛林中的蛇性不同，眼下又没有香料，只好以步枪的枪托在沙子上反复拖动，连续制造一些轻微的振动，想将流沙深处的磁蛇引出。这办法果然奏效，就见黑暗里有一条半米来长的白蛇蜿蜒游走而至，转瞬间距离罗大舌头已仅有数步之远。它突然疾如激箭，直对着罗大舌头面门扑来。

罗大舌头看得分明，这是条獠牙倒立的尖吻蝰蝮，被它咬中的人走不出五步就会全身发黑而死，一百个里也活不了一个。他趁那磁蛇还未彻底起身，猛地脚下一跺，磁蛇受到剧烈振动惊吓，蛇身便向侧面游移，被罗大舌头窥着空当儿，出手似电，一把抓住七寸，同时上步踏住蛇尾，将蛇身拉直，又顺势捋松脊椎骨，那磁蛇就已软绵绵缠在了他的手中，再也不能挣扎反抗。

其余三人喝一声彩，一同围上前来观看。那蛇头内的磁珠不过米粒大小，但盘曲时蛇首所向必是附近藏有铁脉之地。这是其天性使然，以此修正方位，顺藤摸瓜就能找到几公里外的目标。

众人当即在黑暗中摸索前行，司马灰忽然想到苏联人利用深空透视呈像法，反复对地底进行探测，但极渊中大多时候是一片空白，其实这并不奇怪。因为极渊本身就是地壳与地幔之间的空洞，据胜香邻所言"大地电场透视"必须有相应介质，如果地层中间存在断裂，会对电磁造成过度损耗，所以基本上探测不到任何图像。可那几张呈现出结果的探测图是怎么形成的？存在于地底的那两个铁质物体，是否仅在某个特定时间才会出现？如果真是那样的话，磁蛇指引的方向也未必准确。

胜香邻对司马灰说："特定的时间应该是指 12 点 30 分，那时地场中会出现黑雾，按照苏联人的观点来看，那是陨冰爆炸后存留在地底的黑色灰烬，其中可能含有大量辐射电磁波。它呈周期性循环往复，黑雾出现的时候会覆盖极渊，所以在这段时间内，大地电场可以向下渗透，从而取得探测数据，显现出反馈图像。"

司马灰看了看怀表，距离 12 点 30 分还有四个小时，时间足够找到那两个神秘的铁质物体，但是之后又该怎么办？他开始只是想接触到极渊内的秘密就能解开"绿色坟墓"的全部谜团，可随着目标越来越近，却感觉距离真相越来越远。天知道这地底下为什么会有两个与苏联潜水艇体积相当的大铁块子，它当真会是一切未知的终极答案吗？

胜香邻也觉前路未卜，但她仍然相信宋地球的判断，"楼兰妖耳"就是谜底，"绿色坟墓"首脑的身份与来历，以及这个地下组织的真实目的，还有"黄金蜘蛛城"密室中密码般的"夏朝龙印"、失踪的苏联 Z-615 潜水艇和中苏联合考察队，这些谜团都与罗布泊望远镜下的地底极渊有关。

众人各自猜测着结果，越过一片起伏错落的沙丘，渐觉脚下地势缓缓升高。这时沙海中迎面出现了一个巨大神秘的铁质物体，它无声无息，峙然矗立，黑暗中看不清其规模轮廓，只感到时光的大海潮汐涌动，亿万年前遗留至今的古老痕迹早已模糊不清。在这沉默的真相面前，司马灰看得目瞪口呆，止不住低声惊呼道："天爷地爷我的关王爷，这他妈到底是个什么东西？"

第七章　神　铁

苏联人用物探仪器探测到深渊中的两个铁质物体，其轮廓近似人耳，仿佛是在这寂静的地下世界中倾听着神明的法谕。

这两个不可名状的古老铁质物体，奇迹般屹立于地底一万多米深的沙海中，众人此刻切实接触，仍是觉得万分难以理解。任何主观所见之物都属抽象，抽象即为不真实，也许你能亲眼看到"真实"，却未必能理解"真实"的意义。

他们在百余米高的生铁坨子下默立良久，一个个皆哑然失色。这尊生硬冰冷的庞然大物，似乎已完全与黑暗融为一体，强烈的压迫感使人感到惊心动魄。它带有明显被海水侵蚀过的痕迹，壁体上的波浪外观，是纵向深裂纹与横向洼洞的组合，却并未锈蚀，仿佛每一处饱经沧桑消磨的印痕，都有一种难以解释的神秘因素存在。斑斓的表面，暗示着时间的度量与年代的久远。

如果不是这么近距离地接触，又未得知地底存在两个体积相同的铁质物体，司马灰等人多半会将其视为迷航失踪的苏联 Z-615 潜水艇，但在近前观察，却会发现它实在是太古老了，而且这个巨大无比的铁质物体并不是任何工业产物，也不是司马灰先前所想的"氢弹"，更确切地说，这只是一块"铁"，大概从极渊出现的那一刻开始，它就存在于地底未曾移动过。

罗大舌头看得咋舌不已："要说这就是那艘装备潜地火箭的苏联Z-615潜水艇，体积倒是差不多了，可它失踪后怎么会出现在罗布荒漠之下？"

司马灰摇头道："你什么眼神，这肯定不是潜水艇，先说极渊里的深水早就枯竭了，那艘苏联潜水艇不可能自己冒出来，谁又见过竖着搁浅的潜水艇？再说这东西在地底下都生根了，不知道流沙下还埋着多大一截，应该从古至今就没动过地方。"

胜香邻道："只有陨铁才不生锈，因为它是石铁两种元素混杂，这或许是陨冰爆炸生成空洞时留下的碎片。"

司马灰以前听胜香邻提到过这一情况，知道陨冰并非来自高空，而是天地构造时包裹在地壳内部的冰云，密度很大。它在地幔与地壳间形成空洞的过程，有几分接近先秦地理典籍中记载的"天地之大劫"。依旧时观念所言，每隔多少多少万年，天地间就有劫数轮回，等大数一到，整个阎浮世上，万物皆尽，两轮日月，一合乾坤，都将混为一体，而极渊内出现的黑雾，就是上次大劫所留。可尽管绞尽脑汁，还是很难想象地底的陨铁与"绿色坟墓"之间有什么关联，它似乎与任何一个谜团都不相关。

司马灰心念一动，问众人："这陨铁会不会具有某种人类难以窥测的力量？毕竟1958年中苏联合考察队在接触它的时候全部遇难失踪了，22名成员一个也没回来。"但现在看来，除了甚是巨大古老也别无他异，这个铁质物体本身就是陨铁。它应该不会吃人，除非你自己拿脑袋去撞，那必定是一撞一个血窟窿。

司马灰越想越是不解，他让罗大舌头和通信班长刘江河也尽可能提出自己的看法，众人集思广益也许就有头绪了。从三十四团屯垦农场出发至此，一路经历了多少艰难险阻，更有许多人付出了宝贵的生命，总不能就为了寻找这两块无声无息的陨铁。

罗大舌头瞪眼看了半天，最后无奈地说："我自从听宋地球讲了马王堆女尸出土的经过之后，真是激动不已，从那时候起就在我的心灵深处埋下了从事考古工作的火种。可直到今天我才发现自己根本不是那块料，我罗大舌头就是长了三个脑袋，也琢磨不出这俩大铁坨子究竟是干什么用的。"

通信班长刘江河论见多识广远不如司马灰等人，虽然除了震惊之外也存有满腹疑问，可他甚至不知道应该从何问起。

四人商议了一阵儿，认为凭着照明距离20米的矿灯无法窥探地底陨铁的全貌，它的大部分都隐藏在黑暗深处，或许高处还有些别的东西存在。陨铁上被海水侵蚀的裂痕极多，众人分别从各处攀缘向上，仔细搜寻其中隐藏的秘密。

司马灰身手快捷，当先攀至高处，隐隐感到陨铁虽系天然造化铸就，可其轮廓间似有雕琢过的痕迹，到得接近顶部之时，终于发觉这是一尊巨大的铁人，两眼都是深洞，可以容人进入，里面漆黑空寂深不见底，也不知通往哪里。

这尊矗立在死亡之海中的大铁人，拥有比古老更古老的形态，以及无视沧桑变化更毫无表情的古老面容。因空洞而更显深邃的双眼，千万年来始终向着永恒的方向眺望，万物皆在流动，唯一不变的可能只是变化本身。

众人探到此处，心下更觉惊异愈甚，谁能在地底铸造这么庞大的铁人？

司马灰推测陨铁应该是亘古以来就生于原地，前人多半曾使用酸蜡对其进行腐蚀切割，看痕迹少说也有几千年之久了。

此时，其余三人都已陆续攀了上来，到了这里仿佛处在高塔之巅，穿云破雾，身凌虚空，漆黑中虽然看不见脚下深浅，但四周呼啸的气流，也足以令人战栗。

众人提着电石灯向洞中照视，就觉内部奇深难测，似乎这铁人腹腔中空可以容物，不禁起疑："这里面会不会关着什么妖魔？"

罗大舌头先端着步枪探进半个身子看了看,然后缩回来报告说:"越往深处空间越大,根本看不到底。"

司马灰决定单枪匹马下去看个究竟,便先用绳子将电石灯垂下,戴上"鲨鱼鳃式防化呼吸器",胜香邻又将那支五四式军用手枪递给他防身。司马灰接枪在手,当即解下背包爬向深处,就见底部是个没有出口的蜗形深洞,除了冰冷的陨铁,墙壁没有任何别的东西存在,但他举起电石灯向四壁一照,顿时吃惊不小,一瞬间恍然如再次置身于"黄金蜘蛛城"内留有"幽灵电波"的密室,满壁都是奇形怪状无法解读的"夏朝龙印"。

司马灰定下神来看了几眼,见电石灯白光灼目,就抬手摘掉防化呼吸器,招呼罗大舌头等人下来,那三人见了满壁谜文,也皆是骇异无比。

司马灰等人想起宋地球曾说过,最古老的文字并非甲骨文,而是"夏朝龙印",它出现于殷商之前,秦汉时称缅甸地区为"灭火国",其人不识火性,穿黑水,居地穷。那座比占婆王朝早了千年的"地穷宫",最早的主人就是灭火国。

地穷宫被法国驻印度支那考察团命名为"泥盆纪遗物"。它曾经在地底被大水淹没,千年后又被占婆王改建为黄金蜘蛛城,所以,灭火国除了一间密室中的神秘符号之外,没给后世留下任何踪迹,只能根据夏朝龙印推测灭火国曾是中原古文明的一脉分支。

这地底沙海中的铁人内部存在夏朝龙印,莫非它是灭火国的遗迹?司马灰猜测说:"这地方算是古西域了,或许是某个胡神也未可知。"

胜香邻说:"应该没有这么简单,灭火国在历史上留下的记载少得可怜,而极渊内的大铁人更是没有任何人知道,咱们只能根据现有的线索设想,夏朝龙印这个消逝已久的古老文明曾有一脉分支,经过上千年的迁移最终分布于西域和缅甸,他们好像是为了要躲避什么才居于地底。"

司马灰说:"不一定是躲避什么,也可能是为了保守某些不可示人的古老信息,据说占婆王古城的密室中,隐藏着一个关于'通道'的秘密。或许'绿色坟墓'这个组织就是想找到这条通道,因为宋地球也曾透露过,'绿色坟墓'是一个接近地心的未知区域,远比处在地壳与地幔之间的极渊更深,从来无人能够抵达。咱们现在需要知道的是这条'通道'在哪儿,它的尽头又存在着什么东西,掌握了这些线索,就不难查明'绿色坟墓'的背景和动机了,可失传千年的夏朝龙印几乎是一个不可逾越的噩梦,现在除了'绿色坟墓'的首脑,世界上再没有任何人能解读其中隐藏的秘密。"

罗大舌头对司马灰说:"要按你这么分析,那可真是邪了,既然存在于地底沙海中的大铁人对咱考古队毫无实际意义,那田森为什么还要不惜代价来阻挠咱们的行动,他总不会吃饱了撑的闲得难受吧?"

司马灰又何尝没有想到此处,可沉默矗立于沙海深处的陨铁,除了内部留有谜一般的神秘符号,好像也没别的秘密可言了。

这时,胜香邻好像突然察觉到了什么,快速攀上洞口,凝望着深邃无边的黑暗。司马灰等人也跟了上去,只见四周黑茫茫的,实不知有什么可看的,就问胜香邻:"你在看什么呢?"

胜香邻说:"这里以前曾是波涛汹涌的黑洞深渊,连鲸群都会迷失难返,而露出海面的陨铁耸立如灯塔。它的位置亿万年来始终没有任何变化,多半是个被古人用来在地底导航的标志。"

第八章　喀拉布兰

司马灰略微一怔，随即反应了过来："存在于地壳与地幔之间的大铁人，屹立了不知几亿万年，对它而言，白驹过隙都已经不足以形容时光的飞逝，这是个天然生成的固定坐标，正可以用来在这黑暗的深渊中导航。"

罗大舌头十分叹服地对胜香邻说："好像还真是么回事，不过连我们这种专业考古队员都没看出名堂，你是怎么发现的？"

胜香邻说："早在两千多年之前，希腊联军远征波斯，曾在尼罗河畔修筑白色巨塔导航。我看这尊大铁人自古就矗立于惊涛骇浪之中，也像极了一座灯塔，除此之外它还能有什么作用？所以我才推测这是几千年前遗留在地底的导航古物。"

司马灰说："大铁人要真是个导航坐标，这地底极渊还不知道会有多深，咱们携带的电池和水粮有限，从现在开始就得尽量节省物资消耗，还得仔细想想下一步的行动计划。"

众人立刻合计了一番，陷落在地底万米之深的陨铁很可能具有导航作用，其内部还存在着难以解读的古老符号，可以确定属于夏朝龙印。但这条深渊导航线究竟有多远的距离？下一个导航点会不会还有陨铁残片连接？这些情况都还不得而知。目前只能推测极渊最深处隐藏着灭火古国的根源，循着导航坐标指引的方向深入沙海，就能抵达那个未知区域，那里才是真正可以解开一切谜团的关键所在。

司马灰等人身上都出现了地压综合征的迹象，又与外界隔绝，处境孤立无援，地底测站里的减压舱也未能修复，此时返回地面必然无幸，何况不彻底解决掉"绿色坟墓"这个心腹大患，恐怕今后也是永无宁日，如今只有不顾危险继续行动。司马灰分析了形势，然后对其余三人说："看来咱们现在面临的局面极为不利，似乎是无论如何都逃不过死神的召唤了，除非我们视死如归、慷慨以赴。"

众人对此并无任何异议，都决定把脑袋别在裤腰带上，一条道走到黑，大不了就"革命到底"了，死在哪儿不是一死。

胜香邻提醒司马灰："1958年进入极渊的中苏联合考察队也应该到过这里，可咱们一路之上却未发现任何关于他们的踪迹，稍后应该再到另一尊铁人内进行搜寻，同时还要设法确定古人究竟用什么方法导航。因为古希腊人造的灯塔里面多用鲸油点火照明，鲸油等同于螭膏，一旦燃烧起来就能够日日夜夜不眠不休，再辅以铜镜反射，即使在星月暗淡的深夜，冲天的光芒也会使周围亮如白昼，能为65000米外的航船指引方位。而在沙海中导航的大铁人，虽然两眼中空，但内部没有火油痕迹。"

司马灰说："据我所知，如果不用火光照明，还有两个法子可行，一是使用某种发光的矿石，二是利用磁针。在这黑洞般的深渊里光芒并不可靠，所以我看后者的可能性比较大。咱们也可以通过磁蛇首尾指向，来确认方位和角度。"

胜香邻说："可没有导航图，根本不清楚其余的导航坐标在什么方位……"她沉思片刻忽有所悟，"它永恒面对的方向，可能就是另一个坐标点的位置。地底这两个铁人遥相对峙，应当是分别指向两极。"

司马灰点头道："磁蛇首所指方位即铁脉所在。咱们确定了大致的方位之后，先是逆向而行，等到经过两极之间，磁蛇自然偏转，那时候再顺着蛇首所指的方向继续往前走，就能抵达下一个导航坐标。如果这种推测无误，那真难想象几千年前的古代人是怎么琢磨出的这种法子，看其对地底空间和方位的度量，简直精确到了不可思议的地步。"

茫茫沙海中的导航坐标虽有东西两极，但根据苏联"深空透视法"反馈出的图纸来看，这个地壳与地幔之间的空洞，东南端才是其主体部分所在，深邃得难以估量，众人便决定孤注一掷，继续向这个方向进发。

司马灰看了看怀表的指针，距离12点30分还差半个小时，如果不出所料，地底稍后会有"黑雾"出现，现在还不知道下一个导航坐标的远近，贸然前行恐有不测。相传陨铁中含有特殊物质，能够隔绝雷暴，不如就在这儿休整几个小时，等避过黑雾后再做道理。

众人一路上疲于奔命，都已又累又饿，于是就地取出干粮分食。没过多久，耳听远处雷声滚滚，转瞬间恶风翻涌，黑烟似的尘雾随风吹至，强风与浓密度灰烬混合，犹如霜降般铺天盖地席卷而下，陨铁外壁不断发出沙砾摩擦的声音。

司马灰刚开始还担心上方洞开，会有黑雾涌入，观察了一阵见无异状，更确信矗立沙海中的古老陨铁除了能够用于地底导航，也可供人躲避这恐怖的"黑暗物质"，至于天地间大劫时残留的"灰烬"究竟是什么，那就不在他所知所识的范畴之内了。

司马灰又发现自从黑雾出现之后，手表上的指针并未停留在12点30分，不由得松了口气，因为1953年经过库姆塔格沙漠上空的"伊尔-12战术运输机"就在这个时间遇到了意外事故，地底的黑雾也在这个时间出现，很难说是否属于巧合。他见没有任何怪事发生，终于放下心来，就让其余三人都抓紧时间睡上一会儿。

通信班长刘江河在密闭空间内就感到紧张不安，这地底出现的黑雾又让他想起了沙漠里最可怕的"喀拉布兰"，满头都是虚汗，哪里合得上眼，就自愿替司马灰值第一班哨。

罗大舌头好奇地打听："喀拉布兰是什么东西？"在被胜香邻告之就是"风暴"以后，很是不以为然："这哪有缅甸的热带风团厉害，但我们参加缅共人民军那会儿，最怕的不是飓风而是蚊子。以前广东有句民谚，说是'广州的蚊子惠州的蝇'，可加起来也没缅甸山区一棵树里藏的多。在缅北山区有种树，根上都是胎瘤似的大疙瘩，一不留神踩破了就会发现里面全都生满了虫子，一见风就生翅成蚊，遇上人立刻往死里咬，落单的人遇到这种情况就很难活命了。"

胜香邻听罗大舌头说了些耸人听闻的遭遇，想起在沙海中捕捉磁蛇的时候，司马灰和罗大舌头都自称跟缅甸一个捕蛇老手学过本事，就问司马灰："缅甸丛林里真有蛇王吗？"

司马灰道："这事我还想问呢！只因传授我们捕蛇手艺的那位师傅死得很突然，所以我至今也不知道答案。那时候是缅共人民军刚刚溃散，我们都被打散了，一路逃进了柬埔寨境内。当时我和罗大舌头还有游击队里的捕蛇老手，看东边山深林密就进去抓蛇，想以蛇骨制药救治伤员。进山后仍和往常一样趴在树上静观其变，没想到蛇没等来，却从天上下来个大家伙。我忽听'嗡'的一阵巨响，头皮子都跟过电似的发麻，感觉到是要有情况发生，可还没来得及判别是什么声音，天上就出现了一架美军舰载的 F4 鬼怪式折翼战斗机。它的飞行高度低得不能再低，几乎是贴着树梢擦了过去，发出的声浪震耳欲聋，没亲身经历过的人永远想象不出那种声音有多么可怕，连丛林里的野鸟都被吓得从树上直接摔在地上，纵有翅膀也一时难以起飞。可惜了那位擅能捕蛇的缅甸土人，因事先毫无思想准备，一头从十几米高的树上栽了下去，整个脑袋都撞进了腔子，还没等到我们下去抢救，他就已经归位了。"

罗大舌头想起旧事不禁感慨不已："当时没有地图和向导，谁能想到游击队已经逃至胡志明小道了，再往东走就是越南了，那一带全是美军空袭的重点区域。"

众人说了一阵儿就分别歇息，只留下通信班长刘江河放哨。司马灰也不知道自己这些天是怎么了，一闭眼就看见那些早已死去的人在面前出现，躺下好像也没多久，就被通信班长刘江河推醒了。一看胜香邻也坐了起来，只有罗大舌头睡得正沉，他正想问那二人："我又说什么梦话了？"

胜香邻却先低声道："有情况！"说完指了指高处的洞口，一旁的通信班长刘江河也紧张地握着步枪，两眼一眨不眨地盯着黑暗中的动静。

司马灰侧耳一听，确实似有某种生物正在缓缓爬动，还不断发出粗重的喘息，只是电石灯照不到洞口。他用脚尖轻轻踢醒罗大舌头，做了个噤声的手势，示意众人准备好武器，先不要轻举妄动，随即屏气息声攀着铁壁上去，很快就摸到了洞口。虽然没有光亮，却也能感知从黑雾中爬进来的东西，好像是个"人"。

司马灰也是艺高胆大，暗想："倒要看看来者是谁。"他悄然贴在壁上一动不动，待到那人的大半个身子都爬了进来，忽然一把嵌住对方左手，猛地向里拖拽，没想到这一来双方同时大吃一惊。

司马灰惊的是这人左手生有六根手指；对方则因出其不意，惊呼一声叫道："爷们儿，你到底是人是鬼？"

司马灰硬着头皮冷笑道："老子昨天晚上路过坟地，把鬼吓死了。"

第九章　死了又死

那人一听又是一惊，忙想退出洞去，却苦于被抓住了脉门，怎样也挣脱不开。

这时黑雾弥漫，司马灰根本看不清来人身形面貌，只察觉对方左手是个六指，带有关东口音，就连说话的腔调都十分耳熟，当即将他拽到近前，提住后襟扔下洞底。

那人重重摔到铁壁上，周身筋骨欲断，疼得不住哼哼："哎哟……可要了俺的老命了……"

罗大舌头上前一脚踏住，提着电石灯看其面貌也不禁诧异万分。此人头上戴顶八块瓦的破帽子，一身倒打毛的老皮袄，腰里别个大烟袋锅子，脖子上还挂着一串打狗饼，分明就是那个早已死去多年的赵老憨。

算上这回，司马灰和罗大舌头总共见过赵老憨三次。头一回是在湖南长沙远郊，仲夏夜螺蛳坟憋宝，赵老憨为了到坟窟窿里掏"雷公墨"，被阴火烧去了半边脸皮又摔破了脏脾，临死前指着雷公墨留下两句话"黄石山上出黄牛，大劫来了起云头"，然后就一命呜呼赴了黄泉，尸体被司马灰埋在了那片荒坟中。

第二回就是在这次前来寻找罗布泊望远镜的路上，考古队在黑门中发现了一具风化的干尸，看其特征与赵老憨十分接近。司马灰又在这具尸体怀中发现了一本载有奇术的憋宝古籍，里面赫然写着两句不解其意的暗语，便认为这个死尸就是赵老憋，而当年在螺蛳坟多半是遇上鬼了，于是用火油焚化了干尸。

但司马灰至今没想明白赵老憋究竟想通过这本憋宝古籍告诉自己什么，那些内容离奇诡秘的插图好像暗示着潜伏在身边的一个个危险，可又太过隐晦，谁能在事先参悟得透？如果事先不能解读，那它还会有什么别的意义？

第三回就更邪性了，这个赵老憋突然从黑雾里爬进洞来，面前这个"人"究竟是从柱死城里逃出的恶鬼，还是个什么别的怪物？司马灰知道这世上也有五行道术，那不过是移山倒海之类的幻化罢了，天底下何曾有过躯体不毁不灭之人？

胜香邻和通信班长刘江河听说此人就是赵老憋，也都很是惊异。在途中遇到一具根本不应该存在的"死尸"已经很恐怖了，如今这个连尸骨都早已化成了灰烬的死者，怎么又会出现在地底黑雾之中？

司马灰等人将赵老憋团团围住，借着电石灯的白光看了半天，昏暗中也分不清对方究竟是人是鬼。

赵老憋被众人看得发毛，苦着个脸勉强挤出些笑来说："诸位好汉，咱往日无怨，近日无仇，还望老几位高抬贵手……"

罗大舌头怒道："别跟我这儿装腔作势，等会儿就让你现了原形。"他认定这赵老憋就是坟窟窿里的黄鼠狼子所变，就跟司马灰商量是否要动刑。缅甸游击队有种折磨俘虏的土方子俗称"搓脚板"，先让俘虏背靠木桩坐在地上，两腿平伸并拢，从头到脚紧紧绑住，再用一块表面粗糙的岩石，按在脚后跟上用力来回搓动，皮肉顷刻就会被磨掉，再搓下去就接触到了骨头。伴随着来来回回发出的刺耳的摩擦声，很快就会遍地血肉狼藉。这种酷刑连金钢罗汉都承受不住，可又不至于将人疼晕过去，只能杀猪般惨呼狂号，至今还没见过有任何人能熬得住几分钟。

不如就拿这办法收拾收拾赵老憋，这叫"老太太抹口红——给他整出点颜色瞧瞧"。

赵老憋一听这话顿时魂不附体，忙道："啥叫装腔作势？俺这人好就好在实诚，倒霉也倒霉在这'实诚'二字上，你就是想让俺装俺也装不出来啊！"

司马灰却觉得敌我未分还是攻心为上，就止住罗大舌头，问赵老憋道："我看你可有点儿眼熟。"

赵老憋见事情有缓，赶紧赔笑道："那敢情好，这是咱爷儿们儿前世带来的缘分。"

司马灰盯着他说："我还知道你穿的这叫英雄如意氅，脚底下走的是逍遥快活步。"

赵老憋闻言脸色骤变："爷们儿知不知道山有多高，水有多深，首尾两端，几时开口？"

司马灰道："高过天深过地，头朝东尾朝西，丑时开口，群鸡皆鸣。"他又反问对方："你迁过多少湾？转过几座滩？"

赵老憋战战兢兢地答道："八下不见湾，过了一湾又一湾；江宽没有滩，转了一滩又一滩。"

罗大舌头等人根本听不懂"江湖海底眼"，全都插不上嘴，但赵老憋心里已经有了些分寸，再也不敢对司马灰有所隐瞒，告饶道："俺就是个拾荒憋宝的，一辈子不贪金不贪银，爷们儿你何苦要掏俺的老底？"

司马灰更觉此人来历蹊跷，对赵老憋说："我只是向你打听几件事，也不算掏老底，只要把话说清楚了，咱们就大路朝天各走半边。当然说不清楚也没关系，你把脑袋给我留下就行了。"

赵老憋愁眉苦脸地说："咱手艺人是宁舍一条命，不传一句春，爷们儿可不能逼俺坏了祖师爷留下来的规矩。"

司马灰说："我可不稀罕要你那套憋宝的土方子，我是想问'黄石山上出黄牛，大劫来了起云头'，这两句话究竟作何解释？"

赵老憋闻言惊骇异常，这是寻找雷公墨的秘诀之一，民间自古就有"九龙分黄城"的传说。"轩辕黄帝"是三皇之尊，五帝之首，曾造指南车在迷雾中大破蚩尤，死后葬于桥山之巅，后来山崩，变龙升天，埋藏黄帝陵冢的山脉即是"黄城"。当时有九块陨石从天而降，坠于四方，其中一块击中桥山对面的印台岭，陵冢因此而裂。那道岭子满山黄石，形如卧牛，也被称为"黄牛岭"，黄帝以土德王，应地裂而化龙归去，所以才说是"九龙分黄城"。

天坠九颗陨石落在九条龙脉，这种陨石与寻常石铁不同，皆是莹润如漆，质地接近墨玉，是天下至宝。古时有秘诀流传下来，暗表这九块陨石的去向，这两句话就是通篇憋宝秘诀的引子，至于其中奥妙，就不能让外人知道了。

司马灰心中的疑惑越来越深，这倒可以解释在螺蛳坟的赵老憋断气前还对"雷公墨"念念不忘，可眼前这人却对此事毫无记忆，而且也与那本憋宝古籍中描绘的插图没有关系。

那本憋宝古书里画着个人，手牵一头老牛，正站在悬崖绝壁上向下张望，似乎是在暗示黑门下十分凶险；第二张图中是一大一小两幢房屋，内外相套，怎么看怎么像是"86号房间"那个怪胎，如果提前一步知道对方的真实情况，也不至于始终被动受制，宋地球可能就不会死了；还有第三张图绘有一条死人手臂，应该就是被"86号房间"藏在考古队背包里的断手，臂中埋着"鳖宝"，结果在沙海中引来了许多麻烦，要不是众人腿底下利索逃得快，岂能活到现在？这三张图画是不是暗示着黑门下存在的种种危险？

赵老憋听罢又是奇怪又是茫然，他身边确带有此书，不过后面没有什么图画，另外这本憋宝古籍的来历和用途都是秘密，对谁也不能轻易吐露。他听司马灰说到黑门，那对小眯缝眼立时闪过一抹狡黠而又贪婪的光芒，试探着问司马灰："莫非几位进过黑门，你们都瞅见那里有啥奇珍异宝？"问完还详细打听那三幅图画的具体情形。

司马灰又说了一遍，可等见了对方脸上的反应，忽然想起宋地球好像曾经说过某种"匣子理论"，蓦地感到一阵心惊：面前这个人应该就是黑门中的那具死尸。而在赵老憨死亡之前，他通过某个不为人知的途径进入了地底极渊并被黑雾吞噬了，这些黑雾里的时间永远凝固不动或循环往复，就像一个完全与整个世界隔绝的"匣子"，独立存在于"时间坐标"之外，而考古队也不知不觉迷失在了这个匣子中，所以才会遇到还没有死亡的赵老憨。

此人听我说了黑门的方位以及憨宝古籍中描绘的诡异图画，便误认为这些奇怪的图画就是破解黑门危险之法。在逃离此地之后，他贪心大起，将图画描绘在自己的古书中，又勾结法国探险队到沙漠中寻宝掘藏，结果因为地压综合征死在了黑门中。

如果赵老憨没在脱离时间坐标的匣子中遇到考古队，他就不会在古书中留下那些奇怪的图画，更不会跟着法国人一同丧命，众人也就永远看不到那本无法理解的憨宝古籍了。

整个事件的原因与结果没有前后顺序之分，就像是永远解不开的"死循环"。

司马灰只是根据现在的情况做出这些推测，但这个匣子究竟是黑雾还是地底沙海中导航的大铁人？赵老憨是怎么被困在雾里的？他最终是如何逃出去的？那本憨宝古籍中到底有什么不能告人的秘密？1968年死在螺蛳坟下的人又是谁？难道世界上还有另外一个匣子？如果现在就把"结果"告诉赵老憨，能改变早已发生过的"事实"吗？

解开一个谜团的同时，又衍生出更多的谜，甚至就连自身也与谜团融为了一体，司马灰还不知道自己的推测是否准确，此刻也无法证实，但他相信面前这个赵老憨还是活生生的人，于是又问了一个最为重要的问题:"你知不知道'绿色坟墓'?"

赵老憨听到"绿色坟墓"四字,好像忽然变了个人似的,脸色也阴沉下来,阴阳怪气地说:"知道……还是知不道,你猜?"

时间匣子

/ 第六卷 /

第一章　匣子里的秘密

这话惹恼了一旁的罗大舌头，撸胳膊挽袖子上前就要动手："找抽是不是？我看你是'大米饭不熟——欠焖'啊！"

赵老憨眼界很浅，他见司马灰等人要询问一些秘情，忍不住就想卖弄些见识，直到惹得对方肝火大动，才想起来自己此刻还受制于人，赶紧讨饶："爷们儿可别动手，咱都是场面上的人物，有啥说不开的？"

司马灰知道赵老憨向来喜欢故弄玄虚，有这毛病也不是一天两天了，就摆手示意罗大舌头先不要动粗，然后又盯着赵老憨问："你知不知道'绿色坟墓'？这是我问第二遍，你可别等我问第三遍。"

罗大舌头补充道："第三遍可就不是拿嘴问了！"

赵老憨满脸无辜地说："知道……可也知不道，这话你到底让俺咋说呢？"

司马灰也有些不耐烦了："什么知道知不道的，该怎么说就怎么说。"

罗大舌头在旁出言恫吓："要真有能耐你就别说，我倒想看看你是不是吃了熊心豹子胆，浑身上下究竟长胆多少层？"

赵老憨额上冒出冷汗，坦言道："爷们儿，咱这话可得两说着，你们问的啥'绿色坟墓'俺确实知不道，那白面饼子发霉长毛能变绿，却没见过有哪座坟包子是绿的，不过俺八成知道你们想打听的东西是啥……"

众人听闻此言心中都是一凛，现在只知道"绿色坟墓"是一个地下组织的名称,这个组织也将接近地心的某个未知区域命名为"绿色坟墓",据说连光线都不能从中逃脱,好像也从来没有人能够进入其中。

那座泥盆纪遗物的密室中,用夏朝龙印记载着一个关于通道的秘密,还有隐匿在地底几千年的灭火古国,应该都与这深达地心的黑洞有关。可是考古队到目前为止仍不知道"绿色坟墓"的真正含义。当下全都凝神倾听,希望能从赵老憨口中得知整件事情的真相。

赵老憨表情显得有些古怪:"俺估摸着诸位指定是想打听地下那座无底神庙了,因其外壁呈现深绿,不知详情者才会将它称为'绿色坟墓',非是俺有意隐瞒,只是俺知道的总共就这么多了。古往今来,可从来没人能找着它,谁也知不道它究竟在哪疙瘩,何况那里边的东西真是说开天地怕、道破鬼神惊,所以劝你们还是死了这条心吧!"

司马灰越听越奇:"接近地心的黑洞里有座无底神庙,它是不是就存在于深渊沙海的尽头?那神庙里究竟有些什么恐怖的东西?"

再问下去,赵老憨却支支吾吾说不出什么了,只声称其余的事他也毫不知情,连"无底神庙"是否真实存在于地底都不清楚,这只是个憨宝者从古流传的说法。

司马灰深感情况复杂,就给赵老憨点了根烟来抽,并让罗大舌头和通信班长刘江河紧紧看着他,然后对胜香邻使了个眼色,二人到另一端的角落里低声商议对策。

胜香邻问司马灰:"这个赵老憨是不是'绿色坟墓'的首脑?"

司马灰很肯定地说:"百分之两百五十的不是,我在黄金蜘蛛城里遇到的首脑,虽然戴着尸皮面具,但却没有任何生命气息,只是冷冰冰的一具尸体,或者说是个幽灵。它要是再次出现,我不会没有察觉,而这赵老憨有心跳呼吸与常人无异。我估计他可能是掉进了时间匣子里的人,所以咱们才会在地底遇到他。我记得宋地球好像说过一种关于时间匣子的原理,可我当时左耳听了右耳冒,记下来的还没有三成,你了解匣子原理的详情吗?"

胜香邻虽觉吃惊,可唯有"匣子"才能解释这一切。她告诉司马灰说:"哪有什么'匣子原理',应该是'匣子猜想'。宋教授有本苏联出版的俄文书籍,就是阐述这方面内容的,这本书后来被苏联政府查禁了,作者是'Nikola Tesla(尼古拉·斯特拉)'。'文革'开始后,宋教授被下放到农村参加劳动,家里所有的东西都被扔掉了,唯有几本书籍被他偷偷保留下来,《匣子猜想》就是其中之一。我也曾看过这本书,但内容实在太深奥了,许多地方都很难让人理解,我只能读懂一个大概。"

斯特拉在这本书中做出了几种推论,如果存在巨大的质量和压力,就会因重力作用使时间产生"匣子效应"。如果说时间坐标是一条线,匣子则完全脱离了这根线,它就像一个被时光潮汐推到岸边的"漂流瓶"。

比如匣子里发生的事件换算成时间仅有"30 分钟",不管有多少生命或物质,分别从时间坐标的任何一点进入匣子,都会共同经历这 30 分钟。而且匣子里的时间不是沙漏,仅可以流逝一次,当它发生了 30 分钟的事件之后,匣子就会彻底分解在黑洞中。那些从不同通道进入匣子里的生命和物质如果在"30 分钟"之内还找不到逃脱的方法,就会和匣子一同永远消失,若在匣子中死亡或损毁,也将无法回归真实。其中还有个悖论推想,同一个人永远不会在匣子中遇到自己。

胜香邻说:"只有地底陨冰大爆炸后残余的黑暗物质最有可能形成'时间匣子',也许它的范围已经覆盖了整个罗布泊,进入匣子的物体意味着神秘失踪,离开匣子则又是神秘出现,现在咱们手表的指针都没有停止,从 12 点 30 分开始已经过去了两个多小时,匣子并不一定符合真实的时间规律,也许真实的时间仅仅流逝了几分钟,目前还无法确定黑雾中时间的长度,但可以肯定的是它正在不停减少。"

司马灰暗觉惊讶,这匣子远比他先前想象的还要危险,因为赵老憨还没经历过黑门中的死亡事件,所以此人肯定可以从"时间匣子"里脱身,而考古队在匣子里的去向和结果还是未知。

司马灰思索了片刻,又问胜香邻:"在时间匣子里发生的事件,有可能改变早已出现过的事实吗？"

胜香邻摇头说："应该不可能，因为匣子本身也是事实的一部分。"

司马灰深感后悔，刚才就不应该把憋宝古书中图画的内容告诉赵老憋，不过要是不告诉他，考古队就看不到那本古籍，现在更无从知道自己这伙人迷失在了匣子中，也没办法得知无底神庙的情报了。

司马灰不由得想起了占婆王的"宿命论"：并不是出现了"原因"才会产生"结果"，而是结果造就了复杂的原因。没有结果的原因不能称为原因，正是由于结果的存在，才会使前边发生的事件成为原因。因果之间的关系就像一株参天大树，注定成为事实的结果是根，原因则是枝杈纵横交错的茂密树冠。事先掌握了结果的人，就能洞悉命运的规律。占婆王沉迷此道，结果玩着玩着就把自己玩进去了。

二人越想越觉得事态难测，不知道黑雾何时消散，更不知如何才能逃出匣子。司马灰无奈又去向赵老憋问话，这次主要是问那本憋宝古籍究竟从何而来。

赵老憋无可推托，就说："实不相瞒，这本古书其实也不是祖师爷直接传下来的，打宋朝那会儿就失落到占婆国去了。前不久一伙儿土贼盗掘了占婆王陵寝，在墓中偶获此书，其实占婆王陵里除了口闹鬼的黄金棺椁，也没什么值钱的行货，占婆王朝真正的财宝都在一座'黄金蜘蛛城'里。当年占婆王造此大城曾发下重愿，说是'以斗量金，如量黄沙'。啧啧……那可真是显赫辉煌，盖世无匹，不知谁有福分，能到那里边看上一眼。"

罗大舌头说："这算什么呀，老子早就在黄金蜘蛛城里走过一个来回了，还跟那阴魂不散的占婆王照过一面。"

司马灰想起古城密室中的"幽灵电波"，又发觉赵老憋对黄金蜘蛛城的来历所知甚详，就问他："夏朝龙印密码记载的通道是不是可以通往无底神庙？"

赵老憋满头雾水，表示从未听过有此事："黄金蜘蛛城倒是有的，可啥是幽灵电波？夏朝龙印又是啥稀罕宝物？"

众人担心匣子很快就会消失，都想从赵老憨这里获知更多的情报，就尽量简短截说，向他解释了整个事情的来龙去脉。

刚说了一半，司马灰感到情况不妙，忙止住众人的话头。他始终想不通"绿色坟墓"为什么会洞悉一切。占婆王神佛面容中隐藏的秘密、密室中留存千年之久的幽灵电波、巨大的地底植物优昙婆罗、栖息于浓雾中的飞蛇……都近乎是鬼神难测之机，占婆王尚且无法全部知晓，外人如何能窥得其中奥秘。别的事情倒还罢了，占婆王肯定想不到被他活埋在密室中的圣僧，其脑波记忆竟能被地底磁场吸收，成为一段至关重要的幽灵电波。

事隔千年之后，又有谁能对这些惊世骇俗的秘密了如指掌？即使"绿色坟墓"从顺化古城的宫殿中盗走了黄金棺椁，也不可能洞察全局，除非是亲身经历过整个事件的人，在匣子中将秘密泄露了出去。

司马灰心知赵老憨绝不会是"绿色坟墓"的首脑，但"绿色坟墓"很可能是从他的口中直接或间接得到了这些情报，从而掌握了寻找无底神庙的重要线索。由于考古队只将黄金蜘蛛城里的秘密说了一半，尤其是"飞蛇才能进入雾中"这件事还没有说到底，所以司马灰才会在缅甸野人山裂谷中感觉到"绿色坟墓"只接触了谜底，却不知谜底究竟暗示着什么意义。

可现在就算是明确告诉赵老憨"再做这土贼的行当，早晚会让你死于非命"，这个贪心昧己的老贼也会不以为然，多半还当是众人想断他的财路，不管怎么解释他都不会相信，然而追根溯源，导致这一结果的却是司马灰等人。现在仔细想想这些已经发生过的"事实"，深刻的绝望使人感到如身处冰窖般战栗。

赵老憨见司马灰忽然沉默下来，气氛显得很是僵硬，知道再留下去怕是要出事了，就嘿嘿一笑说道："诸位，俺多有讨扰，咱们后会有期了。"

第二章　静止的信天翁

司马灰看出赵老憨脚底下抹油准备开溜，心想：这人要倒起霉来，真是想上吊都找不着绳子。如果确是我们这几个考古队的幸存者无意间在匣子中泄露了秘密，才使"绿色坟墓"掌握了寻找无底神庙的关键线索，那我可真是死的过了。

他心中思绪翻滚难定，也知道这些事情都已成为了板上钉钉的事实，面对匣子造成的死循环，任凭有种种的主意、条条的计策，都无力扭转乾坤。如果早知有今日之事，当初缅共游击队溃散的时候，就该在深山里自行图个了断，口眼一闭，大事全不管了。可这世上从来没有后悔药，发生过的事实就是发生过了，总归是个定数，谁都不能做出任何改变。即使现在想杀赵老憨都不可能了，因为此人会跟法国探险队一同倒毙在黑门，这也是死循环中早已发生过的事实。

司马灰想到这里，忽然觉得不对，如果出现在匣子中的赵老憨会因地压综合征死于黑门，那死在螺蛳坟萤火城的人又是谁？按理说同一个人绝不可能留下两具尸体，看来赵老憨身上还藏着许多难解的谜团……

赵老憨见司马灰脸上阴晴不定，低着头也不知想些什么，心中不由得更是打鼓，片刻也不想多留，只好再次告辞道："看诸位都是佛使天差，个个不凡，说话说得敞亮，办事办得地道。俺说句那啥的话，就凭俺这灯烛之光，能够得见天边皓月之辉，可真是三生有幸，这多半也是咱爷们儿上辈子的缘分，山不转水转，水不转人转，今后指不定在哪儿还能遇上，咱就此别过了。"说着话转身就走。

司马灰见状眉头一皱，心想：我还是应该把赵老憨会在大漠中遇着劫数的事情告诉他，全了当年相识一场的义气，此后不管各自结果如何，我也算是问心无愧了。随即攀壁爬到高处，将还没来得及爬出洞的赵老憨从后拽了回来。

赵老憨还以为是自己知道得太多了，要被这伙人杀掉灭口。他赶紧对司马灰说道："这位团头，你取俺性命也不打紧，可得容俺把话说明白了再死。咱萍水相逢，以往无冤无恨，按说也不该有啥解不开的仇疙瘩。俺可是从来没想过要害你们，这是先占了个'仁'字；又好心劝你们别去找那座地下神庙，是得了个'义'字；也按规矩盘过了江湖海底眼，是占着个'礼'字；被问起啥来，那更是知无不言，言无不尽，俺把你们知道不知道的事全给说了，因此还占了个'智'字；咱爷们儿肝胆相照掏心窝子，嘴里没有一句虚言妄语，这就是个'信'字。俺历来是行得正坐得端，把'仁义礼智信'这五个字占全了。人非善不交，物非义不取，犯禁的不作，犯歹的不吃，四海之内谁不赞扬？爷们儿你如今要是背信弃义想下黑手，俺就说句那啥的话吧，你这可是一坏国法、二坏行规、三坏人品、四坏心术、五坏行止、六坏信义、七坏名声、八坏……"

司马灰听对方滔滔不绝说了许多，心中有些不以为然，止住赵老憨的话头道："别拿这套贴胸毛子的词儿来对付我，照这么讲古圣先贤也比不过你了，我要是真想下手取你性命，怎么可能还让你活到现在？我追上来是想告知你一件紧要之事。"

赵老憨眼中贼光来回闪烁，问道："那么的……是误会了？"他心胸狭窄，惯于猜忌，根本不肯轻信，发觉这次没被扣住脉门，便趁说话的机会忽地肩膀一沉使出"缩骨法"，一抖胳膊就甩脱了司马灰，顺势爬向洞口。

司马灰发觉手中一空，知道赵老憨要逃。他恼恨起来心中立刻动了杀机，也不管什么前因后果了，暗想：此时除掉赵老憨，岂不一了百了？

那赵老憨逃得虽快，毕竟不及司马灰迅捷如风。他自知摸不到洞口就得再次被人拿住，便顺势使了个"兔子蹬鹰"，两腿倒踢连环踹向身后。

司马灰没料到对方还会来这么一手，也只得闪身躲开，再看赵老憨已经爬入了黑雾，眨眼间就不见了踪影，骂道："老土贼，逃得真够利索！"

这时其余三个人也都跟了上来，司马灰很清楚赵老憨注定能从"匣子"里逃脱。这个发生过的"事实"终究无法改变，但考古队则是吉凶难料，就算解决不掉赵老憨，也得设法从此人身上找到离开"匣子"的办法。

司马灰打定主意，就让通信班长刘江河守在洞底看着背包，其余三人则戴上"鲨鱼腮式防化呼吸器"，分别从陨铁两眼的窟窿里爬到外壁，但见四周都被黑雾笼罩，到处都是灰烬般的厚重尘埃，时间与空间好像都已不复存在，安装在"Pith Helmet"上的矿灯光束，仅能照到身前三五步远，黑烟般的雾气间隙里能见度还能稍远一些，可看不到赵老憨究竟躲到哪里去了。

不过司马灰等人判断在这种情况下，对方也应该不会逃得太远，就攀着外壁向周围逐步摸索。搜寻了一阵儿，发现赵老憨果然就趴在不远处躲着，三人便相互打个手势迅速上前。

赵老憨也发觉众人逼近，他此时早已成了惊弓之鸟，见对方要动真格的，心里不免发慌，竟从陨铁外壁上翻身滚落。

司马灰眼睁睁看着赵老憨坠入黑雾，也不知那雾茫茫中有些什么，只听发出"砰"的一声响，显然是没有直接摔下去，而是被某个物体挡住了，疼得赵老憨低声闷哼。

司马灰暗觉纳闷儿：矗立于地底的陨铁四外皆空，周围哪有别的东西存在？他急于看个究竟，就凭着声音传来的方位跃入雾中，发现落脚处是片冷冰冰的外壳，好像是浮在空中的什么机器，可什么机器能浮在空中？想来想去恐怕也只有飞机，却又怎会停留在黑雾中完全静止不动？

这时，罗大舌头和胜香邻也循着灯光跟了过来，三人都是惊诧难言，感觉身下似是某架机体，却限于黑雾障眼，无法进一步确认。

正当踌躇不前之际，忽见赵老憨就伏在面前的雾中缓缓爬动，罗大舌头端起步枪就扣下了扳机。他虽然对状况不甚了解，却也知道司马灰想要活口，所以手下留情枪口略微抬高了半分，子弹"嗖"的一下紧擦着赵老憨的头皮打了过去，将那顶八块瓦的破帽子射了个对穿。

赵老憨大惊失色，连滚带爬地捡起破帽子反身就逃。他见前面的舱体上有个裂隙，想也没想就钻了进去。

司马灰等人借着矿灯光束，只看到赵老憨的身影一闪便又消失在了雾中，立刻上前几步，也看到了机舱上的裂缝，又见两侧都有舷窗，里面则全是黑洞洞的没有半点儿光亮，怎么看怎么像是架飞机。

此时眼中所见实在是一幕令人窒息的情景，三人心中都是"怦怦"乱跳，呼吸也在防化面罩里变得粗重起来。周围的黑雾越来越浓，需要不断用手在身前拨动灰烬般的浓雾才能勉强看到矿灯光束，完全无法确定身在何处，但脚下所踩的应该就是机翼，再向下则是黑暗沉寂的虚空。

司马灰脑中浮出一个念头，出现在"匣子"中的不仅有考古队和赵老憨，还有1963年遭遇离奇事故的伊尔－12战术运输机，不过感觉机体的形状却又不像，而且这架飞机处于绝对静止状态。它外壳破裂受损，好像在坠毁前的一瞬间突然凝固在了半空，这究竟是怎么回事？如果说时间只是事件运行的参数，又怎么会停止不动？

三人心下骇异，循着赵老憨的踪迹钻入舱内，用矿灯四下一照，眼中所见更是惊心动魄，就看两侧黑压压地坐满了乘客，约有二三十人之多，但这些人鸦雀无声，一个个表情扭曲僵硬，心跳和呼吸都已经停止了，竟然全是尸体，黑暗里分辨不出赵老憨是否藏身其中。

罗大舌头见运输机内没有黑雾，就摘掉"鲨鱼鳃式防化呼吸器"，喘了几口粗气，愕然道："这到底是个什么鬼地方？我看那赵老憨肯定是从坟窟窿里跑出来的老黄皮子，咱这是中了它障眼的妖法了！"

司马灰也扯下罩在脸上的防化呼吸器，看四周情形真是令人心惊肉跳，他也怀疑是中了赵老憨的障眼法，不过可以确定这架运输机并非伊尔-12战术运输机。它应该是架美国造的"道格拉斯-C47"军用运输机，别称"空中火车"或"信天翁"，司马灰和罗大舌头当初在缅甸都曾见到过。

可这架"空中火车"到底是从哪儿冒出来的？这里边的人怎么都死了？它为什么会完全处于静止状态？这里的时间是不是凝固了？如果停止的不是时间，那就应该是别的什么地方出了问题，总之这情形实在是太反常了。

胜香邻见此异状也深为恐惧，她强行克制情绪，提醒司马灰道："看标志似乎是1949年由重庆飞往乌鲁木齐的C47信天翁，航线是由南向西北，可在途中突然失踪。直到十年之后才有人在罗布荒漠边缘发现了它的残骸，里面的乘客全都死了，没有任何一个人得以幸存，也没人知道它为什么会在途中改变航线转向正南。"

司马灰隐约记得有这么一回事，看起来确实也像，脑海中浮现出一个十分恐怖的疑问："赵老憨曾是C47死亡航班里的乘客之一？"他低声问胜香邻："那个什么斯特拉，有没有在他的匣子原理中解释过这种现象？时间这种东西别说是在匣子里，就算是装进棺材，它也……不可能停止不动吧？"

第三章　下一秒钟前往地狱

此时罗大舌头突然发觉情况不妙，低声对司马灰道："谁说时间停止了，我怎么觉得机舱里这些死人……正在盯着咱们看呢？"

听罗大舌头这么一说，司马灰和胜香邻都觉得脖子后边冷飕飕的，像是有阵阴风刮过，也说不清是感到可怕还是怪异，或者两者兼有，毕竟从没听说过死尸还能盯着人看。

司马灰大着胆子拿矿灯向左右照了照，发现机舱里确实有几个死人睁着眼，但双眼都是一动不动，瞳孔对光线没有任何反应，只是没有了生命的死尸而已。他低声告诉罗大舌头："可能是你疑心生暗鬼的错觉，你总盯着这些尸体看，自然会觉得它们也在看着你。"

罗大舌头可不认为那是错觉："你要是不看这些死人，怎么知道它们现在没盯着你？你们俩再仔细瞧瞧，千万别眨眼。"

司马灰压低声音说："你以为是王八瞪绿豆啊！还千万别眨眼？不用管这些死人，先找赵老憋要紧，他可能就躲在附近。"

但是三人都察觉到C47机舱里充满了诡秘古怪的气氛，还没有探明状况之前，也不敢贸然到机舱深处搜索。

这时，胜香邻壮着胆子摸了摸旁边两具尸体的静动脉，完全感觉不到有任何生命反应，但尸身并不僵硬，好像刚死不久。她定下神来想了想，心下更是骇异："这些人虽然没有了心跳和呼吸，可好像都还活着……"

罗大舌头感到莫名其妙："没有呼吸和心跳还能活着，那是不是……活尸？"

司马灰却若有所悟，这架1949年失事于罗布荒漠边缘的"道格拉斯-C47"信天翁运输机，应该也是在途中遇到了航空事故导致机舱破裂。它是即将抵达地狱深渊的死亡航班，可就在它坠毁之前的一瞬间，却以完全静止的形态出现在了匣子中。

这里的时间凝固不动，就如同播放中的电影胶片突然卡住了一样，甚至连机舱里全部乘客的呼吸和心跳都定格了，所以让人感觉这些乘客都是完全没有呼吸心跳的尸体，虽然他们此刻已经无限接近死亡。

司马灰自觉平生遭际之奇，应当以此时为最了。他以前对"时间"的概念较为模糊，直到近两天来，才知道如果没有"事件"发生就不会有时间存在，因此时间并不是某种具体的物质，也根本不会有时间静止不动这种情况出现，除非天地重新归于混沌。

然而这架突然出现在匣子里的"C47信天翁"却处于"绝对静止"状态，除了用"时间凝固"来形容它之外，还能找到哪种原理来解释这一现象？可若说是时间停滞，不再流逝，那为什么考古队的几个人，以及逃入此处的赵老憨，仍可以正常行动？

如果说人类自身最大的谜是命运，这个世界最大的谜就是时间，前人对它的理解就是"日月穿梭，古往今来"。司马灰本来已对时间的本质有了些许认知，但此刻满是疑惑,才发觉自己根本不可能真正理解"时间"的意义。

罗大舌头更是满脑袋高粱花子，对胜香邻之言全然不懂，也问道："时间这种东西看不见也摸不着，它真能停下来不动？"

胜香邻还是坚持既有的观点，时间不可能静止，如果时间不再流逝，那应该是"分子"意义上的停止，甚至连光线都会消失，人体也不可能再有任何感知和思维，所以只要空间仍然持续存在，时间就不会凝固。

司马灰和罗大舌头都觉得怪就怪在这里了，虽然理论上时间不会静止，可眼前这情形又是怎么回事？时间好像应该是有参照物才能感受得到，咱们三个人的参照物就是"你、我、他"，要参照机舱里这些一动不动的死人，时间就是凝固住了，而且是比死亡更为深沉的寂静。这是否可以理解为考古队和赵老憋的时间仍然正常，只有C47信天翁的时间突然静止了？

胜香邻说唯一合理的解释就是"速度"。因为时间不存在唯一的标准，同样是迷失在匣子中，考古队和C47的"速度"却完全不同。

胜香邻清楚"时间匣子"只是一种猜想，所有关于它的原理都是特斯拉根据一切已知物理定律推论后做出的假设。特斯拉推测匣子完全脱离时间坐标，其内部的时间自成体系。如果更准确地形容，匣子应该是从时间坐标的各个点中，被不确定因素扭曲在一起的事件。匣子本身就像是一个没有底的沙漏，从中流逝掉的沙子则不再具有方向性和可逆性，它们将湮灭在黑洞里永远不复存在。

所以既不是考古队遇到了已经死亡的赵老憋，也不是赵老憋遇到了来自1974年的考古队，众人与这架即将坠毁的C47信天翁一样，都是同时经历着正在匣子中发生的"现在"。不过各自进入匣子的通道不同，所经历事件的物理速度也不同，对考古队的人来说时间流逝了几个小时，但对C47信天翁而言，也许仅仅是它坠毁前几秒钟的一个瞬间。

如今众人置身的这个匣子，可能是由于地底陨冰爆炸时受重磁力高速挤压空间而形成的波动。还不能确定罗布荒漠里经常发生的神秘失踪现象是否都与此有关。不过根据遇到的一系列情况推测，在地底沙海中躲避黑雾的考古队、单独行动的赵老憋，以及偏离航线的C47信天翁，本身都是一个个相对独立存在的事件，它们分别是"憋宝事件""考古事件""空难事件"。这三个本该独立存在的事件，却在匣子中被"统一力"扭曲成了螺旋形的一个事件，因此从陨铁的任何一边跳下来，都会落在处于坠毁过程中的C47信天翁上，空间的常规概念在匣子里已经不适用了。

胜香邻明知很难让司马灰和罗大舌头理解这些事,三两句话也讲不清楚,只能说是速度不同造成的原因。赵老憨与考古队的速度一致或极为接近,所以他不可能来自遭遇空难的C47信天翁。

但是现在也已经来不及再去搜寻赵老憨了,因为匣子里的时间随时都可能流逝到尽头,到时候扭曲在一起的各个事件就会分离,C47信天翁必定是在荒漠边缘坠毁,乘员全部死亡,这件事早已在1949年就已经发生过了,是一个根本不可能改变的事实。如果不尽快离开这里,考古队就只能面临两种结果,一是在匣子消失后被黑洞湮灭,二是成为C47信天翁坠机事故中的死难者。

罗大舌头听得心中发毛:"原来时间的本质就是什么物理速度,而且这些速度还不太一样?难怪我听村里老乡们讲'天上一日,地下一年',敢情这倒不是迷信无知的说法?"他又对司马灰说,"这两种死法可都够惨的,究竟选择哪一种确实很让人伤脑筋,依我罗大舌头之见,留得青山在不怕没柴烧,咱还是先别管赵老憨了,赶紧撤吧!"

司马灰寻思匣子中至少存在两个出口,因为赵老憨和这架C47信天翁最终都没有消失在黑洞中,但这两条脱离的通道分别是一生一死,考古队的去向则是无法预测。C47信天翁舱体已经破裂,它离开匣子之后,就将立即失事坠毁。倘若继续留在机舱内,也许在下一秒钟就会被它带往坠机现场。

眼下唯一能活着逃离匣子的赵老憨又躲在这机舱里,要是考古队无法找到此人,就会面临无法想象的恐怖结果。现在局势异常紧张,每个人的生命都悬于一线,究竟是继续搜寻赵老憨,还是再设法去找别的出口,必须立即做出取舍。

司马灰意识到置身于匣子形成的死循环中,谁也无法改变"泄密"的事实,因为过去不能更改,但考古队却可以利用这个事实,不管赵老憨是直接还是间接,总之他是将黄金蜘蛛城里的秘密透露给了"绿色坟墓"，那考古队就可以在泄露的秘密中，故意留下一个"暗号"。它在今后也许会变成一颗"情报炸弹"，从而揭开"绿色坟墓"首脑的真实面目。

只是面对突如其来的复杂状况，司马灰也是刚刚才有了这个念头，所以必须再次找到赵老憋，假装无意中又透露了某些秘密，才能留下情报炸弹，这就是"未渴先掘井，补漏趁天晴"。因此他决定冒险到C47信天翁的机舱深处继续搜索，并让罗大舌头和胜香邻先退回去，会合通信班长刘江河，设法寻找脱离"匣子"的出口。

罗大舌头不放心扔下司马灰，唯恐他再也回不去了，就找理由说："那赵老憋简直比成精的黄鼠狼子还要鬼道，你一个人要想捉活的恐怕不易。"

胜香邻也道："大伙儿同进同退，先找到赵老憋再说。"

司马灰发觉机舱出现了某些微妙的变化，好像速度在逐渐增加，可能匣子里的时间已经快到尽头了，不过只要赵老憋还在匣子就不会消失，此时他顾不上再多说什么，就点头同意。三人正要分头搜寻前后机舱，忽听黑暗中前舱传来一声轻响，像是某种木板开合发出的动静。这个声音在死一般寂静的C47信天翁里突然出现，甚是令人毛骨悚然，三人听得清楚，心中均是一沉。

司马灰和罗大舌头立刻端起步枪，胜香邻也拨开了五四式的保险，三道矿灯的光束同时随着枪口向前投去，但舱内黑压压地坐满了人，视线都被遮挡，看不到声音的来源处，估计是躲在机舱深处的赵老憋不小心碰到了什么，才发出这种动静，当即上前搜寻。

司马灰走在头里，首先发现接近驾驶舱的地方摆着一口漆黑的乌木箱子。这箱子外观古旧，看年头可不浅了，两侧有式样古朴的铜饰，贴有暗黄色的纸符和封条，漆皮腐旧，大半都已剥落，表面带有土痕，仿佛刚从地里刨出来不久；外观与乡下土炕上放置的躺箱类似，箱盖被揭开了一条很大的缝隙，封条也都破损了。

这架道格拉斯－C47是由美国生产制造，并根据战时租借法案提供给国民党政府，上面有"US"和"青天白日"徽章的标志。它是1949年从重庆飞往乌鲁木齐，随后改变航线坠毁在罗布荒漠的。当时西北、西南地区尚未解放，C47信天翁主要承担军事输送任务，并非普通客机，不知道为什么装载这种来自民间的"乌木躺箱"。司马灰等人只推测里面可能是某位要员私运的"古董"，大概赵老憨慌不择路就躲在了这口木箱里，可凑近了用矿灯照视，箱中却是空空如也。

司马灰见乌木躺箱里没有东西也就不去理会，再往前已是C47信天翁的驾驶舱，一路搜索到此都没见到赵老憨的踪迹，除非他与"绿色坟墓"的首脑一样，能在密室中凭空消失，否则只能躲进驾驶舱。

三人又向前摸索了几步，见前舱受损更为严重，看迹象似是受到了"晴空湍流"的冲击，舷窗已经破裂，两名驾驶员脸上血肉模糊，都挂满了脑浆。赵老憨原本躲在乌木箱里，发觉众人搜索过来，只好又逃向驾驶舱，此时正偷偷摸摸将一个大皮口袋推向舱外，自己也打算跟着钻出去逃走，一回头看见司马灰已经到了身后，吓得魂儿都掉了，蹬着驾驶员的死尸就向舷窗外爬。

罗大舌头喝骂一声，上前动手擒拿，可这时C47信天翁的机舱猛然颠簸摇晃起来，似是进入了高空失压的状态，众人对此毫无防备，身不由己地失去重心，都跟着扑在地上，一时挣扎不起。

赵老憨则被一股剧烈运动的气流裹住，整个身体倒转着撞进了破裂的舷窗。他发觉自己要被强风带入黑洞，不由得面如土色，忙把那条六指的手臂伸向司马灰，声嘶力竭地求救道："爷们儿你千万不能卖呆儿啊！俺还有件你们知不道也想不到的大事没说，要是让俺归了位，你们可就永远知不道那个人……"

司马灰竭力稳住重心，也想探臂膀将赵老憨拽住，可他刚抬起手来，赵老憨的身体就已被扯出舱外，好似风中落叶坠入九渊，眨眼间便被黑暗吞没，深邃的虚空里只留下一声惨叫，再也不知所踪。

与此同时，机舱开始大幅度抖动倾斜，在雷电滚滚的乌云中，只听周围气流呼啸轰鸣，舱体发出金属搓裂的沉闷声响。

三人心知大势已去，万念尽同灰冷，匣子里的时间已经消失了，他们正在被这架注定有去无回的"死亡航班"带往坠机现场。

第四章　死循环

此时，C47信天翁开始剧烈地颠簸倾斜，司马灰知道情况不妙，"时间"像是一条平静的河，但离开了河道也许就是大海狂啸般的惊涛骇浪，谁都无法预测那汹涌的暗流里存在着什么，匣子里的时间已经流逝到尽头了，众人即将随着这架1949年失事的C47信天翁从黑洞中直接坠毁在罗布泊，变成"空难事件"的一部分。

罗大舌头咒骂道："这辈子总共就他娘的坐过两回飞机，还都赶上坠毁了！"

司马灰感觉到机身倾斜加剧，但回头一看，后舱的乘客仍像死尸般毫无反应，看来不是匣子已经消失了，而是匣子正在黑洞中消失。

这时舱内木箱的盖子滑落，直向司马灰撞来。他抬手推开，无意中瞥见盖板下有阴刻的星图，心想：也许C47里运载的不是古董，而是宅仙一类的陨石。可突然一闪念间，又觉得似曾相识，忙又掀起盖板看那星图，猛然记起占婆王密室中所见，虽是记不真切，但经纬纵横的坐标，密匝纷乱的星斗分布，却是如出一辙，但仔细辨认又不明所以。

占婆王密室行将崩塌之际，玉飞燕曾用在蚊式运输机里找到的福伦达vito III照相机拍下了墙上的星图壁画，司马灰、罗大舌头和玉飞燕、阿脆在中缅边境分手之时，玉飞燕将洗出的照片交给了司马灰。司马灰回国后也研究了些时日，终究不得要领，也就作罢了，却一直放在身边。想起伊人已逝，心下不免一阵伤感，再看那盖板上的星图，心中默记，寻思着一会儿回去，从通信班长刘江河看着的背包里拿出相片对照。正自思索之间，感觉机身倾斜更甚，虽是细微，但司马灰是何等机敏，忙找胜香邻要了照相机，拍下了盖板上的星图。

胜香邻也在旁边看出机身的变化，她曾根据特斯拉的匣子猜想，推测考古队接下来将会面临的四种结果：一是从赵老憨身上找到逃脱的办法；二是成为C47信天翁中的死难者；三是在匣子消失后，被黑洞彻底吞没；第四种结果是凭自己的能力，在匣子中找到出口。

可现在一想，这其中又涉及一个悖论原则——在匣子猜想中，一个人绝不可能遇到另一个真实的自己。因此，前两种结果也许并不成立，作为几个相对独立的事件，在匣子内部被扭曲到了一起，但每个事件都拥有自身的质量和重力，比如活着的赵老憨，就永远不可能在考古队所处的时间坐标内出现，赵老憨根本没有提前掌握逃离匣子的方法，但他本身就是通道，正因为他活着逃出生天的结果早已存在，所以，一切复杂的逻辑和原因，都是基于这个结果才会形成。

胜香邻想到此事，立刻告诉司马灰和罗大舌头二人，应该尽快离开机舱，再设法寻找通道，但即使找到了匣子里的通道，又会被它带到哪里则根本无法确定。不过赵老憨也许就是因为陨铁的关系才能活着离开，考古队很可能从一开始就忽略了陨铁的作用，屹立在地底沙海中亿万年之久的大铁人，除了可以在黑暗的深渊里导航，它更是时光潮汐中唯一永恒不变的固定坐标，返回到陨铁内部，就不会被黑洞吞噬。

司马灰一想不错，此刻形势紧迫也无暇多顾，就拽起扑倒在地的罗大舌头，重新戴上防化呼吸器，按原路退向舱体破裂处，冒着乱流爬上倾斜的机翼，这时，浓厚的黑雾已经开始消散，可用矿灯向四周一照，都感到心底生寒。

C47信天翁在匣子中的物理速度缓慢得接近静止，但这只是相对于司马灰等人而言，事实上它仍在持续运行，加之受到乱流影响，机翼逐渐偏离了原位，冥冥默默的空间里，已经看不到陨铁究竟在哪儿，四外都是无底深渊，谁又敢舍身一跳？

三人正自束手无策，忽见机尾高处的黑暗里，有一道白惨惨的微弱光束，司马灰心想那多半是通信班长刘江河的矿灯，此时也无法喊话呼叫，只好用灯光发出信号进行联络。

通信班长在洞窟中苦等众人不回，心中不免发起慌来，此刻正探着身子向下察看，见到下方有矿灯闪烁，接连闪出了几道光圈，知道是求救信号，他立刻找来绳钩接应。

三人接住荡过来的绳钩攀回陨铁顶端的洞窟，立足未稳，就听远处有巨雷击下，借着闪电俯视深渊，那架坠毁前的C47信天翁已经消失。无边的黑暗中撕裂开了几条缝隙，呈现出深沉的暗红，其中有密密麻麻几百只冰冷诡异的眼睛。在死循环的背后似乎存在着某种难以想象的恐怖力量扭曲了黑洞中的时间，使人胆战心惊，不敢注视。

众人周身上下毛发俱竖，三魂没了七魄，根本无法确定自己看见的究竟是些什么，只是在那一瞬间，都仿佛感到胸口被铁锤重重一击，好像是绝望带来的窒息，也好像是潜意识中对黑暗与未知的深深恐惧。

过了片刻，风暴般的尘埃渐渐烟消云散，四周归于寂静，可表盘上的指针并未回到12点30分，仍在延续匣子里的时间不断流逝，也无法确定时间坐标有没有恢复正常，更不知考古队今后的命运是否将陷入一个更大的死循环。

此时瞑目一想前事，众人都觉浑浑噩噩，就像做了一场大梦，没办法相信自己刚才经历了一段根本不存在的"时间"，又在匣子里遇到那个早该死去多年的赵老憨，可这明显又不是地压综合征带来的幻觉。

司马灰从背包中翻出玉飞燕给他的照片，脑中想着刚刚在C47信天翁中躺箱盖板上所见的星图，凭着记忆对照，几乎是一模一样，但经纬星斗密匝纷乱，又并不确定完全一致。"绿色坟墓"显然知道有这么个东西，想也是赵老憨透露的。他刚刚躲在躺箱内也必是看到了此图，并且偷走了箱中之物。可这星图跟"绿色坟墓"到底有何关联？内中含义又是什么？跟随赵老憨一同坠入黑暗虚空的皮袋子里装的定是箱中之物，那到底是什么？还有赵老憨未曾说完的话……一时间理不出头绪。

四人心下迷茫，待到稍为宁定，就从铁人顶部爬下沙海。看四外黑漆漆的并无变化，司马灰又攀到另一尊铁人内部进行探察，也没有什么发现。返回来的时候，其余三人正在检点物资，估算凭借现有的水粮和电池，能在地底维持几天。

司马灰对通信班长刘江河说："这回真是多亏了有你接应，要不然咱们全都得报销，我先给你记上一功。"

罗大舌头说："看来咱这位通信班长还是比较可靠的，是个经得住考验的同志，我估计你回去之后最少也能混个一等功，全军通报表扬不在话下，至于特级战斗英雄你就别指望了，那不是给你准备的荣誉。"

通信班长刘江河对参军立功之事极为看重，牧区农场里的子弟能立下军功，就意味着有提干的可能性，排长以上才算干部，提了干就能一直留在部队，找媳妇也容易多了，这是多少人梦寐以求的事情。可他听司马灰等人如此说，虽然甚是向往却也不敢奢望还能从地底活着回去，而且深觉惶惑。当时就剩下自己一个人，吓得腿肚子都哆嗦了，要拿穆营长的话来说，真以为死球了，看来还是革命意志不够坚定。

罗大舌头说："别忘了榜样的力量是无穷的，只要你今后多向我学习就行，我罗大舌头向来注重培养自己的英雄品质，什么是英雄好汉？那就是一顿饭能吃八个馒头，外带二斤酱牛肉……"

司马灰说："扯淡，我告诉你们什么是英雄，英雄就是宁肯粉身碎骨，也不跟这狗屎一般的世界妥协。"

通信班长刘江河听了这二位的高论，真是呆若木鸡，怔怔的无言以对。

胜香邻对他们三人说："你们凑在一起就不能讨论些有意义的事吗？"

司马灰心想，自打考古队进了大沙坂开始，每天过得都跟世界末日似的，现在已经到了这种地步，也只有竭尽所能周旋到底而已，因为匣子中的死循环已经成为了过去。它就像是宿命中一个解不开的死结，如今留在现实中的只有"结果"，不管是否情愿，都得接受死循环中出现的结果。

这个结果就是：考古队无意中泄露了有关幽灵电波的部分秘密；"道格拉斯‐C47空中列车"于1949年坠毁在罗布荒漠；赵老憨意外偷走了情报和机舱里的某些东西，又在勾结法国探险队深入大漠盗宝掘藏的时候，受地压综合征影响死于黑门。

地压综合征直到近些年才逐步被发现认知，五十年代之前完全没有这种概念，因为以往的地下洞窟，最深的只有几百米，远远达不到地压超出负荷的深度，人类对地底的探测范围又十分有限。赵老憨勾结法国人在沙漠里寻宝那会儿，也根本不知道世上存在这么一种致命现象，所以无从防范。

但从这个结果中又衍生出了一连串的谜团，基本可以归为三条主要线索：

一是赵老憨已于民国年间死在新疆大漠，为什么解放后又在湖南长沙现身？同一个人怎会先后死亡两次？而且赵老憨逃出"匣子"的时候，显然从C47的机舱内顺手偷走了某件古物。他最后说有一个紧要之事还没告诉考古队，这件事会不会与"绿色坟墓"有关？还有赵老憨又是如何将幽灵电波的情报泄露出去的？

二是"绿色坟墓"这个地下组织的首脑早在几个月前就从古城密室中取得了幽灵电波，既然它掌握了通道的秘密，这条通道又确实存在于世，那么"绿色坟墓"肯定要去寻找神庙，还不知道进展如何。

此外，"绿色坟墓"首脑的真实身份以及该组织的结构与规模，也全都被瞒得密不透风。

这些疑问此时全部无解，如今考古队深处地底，只能循着古老的航标继续前往沙海的尽头，探明一个未知的真相。1958年中苏联合考察队的去向、夏朝龙印与灭火古国的起源、迷航失踪的Z-615苏军潜水艇，似乎全都与它有关。可以说一切难以解释的谜团，都是纵横交错的"树冠"，而那座接近地心的"神庙"，才是真正意义上的"树根"，只要考古队能够挖出树根，全部的谜团就都会迎刃而解。所以应该摒弃杂念，把着眼点和行动重心放在这第三条线上。

胜香邻听了司马灰的分析，觉得思路详明，方略还算得当。但具体实施起来却很艰难，不确定因素也太多了，因为考古队只知道这座"神庙"处在接近地心的未知区域，而极渊只是地壳与地幔之间的空洞，还无法确定沙海尽头是否存在"无底神庙"。听赵老憨所言，神庙中应该有些极为可怕的东西，至于究竟是什么，可能只有"绿色坟墓"的首脑才真正清楚。

另外，地底极渊内的种种迹象都表明地下隐藏着灭火古国的起源之谜，这应该是一个自夏商周三代开始，就从黄河流域迁入地穴深处生存的古老文明。历史上对它的记载等同于一片空白，那些诡秘奇异的夏朝龙印早在一千年前就已无人能识。据说安徽有块镇水的"禹王碑"上面就遗有夏朝龙印，郭沫若同志用了三年时间才认出来三个字，还不知道认得准不准，神庙的存在肯定也与这个地下古国有关。

胜香邻甚至有种不祥的预感，在匣子消失的一瞬间，考古队似乎在深渊里看到了一个长有千百只眼睛的恐怖生物。它深处时间裂缝的黑洞中，会不会与那座地下神庙有关？而现在幸存下来的四名成员中，只有两个来历可疑又根本没有工作证的考古队员，一个无线连通信班的班长以及一名地质测绘员，缺少真正的考古专家。凭借现有的能力和装备，就算活着找到那座地下神庙，大概也破解不了其中的谜团。

司马灰听胜香邻所言在理，对未来的不可知和不可预见性，确实让现在这支考古队感到力有不及。但司马灰跟着宋地球参加考古队之前，曾是缅共人民军特务连骨干成员，说什么对历史有追求、对考古有热情，纯属自欺欺人，可论起杀人爆破之类的军事行动他是再熟悉不过了，因此，对于能否破解地下神庙之谜并不在乎，大不了拼着性命将神庙里的秘密毁了。

罗大舌头连称妙计，让"绿色坟墓"黄鼠狼扑鸡毛掸子——空欢喜一场，只是想想也觉得挺解恨。

胜香邻猜测司马灰祖上或从艺的师父多半不是善主儿，否则也不可能会使"蝎子倒爬城"之类的绿林绝技。那些山林的盗寇、海岛的水贼，杀人放火、劫城踹营才是其擅长的手段，习惯采取极端方式解决问题。可如今别无他策，也只能按司马灰所言行事，如果解不开神庙里的秘密，那就彻底毁掉这个秘密，总之要尽量抢在"绿色坟墓"之前，但愿这一切都还为时不晚。

不过胜香邻还是叮嘱司马灰："如果宋教授泉下有知断然不会同意，所以咱们只有在万不得已的情况下，才能将这个计划付诸行动。"

司马灰点头应允。要说完全不想知道神庙的秘密也绝对是昧心之言。最近司马灰一直在反复思索这个问题，究竟有什么样的惊人秘密，才值得西方冷战势力支持下的地下组织不惜一切代价去窥探其中的真相？他冥思苦想却又不得其解，下意识地以口问心："为什么那座神庙的外壁色呈深绿，莫非是……邮电局？"

罗大舌头听了司马灰所言，恍然顿悟："还真有点儿道理，你说我怎么就没想到呢？"

胜香邻说："亏你们想得出来，趁早别胡猜了，这地下的气压越来越低，我看很快还会出现气象云形成的风暴。"

司马灰肩上旧伤也在隐隐作痛，知道可能是地底又有气象云聚集，就让众人尽快起程。

这时通信班长刘江河发觉"短波发射机"有些反应，应该是整理背包的时候触碰了开关，不过能在地底收到信号，也是个完全出乎意料的情况。

司马灰见状问道："格瓦拉在非洲参加世界革命的时候，就是通过苏制短波发射机来跟远在古巴的老卡联络的。据说它仅在一秒钟之内就能载着摩尔斯密电码绕地球转上七圈半，但是也很容易受到气候和地理因素干扰。难道在这么深的地底下，还能收到外界传来的电波讯号？"

通信班长刘江河报告说："首长，我看这不像有内容的电波通信，而是接收到了某个定位信号，距离考古队不会太远。"他拙于表达，只能带路前往。

司马灰等人都想看个究竟，跟着通信班长往西南行出里许，可四周漫漫黄沙，空寂异常，就推测这个来历不明的神秘定位信号也许是被沙层覆盖住了。它每隔几分钟出现一次，来源很可能就在脚下。

第五章　短波发射机

司马灰心想：如果"定位信号"就出现在脚下，其来源应该存在两种可能，一是失踪的"中苏联合考察队"，二是迷航不返的"Z-615潜水艇"。

"短波发射机"的用途十分广泛，由于它功耗极低，预先设置好固定频率就能够持续多年定时发送短波信号，所以在航空航海行动中，都会携带这种装置，以便在迷航遇难的过程中，为搜救分队提供准确的"定位信号"作为指引。

他又寻思沙层下的定位信号十有八九来自1958年失踪的中苏联合考察队，还是这种可能性更大一些。毕竟考察队是在漆黑的地底深渊里行动，携带"短波装置"也是理所当然，但那些考察队员遇难后已被埋在沙海中十余年之久，估计挖出来也都是一具具干尸枯骨了。不过现在既然被考古队发现了，总不能视而不见，当即圈出一个范围，上前掘开沙层寻找遗骸，挖了也没有多深，就能看出下面确实有个物体存在，却绝不是什么死人的尸骸。

拨去浮沙，用电石灯在黑暗中照到那物体冰冷坚厚的外壳表面，众人更是感到意外，看上去似乎就是那艘战术舷号为"615"的Z级潜水艇，可仔细分辨却又完全不像，因为这个物体的轮廓虽然也不算小，却绝对没有Z级潜水艇2475吨排水量的庞大体积。

现在只能确定沙层下露出的部分是个金属壳子，两端见不到首尾，里面有个不断发出短波信号的定位器，但还无法识别这究竟是个什么物体，不过看到外壳上印有俄文，所以肯定不是陨铁之类的古老物质。

司马灰心里却是猛然一沉，他想起在野人山里引爆的那颗英军"地震炸弹"，至今还心有余悸，此时看了沙层下露出的物体，只恐也是震动弹一类，甚至有可能是枚更加恐怖的氢弹，连忙嘱咐众人小心发掘，要是万一触发了它，咱这支考古队就得直接到枉死城中考察去了。

其余三人听司马灰说得郑重，怎敢掉以轻心，无不加倍谨慎，就差跟在探坑里出土文物似的一点点刮了。

众人屏住呼吸，大气也不敢多喘一口，直用了半个多小时才逐步将浮沙清理干净，使那个物体的轮廓整体显露出来，再看这东西确实近似一颗巨型炸弹，体积并不比英军轰炸机投放的"地震炸弹"小太多，不过外边是层铝壳，形状与其说像炸弹倒不如说像个滚筒形舱体，而且上面绑了一匝匝的绳索。

司马灰这才知道是虚惊一场，这铝罐子大概是绑着降落伞由罗布泊望远镜洞道中投放下来的补给舱，由于深渊里气流活动频繁被带到了远处，舱内装有短波定位器是为了能让联合考察队顺利接收。

胜香邻奇怪地说："这个舱体封存完好，显然是空投下来之后还没有被人动过，里面的信号也未出现故障，联合考察队为什么不来找它？"

司马灰猜测说："大概从洞道里空投补给物资之际，联合考察队已经失踪多时了。由于地底测站与考察队失去联络后不久，罗布泊望远镜计划就被搁浅，受诸多因素影响被迫放弃了搜救工作，所以只能投下一批物资，如果考察队里还有幸存者可以采取自救。"

罗大舌头可不在乎那些事，他急于知道舱里装了些什么，一边迫不及待用猎刀去撬，一边问通信班长："你知道咱这考古队有什么特点吗？"

通信班长刘江河揣摩不出罗大舌头问话的意思，只好挠着后脑勺答道："咱们可能是……是缺少工作经验。"

罗大舌头道："你确实是个缺少经验的生瓜蛋子，但咱考古队的最大特点，就一个字——穷！"他嘴里唠叨不休，手里也没闲着，空投下来的"补给舱"无非就是个铝壳子，哪架得住他拆，三下五除二就揭开了舱盖。

通信班长刘江河上前协助罗大舌头把舱体里装的货箱逐一搬出来，检视里面的各种物资。

司马灰上前一看，里面无非是罐头、压缩干粮、化学药品之类，与他们在地底测站贮物室里发现的东西相差无几，但多了些成捆的苏制加长信号烛、照明弹、速发雷管，甚至还有几支带弹鼓的"PPS转盘冲锋枪"，都涂着枪油，弹药箱里则装满了黄澄澄的子弹。

司马灰等人见补给舱里装有武器，顿觉胆气大增。地底空洞是陨冰爆炸形成，氧离子密度比地表还高，亿万年间进化出了大量复杂异常的生命形态，多不是人间之物。考古队只有老掉牙的步枪，子弹也没剩下几发，如今正发愁怎么应付这次九死一生的地下探险行动，就找到了这批原封不动的武器装备，真如吃下了一颗定心丸。

罗大舌头立刻扔破鞋似的把他那条老式撞针步枪扔了，随手拎起一支"PPS冲锋枪"端在手里，检查机枪各个部件全都运转如常，赞道："这家伙，'波波莎43式'呀！多少年没见过了。"

司马灰知道苏军的"PPS43式冲锋枪"，早在五十年代末期就已经基本淘汰了。那时候"卡拉尼什科夫自动步枪"已经在苏联全军列装了，但北越同美军作战的初期也没少装备这种老式冲锋枪。苏联专家团不可能给考察队直接提供武器，应该是当时国内部队的装备。"PPS43式冲锋枪"虽然型号古旧，但优点是弹鼓容弹量大、理论射速高、构造简单耐用，寒暑不惧，经历过第二次世界大战西线战场的残酷考验。尤其在恶劣的地底或坑道环境中，它所发挥出来的战术性能和勤务效能远比半自动步枪来得可靠，因此，让通信班长刘江河也将步枪扔掉换成"PPS43式冲锋枪"。

但刘江河的五六式半自动步枪是部队里配发的制式武器，他不肯随便抛下，司马灰对此也不便过于勉强，只得作罢。

随后又从舱体内翻出一部沙橇，可以将背包和装备都放在上边拖拽着跋涉沙海，要比负重行军轻松许多，还能多带些干粮维持所需。

众人尽可能多地携带信号烛、电池以及压缩食品，并且多装了几个弹鼓和两捆雷管以备急用，因为谁也推测不出这次地下探险任务会持续多久，所以便晴天带雨伞、饱肚存饥粮。

罗大舌头翻到舱底又发现了一些服装，野外生存最关键的装备首先就是服装。五十年代中苏友好时期，苏联赠送给中方一批新式"荒漠战斗服"，只是由于数量十分有限，从未正式进入部队流通渠道配发。

其实这种特制的"荒漠战斗服"，也是苏联根据二战时德军的款式与面料改良而成，通体采用浅黄色斜纹机织粗布，带防水透气夹层，具有较强的抗太阳能光谱热量吸收性能，防油污和防磨损性也很好。成衣经石磨浆洗加工后，软化了面料的坚硬质地，提高了穿着的舒适性。款式为侧排扣，宽襟大幅翻领，后边配有兜帽，具有一定的防风和防水效果；两侧配备四个对称的战术插袋，各处都体现了优异的性能和出色的设计理念。

相较而言，司马灰等人从头到脚的装备，甚至经验和技术，反倒都不如十几年前的联合考察队，此时自然毫不迟疑把能换的全给换了。

不过最为重要的一件东西，还是胜香邻在舱中找到的"重磁力勘测表"。这种仪器很精密，与军用罗盘差不多大小，可以直接探明地底空洞内磁场或铁石蕴藏的情况，气压和深度也都能测量，有了它就不必再依赖"磁蛇"指引方位了。

众人意外得到了补给舱里的重要物资，心中踏实了许多，一直以来笼罩在心头的绝望情绪终于得到稍许缓解，也有信心和胆量继续往深处走了。

司马灰感觉到地底的气压越来越低，看了看怀表。这一来二去又耽搁了足有两个钟头，收拾齐整之后，就准备带着其余三人动身出发。

没想到这时又有变故出现，原来通信班长刘江河在空投下的补给舱内找到了短波定位器，可是关闭掉之后发现地底仍有持续的短波信号存在，而且这段信号十分古怪，因为通常的定位短波按惯例都使用单节信号，没有具体内容，但从沙海深处传来的短波却显得有些蹊跷。

司马灰本就敢于冒险，现在又有了武器更是气粗胆壮，因此对刘江河所言不以为意："既然补给舱里配备了定位信号装置，联合考察队自然也会携带短波通信器材，所以我估计另一个信号的来源，应该就是考察队最后所处的位置。即使那些队员全部遇难死亡了，联络信号也会持续发射。不过测站与极渊之间存在厚重的云雾，所以洞道里接收不到来自下面的信号，咱们现在却可以根据它进行定位，找到考察队在极渊中遇难的地点。"

胜香邻疑惑起来，她问刘江河："你刚才说这段摩尔斯电码有些古怪，到底是什么意思？"

通信班长刘江河解释，普通的定位信号一般没有具体内容，也就是"嘀"或"嗒"的任意一节，但来自地下深处的信号却是由一组摩尔斯电码构成，它的内容简单明确——"我是615，不要接近我。"

第六章 二排左一

司马灰听通信班长报告了摩尔斯电码的内容,终于知道为什么要说这段信号显得十分古怪了。

根据考古队目前所掌握的情况,早在1953年的时候,苏联武装力量第40独立潜航支队有一艘柴油动力的Z级常规潜水艇,携带两枚潜地火箭出航,由于领航仪器失灵导致它在海中迷航失踪从此下落不明,该潜艇的战术舷号为"615"。

不知当时苏联人得到了什么情报,竟判断这艘"Z-615潜水艇"出现在了罗布荒漠地下。为了保守"潜地火箭"的机密,遂与中方达成协议共同进行罗布泊望远镜计划,将洞道挖掘至地下一万多米深的区域。

但经过大地电场透视探测,存在于"摩霍洛维奇不连续面"之间的空洞中并没有这艘苏军潜水艇的踪迹,却意外发现了两个神秘的铁质物体。

于是在1958年派遣了一支由22名成员组成的联合考察队到地底执行实地勘测,同时也肩负着寻找"Z-615潜水艇"的任务。随后联合考察队在地下失踪,与洞道内测站的通信完全中断,又正值中苏关系出现裂痕,整个行动被迫中止。到现在为止,还没有任何一个人知道这个事件的全部真相。

考古队在地底收到的摩尔斯电码信号如果确实为明码发报,又没有使用加密暗语，那就应该是来自那艘失踪的"Z-615潜水艇"，但那好像是一段特殊的"警告"而不是什么"求救信号"，也许苏军潜艇就迷失在这片沙海深处。

不过司马灰等人都无法判断这个定位信号是不是陷阱，因为"绿色坟墓"地下组织的特务已经在当时渗透到了罗布泊望远镜内部。倘若真是"Z-615潜水艇"在发出警告，也说明他们遭遇了意想不到的危险，知道生还无望，才会在死神降临之前通过短波发射机告知搜救分队放弃任务，不要试图接近。

可既然在地底收到了这个神秘的信号，就很难让人忽略掉它的存在，何况搜索失踪的"Z-615潜水艇"、寻找遇难的联合考察队、探明灭火古国的起源以及地下神庙的谜团，原本都在考古队制订的计划之内，所以司马灰得知这一情况后，立刻向通信班长刘江河详细询问了搜寻短波信号的方法。

通信班长刘江河此时仅知道信号的大致方位，距离还不清楚，但信号的来源与导航大铁人永恒凝望的方位一致。

现在考古队还无法预测地下沙海尽头的黑暗中存在着什么，但即使收到了来自苏军潜艇的短波信号，众人也很难相信它当真会出现在这个地方。毕竟罗布荒漠深处内陆，受到地底陨冰爆炸影响产生的时间裂缝，好像也未曾波及罗布泊以外的区域，根本无法想象远在太平洋海域失踪的"Z-615潜水艇"怎么到了此处。

司马灰对众人说："连尼克松都访华了，这年头还有什么事不可能发生？至于短波信号的来源究竟是不是失踪的苏军潜艇，必须直接侦察过才能见分晓，但我对它有种很不好的预感，咱们到时候还是要谨慎行事，千万大意不得。"

其余三人都说正该如此，毕竟这次行动的主要任务还是探寻地下古国的起源之谜，实在找不到"Z-615潜水艇"也不用过于勉强。

众人随即通过测绘仪器和罗盘确认方位，背上PPS冲锋枪，拖拽着沙橇继续向沙海深处进发。

考古队在地下渐行渐深，周围始终漆黑一团，只觉沙海起伏漫无边际，寂静的空间和单调的地形很容易使人感到心神疲惫，昏昏欲睡。

通信班长刘江河几天来情绪紧张焦虑，休整的时候几乎没怎么合过眼，这时走着走着竟然睡着了，连滚下沙坡都毫无知觉，多亏司马灰等人及时发现才没把他丢下。这种情况下一旦掉队失散，也就意味着死亡。

先前搜寻补给舱的时候已经耽搁了不少时间，而且地下危机四伏，在沙海中宿营十分凶险，所以司马灰不敢让众人止步，连吃东西都要继续走，直到遇上风暴才能停下。他现在只能一边提防着周围的动静，一边让众人都跟通信班长说话，免得他再次掉队。

考古队在找到空投下来的物资装备之后，原本绝望悲观的情绪有所好转，好像在黑雾中看到了一线光明，甚至觉得也许有机会成功完成任务，然后活着回去。这些天经历了这么多事，每个人都在潜意识中审视着自己的人生观，所以不知不觉间就说到如果能活下来，今后将会何去何从。

罗大舌头没什么太大的心愿，无非就是报了仇又找到"Z-615潜水艇"和地下神庙，像马王堆女尸一样能在《人民日报》《光明日报》头版头条露回脸，若是再混个一官半职的赚上十七级工资，那就算对得起他爹罗万山了。

胜香邻父母都已故去，刚得知英国还有个表姐，可面都没见过就已经不在了，身边也没有什么牵挂，要是能活下来应该还是要回到测绘分队工作，要不然还能去哪儿呢？她问司马灰将来的打算是不是也和罗大舌头一样，想继续留在考古队？

司马灰知道考古队能活着回去的可能性极为渺茫，大概只有万分之一，因为没有苏联的"减压舱"，仅是地压综合征就足以要了性命，如今退路也已彻底断绝，何况他跟罗大舌头又曾在缅北丛林里被化学落叶剂灼伤，恐怕回去也活不了几年。他现在是能活一天算一天，只想尽快找到"绿色坟墓"的首脑,把这笔账彻底销了,从没考虑过以后的事。

不过"希望"确实是人在绝境中最需要的东西,哪怕是根本不可能实现的希望。司马灰觉得自己活了二十来年,还真没做过什么有意义的事,他也不知道自己在这个社会上究竟能做些什么。从缅甸逃回来之后,好不容易被宋地球收留,以为从此能有份正经职业,可没多久宋地球就遇害身亡了。毕竟自己这身份是临时工,与烧锅炉的水暖勤杂人员一个待遇,连档案都在劳动局,回去之后单位还能不能接收都不好说,所以他对此事也没存什么指望。

司马灰甚至越想越迷茫,总不能再跑回缅甸参加游击队吧。他又不愿意到北大荒农场去刨地,最多也就是回"黑屋"继续扒铁道,除此以外还能有什么选择?如果是说眼下最奢望的事,那就是能够找个清静地方住几年。

罗大舌头斥道:"你找清静地方干什么,想炼丹去?我记得你当年不是一直谋划着要把夏芹娶回山上当压寨夫人吗?"

司马灰说:"那都是哪辈子的事了,再说夏副司令员看我去了就想掏枪,我都不敢从他们家门口过。你在军区的名声比我好多了,要是你主动上门求亲,这事兴许能成。"

罗大舌头信以为真了,忙问司马灰:"你觉得人家小夏真对我有意思吗?我怎么一直没看出来呢?那个……那个夏副司令员还算清正廉洁吧?"

司马灰说:"我觉得这也得分是什么事,你要敢空着手上门,就冲夏副司令员那脾气,他还不直接让人把你拖出去毙了?"

罗大舌头感到很为难:"问题是现在咱都瓢底了,我哪还有钱去贿赂他老人家?宋地球许给咱的工资待遇根本就没兑现……"

司马灰说:"那你回去好好工作,攒够了钱再说,反正娶媳妇生娃的事也不用着急,俗话说,好女不怕丑,生到四十九。"

罗大舌头和司马灰胡扯了几句,又趁机问通信班长刘江河:"你这个生瓜蛋子，在老家牧区的时候有没有相过对象？"

通信班长刘江河可不像罗大舌头似的什么都敢说，他只希望能顺利完成上级部署的艰巨任务，立功提干继续留在部队。要不然再过半年服役期满就该退伍了，他在无线连学的通信技术回到地方完全用不上。但刘江河觉得这次所要执行的任务完全超出了他的能力范围，经常会拖考古队的后腿，不仅帮不上忙还致使光学无线电受损，使考古队同后方失去了联络，回去不被处分就不错了，怕是指望不上立功受奖。另外他也十分佩服司马灰和罗大海的本事，真要是离开了部队，他就想跟司马灰学点技术，哪怕给考古队当个铲匠之类的临时工也行，吃公家饭总强似回到牧区撵羊毛。

司马灰心中感叹：我自己都不知道将来该去什么地方混饭吃，上哪儿给你小子走后门？但他不想让刘江河感到失望，因此也没拒绝。

司马灰察觉到气压变得更低了，寂静的空气中似乎潜伏着不安的躁动，而考古队正在经过的地形四周耸起，类似月球表面的"环形坑"，直径仅在十米左右，可能是千万年前从地幔里上升的热流或熔岩喷涌形成。此处沙层较浅，正可以作为依托躲避随时都会到来的风暴，便让众人就地停下，仰卧在环形坑边缘轮流睡上一阵儿。

不知过了多少时间，蓦然间风如潮涌，沙石飞走，司马灰立刻惊醒过来。他发觉地底出现的气象云比预想中还要恐怖得多，就戴好风镜，让通信班长把沙橇拖到身边，然后伏在地上等待风暴的到来。

这时，胜香邻取出一张照片交给司马灰，先前在地底测站中找到了一些档案资料，刚才发现里面有张照片是1958年那支中苏联合考察队的合影。

司马灰接过来，借着矿灯的光亮看了看，这张照片确实是考察队全体22名成员的合影。他们分成三排，前排坐在地上，中排半蹲，后排站立，背景在荒漠里，也许就是罗布泊望远镜的洞道外部。

胜香邻对司马灰说："你再仔细看看这张照片，第二排左起第一个人。"

司马灰将照片拿起来再次端详,果然有些地方不对劲儿,感觉就跟深更半夜里见了鬼似的,疑道:"这个人?"

正当疑惑不定之际,趴在旁边的罗大舌头突然一拍司马灰肩膀,用手指了指远处,提醒他情况有异。

司马灰放眼眺望,见从远处的黑暗里出现了一条白线,好像是某种发光物体。随着距离渐近,朦胧暗淡的细长光线迅速变成了摇曳不定的白练,一个犹如巨型水母般的白色幽灵,漂浮在漆黑无边的沙海中,绵延数十里之长。

第七章 摄影鬼影

司马灰极是惊诧,问道:"那是个什么东西?"他用手使劲儿抹了抹风镜,想看得再清楚一些。

其余三人也都怔住了无言以对,冒着凛冽的风沙趴在环形坑边缘,胆战心惊地注视着这绚丽且恐怖到了极致的罕见奇观。

云层中的发光物体移动甚快,随着它迅速接近,大量冰屑随着惊风呼啸而下,声如雷霆,势如移山。似乎是凝聚在地底的"冷却积雨云"被气流带动,形成了绵延数十公里的冰屑尘埃,又受到地压摩擦,使气流周围环绕着变幻莫测的光雾,出现了极光般诡异的现象。

众人只觉脸颊如被刀割,谁也不敢再看了,都将身体与沉重的沙橇绑定,抱头蜷缩在环形坑中躲避冰尘。挨了许久,地底的"冷却气象云带"才终于消失,沙海中温度回升使冰屑尘埃降下后转为水雾,白茫茫的弥漫不散。

司马灰等人被风沙埋了半截,冻得手脚都麻木了,待到稍能活动,就相继爬出来解开绳索,掸去身上的沙尘。看见没有人员失踪受伤才松了口气,又躺在坑底喘歇了半天,胸中被罡风所窒的闷恶之状才得以缓解,于是拖出负重沙橇准备继续出发。

司马灰在动身前又从衣袋里掏出联合考察队的照片,刚才风暴来临时未及细看,此时反复端详,见这张照片拍摄得非常清晰,别的地方也看不出有什么异常，只是其中位于二排左一的人员脸部出现了一块暗淡模糊的光斑，使整张脸的五官都被抻长了，面目已经无法辨认，显得十分怪异。

这时罗大舌头和通信班长也都上前来看，众人以前听说过有些照片里能拍到鬼影，因为相机是感光器材，能够捕捉到一些人眼看不到的东西，可他们并未真正见过"幽灵照片"，不知此类观点是真是假。

可如果真有哪部照相机能拍摄到"幽灵"，那它多半就是这张照片里的模样，这就是1958年中苏联合考察队合影带给司马灰等人的直观感受。

因为这张照片看起来一切正常，唯有二排左一的人员脸部模糊，如果是技术原因或机器故障，怎么就不偏不倚地出现在这张脸上？

司马灰以前看过不少死尸的照片，知道用照相机拍摄死人也不会变形，何况联合考察队合影的时候队员都还活着，脸部怎么会出现"鬼影"？

胜香邻对司马灰说，我也不知道照片中会不会呈现出人眼看不到的东西，但摄影中确实有"鬼影"一词，全称是"摄影鬼影"，并不是真能拍摄到幽灵，而是专指一些反射光斑。咱们之前没有得到太多关于联合考察队的具体资料，现在虽然发现了这张照片，却仍有一名队员的身份无法确认。

罗大舌头很内行地说："摄影鬼影其实就是鬼影，不管是什么东西反射到照相机里，它总得有个来源不是？"

司马灰点头道："我虽然不太了解什么是摄影鬼影，可就是感觉这张照片有些问题，或者说问题出在……被照相机拍摄到的那名队员身上。"

众人你一言我一语地讨论了几句，始终不得要领，眼下虽然有了照片，失踪的考察队却还是下落不明，只好暂且记下这条线索再次整装出发，循着沙海深处传来的微弱电波信号向前行进。

大多数时候，地底流沙下的气温高达四五十摄氏度，在地压的作用下半空水雾凝聚不散，经常会出现局部冰雹和暴雨。为了节约电池和干粮，考古队就用鲸骨蛇油为烛，以火照明按罗盘而行。

地下黑得像锅底，偶尔出现的光线也伴随着大规模风暴，测距仪在这种环境下失去了作用，众人已经算不清在沙海中走了多远，也不知今后还要再走多远，只能循着断断续续的陨铁航标，一个点一个点地向前移动。

考古队无法确定地底的空洞是否存在尽头，只是感觉到已经走出了黑雾出没的区域，而来自"Z-615潜水艇"的短波信号却仍在更为深远的地方。

众人越走心里越没底，在漆黑的空间内，仅仅依靠有限的参照物，完全不知道身在何处，又与外界彻底隔绝，每个人都承受着沉重的心理压力，直到一条宽阔的深谷出现在考古队的面前。

胜香邻取出"重磁力探测表"看了一阵儿，认为深谷中应该没有任何金属物质存在，就问司马灰是否要绕行过去。

司马灰看地形险要，下面更是深不可测，估计以前曾是极渊里的一处海沟，暗流和漩涡都是从这种地方涌出来的。虽然此刻地下之海已经枯竭，但深处情况不明，自然是"宁走三步远，不贪一步险"，还是绕路比较稳妥。

可通信班长刘江河却在这时报告，那段鬼魅般微弱的摩尔斯密电码，其来源应该就在这条深谷之中。

司马灰倍感诧异，"重磁力探测表"分明显示谷底不存在金属物体，可通信班长却认为"Z-615潜水艇"的电波信号就来自海沟底部。要不是探测表坏了，那就是短波装置出现了故障。他问刘江河："是否可以确认无误？"

通信班长刘江河表示愿用人头担保不会出错，考古探洞之类的工作他确实是不行，但在通信方面却是技术尖子。

司马灰等人还算信得过通信班长刘江河，可是苏军的"Z-615潜水艇"体积何等庞大，那简直是条百米长的"钢铁巨鲸"。它的存在应该会使重磁力探测表的侦测数值发疯般狂跳起来，为什么此时表盘没有丝毫反应？

众人面面相觑，谁都知道这里面有问题，可问题究竟出在哪儿？按理说"Z-615潜水艇"没有出现在罗布泊地底才是正常情况，但这段摩尔斯密电码的信号来源又是什么？

考古队权衡轻重，都认为就算是飞蛾扑火也应该下去探明情况，于是放下沙橇，各自带上背囊和冲锋枪寻找相对狭窄平缓的区域下行，遇到陡峭之处就使用绳钩，穿过一层层缥缈的薄雾，终于下到百米深浅的谷底。

司马灰用矿灯照了照，见四周层层密密的满是珊瑚化石，它们都有数米来高，色泽灰白，形同苍松古柏，表面布满了蛀洞，使原本就高低错落的地形变得更为崎岖复杂，化石中的积水散发着腐臭。

为了防止遭遇意外，司马灰吩咐众人都罩上"鲨鱼腮式防化呼吸器"，并将冲锋枪机柄上的保险活销拽开，又打了个手势命通信班长重新确认，然后指着传出信号的方向告诉罗大舌头说："你们'伪军'走前边，给我们'皇军'带路。"

罗大舌头很不情愿，嘴里又在不清不楚地发些牢骚，可戴着防化呼吸器，使得说话声格外沉闷，所以谁也没听明白他在说什么，只是一个接一个紧紧跟住，迂回向纵深区域搜寻。

这段神秘的信号已经持续了将近二十年，此时谁都没有把握能找到它的根源所在。随着距离逐渐接近，都不免有些忐忑难安，提心吊胆地走了一阵儿，见地底火山岩构成的缝隙里有具大型生物的骨架，看颅骨并不像座头鲸。

众人走到近处，发觉自己还没那古生物下颌骨的一半高，都不禁毛骨悚然，估计这里曾是某种古代海洋生物的巢穴，但极渊里的死亡之海早已枯竭了几千年,来自苏军"Z-165潜水艇"的电波果真从此传出?

据说美苏早期发射到外太空的探测器,都曾收到过许多神秘难解的电波信号,一度有人认为死者的亡魂都聚集在那里。甚至还有谣传,声称电波中含有警告,让世人千万不要接近。直到几年后才真相大白,原来探测器收到的信号只是电磁产生的"宇宙微波辐射"。它从亘古洪荒之时就已经存在,和电视机上出现的雪花以及收音机里杂乱的噪声都属于同一来源,只是一种毫无意义的电磁干扰现象。

考古队接收到的信号虽然微弱,却不会是毫无实际内容的"微波辐射"。司马灰等人一面猜测着信号的来源,一面向化石洞窟深处搜寻,可这时通信班长刘江河又报告情况不对,来自"Z-615潜水艇"的短波信号突然变得越来越微弱,最后竟然完全沉寂消失,再也接收不到了。

司马灰感到这件事颇不寻常:"持续发射多年的短波信号,怎么偏在这个节骨眼儿上没了?"

刘江河用军籍担保不会出错,他推测615短波信号并不是停止,而是消失,是信号的来源消失了。之所以会出现这种情况,恐怕只有一种合理解释。

司马灰转过头望了一眼通信班长,此刻隔着防化呼吸器根本看不到脸色如何,可对方眼中似乎闪过了一抹绿幽幽的诡异光芒,在一片漆黑的深谷中,即使隔着防化面罩也能使人察觉。

司马灰心中疑惑,不祥之感油然而生,逼近一步问道:"这两者有区别吗?信号为什么会突然消失?"

第八章 火 洲

通信班长刘江河告诉其余三人,如果考古队此前接收到的"短波定位信号"确实来自失踪的苏军"Z-615潜水艇",根据它变得越来越微弱,直到最后消失无踪的状况来分析,大概只有一种可能性存在,就是这艘潜水艇仍在地底持续移动,进入了某个存在干扰的盲区,所以短波信号被完全隔绝了。

罗大舌头不太相信:"这地方除了沙子就是化石,那潜艇又不是活物,它要是落在此处至少也得被埋上半截,怎么可能还在持续移动?"

通信班长也觉得此事很难让人信服,就连他自己都没法相信,毕竟苏军Z级潜水艇的续航能力仅为11000海里,从1953年失踪至今,怎么可能仍在没有水的区域里持续航行?可是从技术层面上分析,却只有这种解释才说得通。

胜香邻觉得仅凭一段"摩尔斯密电码",也不能肯定那就是失踪的苏军潜水艇,地下空洞内可惊可怪的异常现象很多,有不少情况已经超出了考古队所能理解的极限,而且"Z-165潜水艇"的短波信号本身就来历不明,既然已经无法定位,很难再去究其根源,这深谷中不宜久留,还是尽快离开此地为妙。

司马灰在旁一言不发,隔着"鲨鱼鳃式防化呼吸器"的面罩暗中打量通信班长,此时却已看不到那抹幽灵般的绿光,好像一眨眼就没了,可司马灰的视力是 2.0，自认为不会看错，心想这刘江河是考古队里的军籍人员，身份来历都很清楚，没有什么可疑之处，难道竟会是"绿色坟墓"那个地下组织的潜伏分子？

这时，司马灰忽觉地层深处有振动传来，自下而上来得好快。他低头一看，发现脚下龟裂的岩缝里正涌出一缕缕浓密的烟雾，闪烁着鬼火般的暗光。

胜香邻忙将司马灰向后拽开，绿色的浓烟越来越多。地下像是有座烟囱喷涌，烟尘滚滚向上升腾。众人都感到皮肤烧灼难当，仿佛多待一会儿就会被它烤焦，当即纷纷退避，可深谷中涌出浓烟的地方不下百十处，烟柱有大有小，有的竟高达几十米，都是色呈深绿，极为耀眼刺目。

司马灰这才知道通信班长面罩上的绿光是从地底产生的气态冷光映射而成。他退开几步问胜香邻："这种烟尘怎么跟间歇泉似的，说出来就出来了？"

胜香邻识得厉害，她对司马灰说："地底气态物质呈现绿色，说明其中含有致命的强酸，人体一旦接触到就会被腐蚀、烧焦。大伙儿绕开走，千万别让它碰到。"

司马灰回头去看来路，发现已被间歇泉般喷涌出来的灼热气体遮蔽。只得招呼众人绕开谷底的一团团浓烟，拼命向纵深处逃去。

众人一直跑到深谷尽头，都已累得上气不接下气，胸膛好似要炸开来一般。途中也没见那艘Z级潜水艇的踪影，甚至没有发现任何曾出现过的迹象。

司马灰见具有强酸的浓密烟尘被远远抛在身后，才让众人逐渐放缓脚步。穿过深谷又是绵延起伏的无边沙海，寻思这一路上物资不断消耗，剩下的水粮已经非常有限，没必要再耽搁时间返回去取沙橇，于是根据"重磁力探测表"的指引，寻着方向跋涉前行。

考古队翻过一道道沙坡后，流沙下开始出现了风蚀沉降的地层结构。

地幔里剧烈运动的热对流使岩层旱裂，大自然的变迁造就了神秘雄奇的罕见地貌，在地底沙海的腹地形成了一处"火洲"。

这近似戈壁般空旷的"火洲"也在不断被流沙吞没，众人走到茫茫沙海的深处，迎面出现了一座奇异的古代城郭，规模宏大，但早已成为了无人居住的废墟，周围只有断断续续的残破城垣。城壁内则是密密层层的石窟洞穴，沟壑蜿蜒，深邃莫测，怪诞的高大石人孤兀地耸立其间，被风沙切割得上粗下细，形如蘑菇，浑厚肃穆。

考古队穿过深渊里的沙海跋涉至此，个个皆是疲惫不堪，陡然间找到了这座失落的地下古城，都是思潮起伏，心跳加速，一时间恍如置身于世界的尽头，触摸到了来自远古时代的幽深气息。

司马灰不敢掉以轻心，率领其余三人攀上城壁，先向内观望良久。除了风动流沙，古城中只有黑漆漆的一片沉寂，是座完全没有生命迹象的死城。

胜香邻拨开沙土，见墙体砖石表面孔隙较多，就知道这是古代火山喷发后形成的"凝灰岩"。

此时远处云层中有道雷电击下，众人借着微弱的光亮，见古城深处依稀有一座黑沉沉的锥形高峰，整个城池都是绕山而造，可那山体没有尖顶，似乎是座沉眠的"地下火山"。

司马灰猜测那是地幔里的熔岩喷涌而成的火山，但这地底古城几千年来依然完好，也许只是座"死火山"，倒不必为此事担心。他先前并没有想到，在深渊下的火山岩群地带竟隐藏着规模宏大的地下建筑遗址，历史上对此毫无记载，一切情况都属未知。

总之，这是个比"楼兰王朝"年代更为神秘古老，建筑更为奇异壮观的古国废墟，不知道能在里面发现什么惊人的秘密。现在最值得深思的问题就是，这么庞大的城池为何要建在地下？是否与那座"神庙"有关？

不过仅凭考古队的四名成员，面对规模庞大的废墟遗址，想尽快从中找到一些有价值的线索却又谈何容易,只好把目标定位于古城最深处的火山,也许那座高耸的山体就是内城,毕竟它是整个建筑群的核心区域。

通信班长刘江河提醒司马灰等人,千万不要触碰古城中的任何东西,因为穿梭于沙漠中的驼队里千年来始终流传着关于"魔鬼城"的传说。据说自古以来,没有谁知道魔鬼城是何人所建,又是建于何时。那里路途凶险,极难到达,目睹过它真正面目的人少之又少,即使历尽千难万险找到古城,最终也会被恶鬼夺去性命。城中莫名其妙涌动的风沙,往往就是恶鬼出没的征兆。

胜香邻也曾听说过此事,她对通信班长刘江河说:"其实魔鬼城并不是古迹,而是罗布泊东北方一片风蚀垄槽的雅丹地貌。当地风沙暴烈、荒无人烟、道路艰难,古人经过时远远观望,多半会以为看到了荒漠中的一座古城,并载入史书。后人但见奇异,却不知它的根由,因此传说附会,愈传愈甚。"

通信班长刘江河并不懂得什么是"风蚀垄槽"地貌,但他自幼长于驼队,常听老人们讲述大漠戈壁之中的古怪传说,心中难免有些悚栗。

司马灰看古城中构造复杂,深处好像存在着一种死亡与绝望的恐怖气息,表面看似沉寂却必然有潜在的巨大危险,还不知会有什么意外发生,也担心通信班长会有闪失,就吩咐他提着电石灯紧紧跟住。

考古队翻过断壁,寻路向古城深处的山峰移动,满目都是耸立的石峰和断岩。它们形成了无数笋状石柱和烟囱状的石丛,岩洞内有机相连,成为相互贯通的高大房屋,其下更分为数层,深达几十米,分布着密如蛛网的通风道。

这种令人叹为观止的地质结构,是远古时代地底火山爆发后形成的。因长期遭受风化和流水侵蚀,其残存部分形成了大量锥形土塔和各种洞窟。古城中的道路迂回曲折,在没有地图的情况下一进去就能把人转晕了,又多被流沙埋没,所以众人也不敢轻易深入地洞中探察,只能在上边用矿灯照视，然而荒毁甚重，始终没有什么发现。

古城中到处都有一些看似不成形状的乱石，可走到近处拂去沙尘，就会看到成千个石雕的俑人，形貌宁静自在，从不同角度冷漠地凝望着前方，似乎任何东西都无法阻挡它们的视线。

考古队摸索着走到山脚下，面前出现了一道坚厚的墙壁，有座近十米高的巨大石门洞穿山腹，两侧各嵌有一尊千斤大铜人，一个握蛇，一个乘龟，面目奇异，遍体铸有"夏朝龙印"，但已锈蚀磨损，难以细辨。

罗大舌头急于看看这座古城里藏有什么，上前去推巨门，可任凭他浑身筋突，连吃奶的力气都使上了，却如蜻蜓撼柱，石门纹丝不动。罗大舌头累得脸红脖子粗，对其余三人道："你们别光站后边看着，赶紧过来帮把手，要是推不开这道最坚固最反动的封建壁垒大门，咱可就白忙活一场了。"

通信班长刘江河背起步枪，想上前伸手帮忙，司马灰拦住说："别瞎折腾了，这座大石门厚重无比，八成是用滑道从里面给顶上了，咱这四个人别说推开，就是把全部雷管都用上，可能也炸不动它。"

这时，胜香邻对司马灰说："就是炸药够用也不能采取爆破作业，考古队做事不能没有底线，否则和土贼还有什么两样？另外根据重磁力探测表的显示，地底古城里存在一个巨大的环状金属物质。"

第九章　石破天惊

司马灰有些意外："地底古城里有环状金属物质？是不是这山体内存在矿脉？现在能否确认具体是哪种物质？"

胜香邻摇头道："我也没什么把握，只能推测是铜，它就藏在这座大山里。"

罗大舌头也称奇道："这事可真稀罕了，它能有多大体积？为什么会是个……环状物？"

胜香邻的重磁力探测表只能显示一些大致数据，估计地底埋藏的环状金属物质直径在三十米左右，至于别的情况，就很难凭空推想了。

考古队虽然知道这座地下古城的建造者，很可能是在夏商周三代时期由黄河流域迁入地底，可除此之外则一无所知，各种地理古籍上几乎没有任何相关记载。众人一时间无从着手，只能先到古城最深处的洞窟里探个究竟。地底古城出现在导航坐标的尽头，也许解开所有谜团的关键都在其中，现在距离"谜底"只有一步之遥，但古时候怎会有如此巨大的"环状青铜器物"？

司马灰心想既然古城深处有座高大厚重的石门，山峰内部必然中空，也许像口直上直下的深井，可以冒险从高处下到洞底，不过在此之前还是应该先在地下洞穴中寻找路径，或许会有密道直通内城。

于是就让众人抓紧时间准备，先是胡乱吃了几口干粮果腹，又把周身上下收拾得紧衬利落了,然后在附近挖开一处被黄沙埋没的洞口,由司马灰带上冲锋枪和电石灯同罗大舌头下去进行侦察。那里边流沙太多,空气质量并不理想,灯光也跟着忽明忽暗。

古城在地下层层叠叠分为数层,有些区域的连接处又低又矮,易守难攻,人在里面必须猫下腰才能钻过,就好像进入了错综复杂的蚂蚁窟巢。两壁间人工开凿的痕迹清晰可见,贯穿的通风井深达百米,地下洞道每一层的入口都设有圆形石门,质地非常坚固,似乎是为了防备外敌侵入。

司马灰和罗大舌头腰系长绳,提着电石灯探路,边走边四处观察,眼见地底古城规模宏伟,结构诡异,心下不禁暗自吃惊,感觉看到得越多反而了解得越少。最后循着方位绕到内城巨门底部,隧道两边的石壁上凿刻着许多飞禽走兽的图形,他们用矿灯逐一照视,好像大部分内容都描绘着万物消亡的传说,但内容古奥一时难解其意,而且隧道尽头是条死路,无法进入山体内部,即使有密道也很难寻找,不得不原路撤出。

考古队只得涉险攀上高峰,此时地底云层涌动,狂沙滚滚。矗立于古城深处的锥形高峰,就像一座孤立沉默的巨塔,在黑雾中若隐若现。它苍茫险峻,沉重的存在感使人心惊胆寒,可能世人永远也搞不清楚这里究竟蕴藏了多少古老且诡异的秘密。

锥形山体坡度陡峭,贫瘠裸露的火山岩上寸草不生,就连空气里都充斥着荒凉恐怖的气息。顶部是巨大的盆形火山口,四壁布满了厚厚的尘埃,中间则是个浑圆的洞窟,直径大约在五十米以上。

司马灰等人攀到顶部,在火山口边缘向下俯瞰,感觉洞中恶风呼啸,黑暗里似乎有种巨大的吸力将人向下拉扯。胆略稍逊之人别说往下看了,只在旁边站着都会觉得两腿发软。

罗大海看得暗暗咋舌,对司马灰说:"世上俗称四大黑,是包文正、呼延庆、三十儿下晚儿、无底的洞。我看这山肚子里简直比无底洞还黑,咱得先想个办法,探探它究竟有多深。"

司马灰点头同意，让胜香邻打亮一枚信号烛从高处投向洞内，但是那团刺目的暗红色烟火刚落下去，就突然消失不见了。

众人心中惊骇，信号烛在水里都能持续燃烧，而落到洞中转瞬间就熄灭了，可能山腹里也有浓密的烟尘或黑灰。

众人深知洞窟内凶险无比，但四周无路可通，另外勘测山体高度，估计考古队携带的长绳连接起来可以垂到洞底，如今别无他策，只能冒死下去探明情况，就都罩上"鲨鱼鳃式防化呼吸器"，将全部长绳连接，一端钉在火山岩的缝隙中，逐一顺着长绳攀下。

司马灰仗着身手矫捷当先而行，他把电石灯挂在身前，打开装在"Pith Helmet"上的矿灯，一道凝固似的光束立时投向前方。洞口聚集着大量被气流带动的浓厚烟尘，因此"信号烛"抛下去就看不见了。穿过黑雾就见信号烛落在下方百余米处，光芒虽已暗淡却兀自燃烧未熄，但周围地气蔓延，四下里冥冥茫茫，也分辨不清究竟有些什么。

司马灰看山腹中并非无底，提着的心稍稍放松，攀着绳索下到底部发觉脚下都铺着数米见方的平整砖石，缝隙里都布满了化合物形成的青苔，似乎山腹内是处地底宫殿。他此时无暇细看，见信号烛和电石灯燃烧正常，就摘下防化呼吸器，将其余三人逐个接应下来。

众人感到这地方的高度不上不下，显得很是古怪，都想先辨明置身何处，就重新引燃了一枚加长信号烛，周围百米之内顿时亮如白昼。这才看清山腹里有座巨石砌成的高台，砖体砌合严密，一共分为七层，四面都有宽阔的梯形台阶，由庞大复杂的石像雕刻层层缠绕。

洞底的火山喷发物经风化后形成了有机的土层，一些奇形怪状的地底菌类植物便在这个大坑里生长繁衍。这座地下宫殿在几千年来的漫长岁月中逐渐被它们侵蚀覆盖。

众人愈看愈觉心惊，待到信号烛的光芒暗淡下来，就通过重磁力探测表的指引攀到地下宫殿底层。司马灰发现有个黑沉沉的物体无声无息地矗立在面前，用冲锋枪枪托一戳，铜声冷然，知道地底的环状金属物质多半就是这个东西了，忙招呼其余三人过来观看。

司马灰抹去铜器上面的尘土，见其形体巨大，腹呈长方，有一人多高；两侧有蛇身为耳，四柱足空，铜蚀斑斓，虽古不朽；壁厚大约为六厘米，表面铸满了形态奇异的魑魅魍魉，周遭皆以龙虎蝉纹为饰。

胜香邻奇道："这好像是一尊古鼎……"

司马灰有些莫名其妙，先前勘测的结果，是地底古城里有巨大的环状金属物质，怎么只有一尊古鼎？难道是重磁力探测表出现了故障？

这时，罗大舌头在旁边发现了一些东西。司马灰过去一看，见又有一尊巨鼎，摸索着搜寻过去，一共找到九尊古鼎，体积相似但形制各异，呈环状排列，看来事先勘测到的金属物质就是这九尊大得出奇的青铜古鼎。

罗大舌头极是沮丧，考古队搭上好几条人命才找到这座失落的地底古城，谁想到最后就找着这几个废铜烂铁。这就是命，人不能跟命争！你看看《西游记》就知道什么是命了，九九八十一难，其实没出长安之前就已经有定数了，少一难也到不了西天！

司马灰见青铜古鼎上的纹刻何止千奇百怪，觉得这可不是什么"废铜烂铁"，大鼎为国之重器，而考古队在地底发现的铜鼎，与商周战国时期的青铜器颇为不同，应该是上古之物，而且鼎身内外遍铸各种图案，都与旧时传说相似。

司马灰想到这儿，就告诉罗大舌头等人："关于这些古鼎的来历，我略知一二。"

胜香邻将信将疑，她觉得司马灰虽然有些本事，但能混进考古队并非是有什么博古通今的真才实学。这家伙不把铜鼎说成是大锅就不错了，又怎会知其来历？

其实司马灰对历史和考古是不在行，可毕竟是金点真传，通晓相物古理。他知道在上古之时，天上忽然响起几声震耳欲隆的轰鸣，紧接着的是一道耀眼的闪电，南面有一道火柱冲天而起，比太阳更耀眼的烈火将天空分为两半，空气剧烈地燃烧。

当时太阳爆，陨石降，密集的火舌如同狂风骤雨般落下，四极俱废，九州崩裂，世间陷入了一片漆黑。暴雨终年不断，洪荒泛滥，江河横溢，海水倒灌，天地万物，同为波臣，山妖恶鬼也都趁机出来攫人而食。

发生这场洪荒浩劫的时期就在夏代，禹王涉九州，探四极，疏通河道治水，最终凿穿龙门将洪水引入大海。可以说，这一过程是人类历史上最古老的一次地理大考察。

根据《左传》记载：茫茫禹迹，划为九州，又聚九州之金以铸鼎。鼎象物，则取远方之图，山之奇、水之奇、草之奇、木之奇、禽之奇、兽之奇、说其形、别其性、分其类、其神其殊汇，骇视警听者，或见或闻、或恒有、或时有、或不必有，皆一一画焉。

这段记载是说禹王将各方进献的青铜，并收集坠地的陨石，在涂山铸成九只大鼎，并在鼎上铸刻山脉河流、地形物产、飞禽走兽，也记载了大量离奇诡秘的事件，后世称为"山海之图"，至于这九只"禹王神鼎"的去向早已无人知晓，只留下许多古老的传说和未解之谜。

此后出现的所有地理典籍无不以此为根源，甚至相物憼宝之类古术涉及的许多内容，也基本上出于其中。

司马灰推测这座地底古城中的大铜鼎，多半就是绘有"山海之图"的"禹王神鼎"，不知何以落在此处，也许考古队想要寻找的"谜底"就隐藏在那里。他逐个辨识，果然发现其中一尊古鼎外壁上的图案里，记载了一个存在于时间起点的巨大深渊，一切的危险、奇迹、秘密以及无法超越的深邃，全在这个永远不可能抵达的地心黑洞之中！